BASTEI LÜBBE

Lyn Wood

Die Schatzsucher

Erotischer Roman

Ins Deutsche übertragen
von Sandra Green

BASTEI
LÜBBE

BASTEI LÜBBE TASCHENBUCH
Band 14 969

1. Auflage: September 2003

Vollständige Taschenbuchausgabe

Bastei Lübbe Taschenbücher
ist ein Imprint der
Verlagsgruppe Lübbe

Deutsche Erstveröffentlichung
Titel der englischen Originalausgabe:
Game For Anything

Published by arrangement with Virgin Publishing Ltd.
Dieses Werk wurde vermittelt durch die
Literarische Agentur Thomas Schlück GmbH, 30827 Garbsen

Titelillustration: Premium, D. Diggett
Umschlaggestaltung: Tanja Østlyngen
Satz: QuadroMedienService, Bensberg
Druck und Verarbeitung:
Maury-Imprimeur, Frankreich
Printed in France

ISBN 3-404-14969-6

Erstes Kapitel

»Pst.« Fee legte eine Hand über Davids Mund, glitt auf ihn und ließ sich langsam auf ihm nieder. Sie beobachtete sein Gesicht. Die hohen Wangenknochen, die klassisch-griechische Nase – ihre eigene Version von Michelangelos David. Sie erhöhte das Tempo und spürte seine Härte, die in ihr rieb. Sein Gesicht spannte sich, sein Atem kam unregelmäßig. Ich kann wie eine Flöte auf ihm spielen, dachte Fee. Sie verlangsamte wieder, und er stieß einen frustrierten Seufzer aus. Fee ließ die Hüften kreisen.

Er öffnete den Mund, um etwas zu sagen, aber sie schüttelte den Kopf. »Pst, David. Du darfst nicht sprechen. Wenn du auch nur ein Wort sagst, höre ich auf.«

Er stieß einen gedämpften Laut aus, aber sonst blieb er stumm.

Warum überlässt du mir immer die Initiative?, dachte Fee. Bist du zu faul, oder hast du keine Fantasie? Wie wär's mit was richtig Gewagtem? Nimm mich im Garten, während hinter uns die Züge vorbeifahren. Aber ich müsste dich auf die Idee bringen, nicht wahr? Das ist nicht dasselbe. Also gut. Genieße den Augenblick.

Sie beschleunigte wieder, und die mechanischen Bewegungen seines Schafts gegen ihren Kitzler hatten die unvermeidliche Wirkung. Nach einer Minute oder zwei kamen sie beide fast gleichzeitig, obwohl die Welt nicht gerade bebte, dachte Fee.

»Fantastisch«, sagte David. »Das war so gut wie das Topspiel des Tages.«

He, er hat ja Humor. Da gibt es noch Hoffnung.

»Dieses Tor in der Nachspielzeit, hast du das gesehen?«, fragte er. »Mit dem Absatz. Wirklich, ein Zaubertrick.«

»Du meinst das ernst, nicht wahr?«, fragte Fee. »Für dich ist Fußball besser als Sex.«

»Aber Arsenal hat doch gewonnen«, sagte er, als erklärte das alles.

»Männer!«, schnaufte Fee und sah ihre Freundin Rachel mit funkelnden Augen an. »Am besten sollte man sie alle auf den Mond schießen.«

»Es geht nur darum, den Richtigen zu finden«, sagte Rachel. Sie wickelte eine Locke ihrer präraphaelitischen Frisur um den Finger und schenkte sich noch einen Gin Tonic ein. »Einen mit einem dicken Bankkonto.« Sie seufzte. »Soll ich dir sagen, was Oliver sich geleistet hat?«

»Was?«

»Er hat mich vor unserem Urlaub im Stich gelassen.«

»Was für ein Urlaub?«

»Eine Woche in einem exklusiven Landhaus in Oxfordshire. Federbetten, Essen bei Kerzenlicht und so weiter. Was für ein Bastard.«

»Warum gehst du nicht allein?«

Rachel verzog das Gesicht. »Ich kenne niemanden da. Es ist eine Gruppe, mit der sich Oliver ab und zu trifft.« Sie neigte den Kopf ein wenig und sah Fee mit ihren grauen Augen nachdenklich an. »David ist doch passé, oder? Dann komm du doch mit.«

»Kann ich mir nicht erlauben.«

»Schon bezahlt.«

»Ich weiß nicht, ob ich freibekomme. Wann findet es denn statt?«

»Am Sonntag in einer Woche. Viele neue Männer.«

»Okay, ich frage mal, ob ich eine Woche Urlaub nehmen kann.«

Und jetzt waren sie da, hoben ihre Taschen aus dem Kofferraum von Rachels Auto und sahen mit großen Augen auf das Gebäude, das sich vor ihnen erstreckte. Es stand auf einem gewaltigen Areal, eingerahmt von niedrigen Buchsbaumhecken, gespickt mit Statuen und veredelt durch einen Swimmingpool.

»Ein Teil des Hauses reicht bis ins siebzehnte Jahrhundert zurück«, sagte Rachel. »Es heißt, Charles II hätte eine seiner Mätressen hier heimlich getroffen.«

Ein großer Mann, ganz in Schwarz gekleidet, öffnete das Portal.

»Rachel Carpenter«, sagte Rachel selbstsicher. Sie konnte die unerschrockene Rothaarige sehr überzeugend darstellen.

Der Mann betrachtete Fee. »Dann musst du Taurus sein.«

Fee sagte verdattert: »Nein, ich bin Zwilling. Gemini.«

Der Mann schüttelte den Kopf. »Dein Pseudonym ist Taurus.«

»Taurus ist Olivers Pseudonym«, erklärte Rachel und lächelte den Mann gewinnend an. »Mein Freund Oliver musste in letzter Minute absagen, deshalb habe ich Fee mitgebracht.«

»Fiona Ferris«, sagte Fee.

»Fee ist dein Pseudonym?« Er schüttelte den Kopf.

»Ich kann mich nicht erinnern, jemals was von dir gesehen zu haben.«

»Was gesehen?«

»Na, ein Kreuzworträtsel natürlich.«

»Wir scheinen uns misszuverstehen«, warf Rachel ein. »Oliver – oder Taurus – und ich haben eine Woche gebucht.«

»Stimmt. Die Woche der Wortspiele.«

»Wortspiele?«

»Scrabble, kryptische Kreuzworträtsel, Quiz, Schatzsuche …«

Rachel sah Fee achselzuckend an. »Ich habe es geahnt. Eine Woche Urlaub im Luxus war zu schön, um wahr zu sein.« Sie wandte sich an den schwarz gekleideten Mann. »Ich habe mir Champagner und Wild und Wachteleier vorgestellt.«

Er lächelte. »Gehört alles dazu. Drinks um sechs. Abendessen um sieben. Und ihr müsst Handys und Laptops abgeben. Hilfe von außen ist nicht gestattet.«

Rachel reichte ihm ihr Handy, und er gab ihr eine Quittung über den Empfang des Telefongeräts. »Und wer bist du?«, fragte Rachel.

»Gavin Smythe. Ich bin der Zeremonienmeister. Und ich muss sagen, dass ich entzückt bin, zwei so attraktive Damen bei uns zu haben.« Ein schelmisches Glitzern trat in seine Augen, und Rachel fragte sich, was Schönheit und Jugend mit Rätseln zu tun hatten.

»Ich könnte kein kryptisches Rätsel lösen, und wenn mein Leben davon abhinge«, sagte Fee, als sie ihr Lieblingskleid in den geräumigen Kleiderschrank hängte.

»Ich habe es noch nie versucht«, sagte Rachel. »Nun

ja, es ist wenigstens ein großartiges Haus, nicht wahr? Komm, wir sehen es uns mal im Detail an.«

»Ich weiß nicht.« Fee strich sich verlegen durch die Haare.

Rachel lächelte ihr aufmunternd zu. »Du siehst wunderbar aus.«

Sie gingen das mit Eichenpaneelen verkleidete Treppenhaus hinunter und betraten einen der Empfangsräume. Perserteppiche auf dem Boden, Kronleuchter an der üppig mit Stuck verzierten Decke. Eine Kellnerin offerierte Champagnergläser auf einem Silbertablett.

»Ich glaube, die Woche wird keine große Qual werden«, sagte Rachel, warf ihre vollen rotbraunen Haare zurück und griff nach einem köstlichen Happen. Etwa vierzig Menschen befanden sich in dem Raum, Männer und Frauen unterschiedlichen Alters und unterschiedlicher Herkunft. Fee fiel ein Mädchen mit einem Nasenpiercing auf und der Tätowierung einer Schlange auf der Schulter. Ganz in der Nähe stand ein älterer Herr mit einem nach oben gezwirbelten Schnurrbart.

»Oh, sieh mal.« Rachel stieß die Freundin an. »Drüben am Fenster.«

Fee folgte ihrem Blick. Zwei Männer standen da, einer von ihnen war groß und dunkelhaarig, die Augenbrauen fein gewölbt. Der andere war kleiner und kantiger, er hatte zerzauste braune Haare, ein zerklüftetes Gesicht und hellblaue Augen, die glänzten, wenn er lächelte. Und er lächelte sie an! Fee erwiderte das Lächeln kurz und wandte sich rasch ab, als wäre sie ertappt worden.

»Kein Schrott, was Männer angeht, oder?«, raunte Rachel.

»Ich wette, sie reden auch nicht ständig über Fußball«, sagte Fee seufzend.

Arm in Arm schlenderten sie ins Restaurant, in dem sie sich an einem Tisch mit einem kahlköpfigen Lexikographen und einem Mann, der nur wenig sagte, wiederfanden.

»Ist das eure erste Wortspielwoche?«, fragte der Lexikograph.

Fee nickte.

»Ich bin prosopoleptisch«, behauptete der Mann. »Kann mich nicht an Gesichter erinnern. Ihr könntet an den letzten drei Veranstaltungen teilgenommen haben, ich würde euch trotzdem nicht wiedererkennen. Peverall Danby.«

Er war wirklich völlig kahl, kein einziges Haar auf dem Kopf. Fee hätte gern gewusst, ob es stimmte, dass kahle Männer potenter waren. »Peverall?«

»Leider kein Pseudonym«, räumte er ein. »Ich heiße wirklich so. Ihr seid phalakrespisch, nicht wahr? Sagt es schon, dann haben wir es hinter uns.«

»Nein«, sagte Fee mit Bestimmtheit. Hatte er wissen wollen, ob sie lesbisch waren?

»Da bin ich aber erleichtert.« Er wandte sich an Fee. »Was machst du denn?«

»Floristin.«

»Wie ungewöhnlich.«

»Eigentlich nicht«, murmelte Fee und hatte das Gefühl, dass sie irgendwas verpasste.

»Nun, in diesem Umfeld ist es schon ungewöhnlich«, beharrte Peverall. »Die meisten Menschen hier haben mehr Abkürzungen vor und hinter ihrem Namen, als ich mir merken kann.«

»Ich bin Übersetzerin«, sagte Rachel, als wollte sie Fee zu Hilfe kommen.

»Irgendeine interessante Sprache? Mandinka, Potawatomi oder estisch?«

»Französisch und Spanisch.«

»Oh.« Er nickte enttäuscht.

Rachel wandte sich dem anderen Mann zu. »Ich habe deinen Namen nicht verstanden«, sagte sie und steckte ein Minz-Schokolade-Plättchen in den Mund.

»Wahrscheinlich, weil ich ihn nicht genannt habe«, sagte der Mann. Er war sehr unauffällig. Etwa vierzig Jahre, braune Haare, haselnussbraune Augen. »Schwalbe.«

»So heißt du? Oder willst du fliegen?« Rachel schob die Schokolade von der rechten Wange zur linken.

»Weder noch. Es ist ein Pseudonym.«

»Ich denke mehr analytisch und nicht kreativ«, sagte Peverall und fuhr mit einer Hand über seinen kahlen Kopf. »Ich freue mich auf die Schatzsuche. Zwei bilden ein Team. Wäre es nicht ein glücklicher Zufall, wenn wir zusammengelost würden?«

»Peverall!«, rief das Mädchen mit der Tätowierung. »Graham sagt, ein Ekdysiast sei ein Stripper, und ich sage, es ist ein Insekt, das sich häutet.« Der Mann rechts von ihr lächelte dünn. Seine Augen waren kalt wie Eis, seine Haare waren kurz geschoren und stahlgrau.

Peverall entschuldigte sich und wandte sich dem Mädchen zu. »Ihr habt beide Recht, Scarab«, sagte er und begann am Nebentisch einen Monolog über Etymologie und Entomologie.

Fee wandte sich an Schwalbe. »Wie kommen denn die Paarungen zustande?«

»Die Männer wählen die Frauen«, antwortete er abweisend. Fee wollte sich schon aufregen, aber bevor ihr eine passende Antwort einfiel, fügte Schwalbe hinzu: »Da du gesagt hast, ihr seid nicht phalakrespisch, seid ihr bestimmt Peveralls erste Wahl.«

»Aber die meisten Frauen sind nicht phalakrespisch«, wandte Fee ein.

»Das ist beruhigend«, sagte Schwalbe, »wenn auch überraschend. Ich selbst werde auch ein wenig schütter auf dem Kopf.«

Fees Brauen zogen sich verwirrt zusammen.

»Ich will dich aus deiner Pein erlösen«, sagte Schwalbe. »Phalakrespie ist eine Abneigung gegen kahlköpfige Männer, nicht gegen Männer allgemein.«

Am Ende des Nachbartischs erhob sich Gavin Smythe und bat um Ruhe.

»Willkommen zu einer weiteren Wortspielwoche«, sagte er. »Die Schatzsuche wird diesmal eine besondere Überraschung sein. Nicht nur, dass der Preis höherwertig ist – gespendet vom verstorbenen Alfred Hicks – nein, wir haben auch eine Reihe von Spuren ausgelegt, die Hicks selbst ausgetüftelt hat. Ich bin sicher, sie werden das Beste in euch hervorlocken. Viele von euch werden sich noch an Alfred erinnern, der im November im Alter von zweiundachtzig Jahren gestorben ist. Er war ein Meister des Wortspiels, wenn auch eine eigenartige Persönlichkeit.«

Leises wissendes Lachen drang aus einer Ecke des Restaurants.

»Ich kenne nicht den genauen Ort, an dem der Schatz versteckt ist«, fuhr Gavin fort. »Niemand kennt ihn. Das Geheimnis starb mit Alfred – er nahm es mit ins Grab. Es sei denn, jemand löst das Puzzle. Er hat bei seinem Anwalt bestimmte Anweisungen hinterlassen. Die ersten Hinweise werden wir morgen erhalten. Nun, abgesehen davon, dass ich allen einen erfolgreichen Scrabble-Abend wünsche, bleibt jetzt nur noch eins zu tun – wir müssen die Teams für die Schatzsuche zusammenstellen. Ich lasse einen Hut rundgehen. Nehmt ein Papier heraus. Wer die gleiche Zahl zieht, ist ein Paar. Wir wollen nur gemischte Doppel haben. Die Damen ziehen zuerst.«

Fee sah Schwalbe vorwurfsvoll an, aber der ignorierte sie. Du Bastard, dachte sie, er hat mich tatsächlich im Glauben gelassen, ich müsste mit dem Glatzkopf … Nun ja, wenn ich Pech habe, kann mir das immer noch passieren.

Gavin schüttelte die Papiere im Hut kräftig durch und ging an den einzelnen Tischen vorbei. Jede Frau entnahm dem Hut ein Papier.

Rachel entfaltete ihr Los. »Fünf«, sagte sie.

Fee schaute nach. »Zwanzig.«

»Zwölf.« Das war Scarab, die junge Frau mit der Tätowierung.

Als der Hut leer war, füllte Gavin ihn neu und ging zu den Männern.

»Acht«, sagte der Mann mit dem Schnurrbart.

»Sechzehn.« Das war Graham mit den eisblauen Augen und den stahlgrauen Haaren.

Fee sah, wie der lächelnde Mann am Fenster sein Papier entfaltete und das Gesicht verzog. »Fünfzehn.«

Eine Frau mit strengem Haarschnitt und Brille blickte fröhlich auf. Mist, dachte Fee.

Der Mann mit den gewölbten Augenbrauen rief: »Fünf.«

»Fünf?«, wiederholte Rachel und sah begeistert zu dem großen Mann am Fenster.

Er ist genau ihr Typ, dachte Fee. Groß, dunkel und ein bisschen hochnäsig.

Peverall sah auf sein Papier. Enttäuschung trieb ihm die Röte ins Gesicht. »Zwölf.«

Gott sei Dank, dachte Fee. Scarab zerknüllte ihr Papier und warf es wütend auf den Boden.

»Zwanzig«, sagte Schwalbe.

Fee starrte auf die Zwei und die Null auf ihrem Papier. Sie würde ein Paar bilden mit dem zweitunsympathischsten Mann, den sie je kennen gelernt hatte.

»Ich heiße Eric«, sagte Schwalbe. »Eric Summers. Ich liebe dieses Spiel, deshalb brauchst du dir wegen der versteckten Hinweise nicht den hübschen Kopf zu zerbrechen.«

Fee spürte, wie der Ärger in ihr brodelte. Wie Asphalt unter der gleißenden Sonne. Sie konnte es nicht ausstehen, wenn jemand sie geringschätzte. Sie fauchte ihren Partner an: »So was Arrogantes habe ich noch nie gehört.«

»Ich wollte damit nur sagen, dass ich bereit bin, die Drecksarbeit zu übernehmen. Deine Schlussfolgerung war voreilig. Scrabble?« Er stand schon. Rachel und ihr Partner hatten sich auch erhoben und verließen zusammen das Restaurant.

»Nein, danke«, sagte Fee eisig. »Wir sehen uns morgen früh.«

Sie ging hinaus. Es war Vollmond, und in der Nähe schrie eine Eule. Eine ganze Woche mit Nervensägen, dachte Fee. Ich weiß nicht, ob ich das aushalte. Ich komme mir dumm und ungebildet vor. Rachel mag sich wohl fühlen in dieser Umgebung, sie hat einen Abschluss, aber ich habe Prüfungen immer gehasst.

Sie setzte sich auf eine niedrige Mauer und erinnerte sich an die mündliche Französischprüfung. Man hatte ihnen gesagt, sie sollten sich auf ein aktuelles politisches Thema vorbereiten, und Fee hatte tagelang Vokabeln gebüffelt. Aber der Prüfer stellte eine ganz andere Aufgabe – sie sollten ihr Zuhause beschreiben. Von da an ging's bergab.

Rachel dagegen hatte süß gelächelt und mit einer Beschreibung ihres Schlafzimmers geglänzt. Nach ein paar Sätzen beschrieb sie, wie gern sie an ihrem Schreibtisch im Zimmer saß und über aktuelle politische Themen nachdachte – und referierte dann genau diese Themen, zu denen sie die Vokabeln gelernt hatte. Natürlich hatte sie die Prüfung mit einer Eins abgeschlossen.

»Du magst auch kein Scrabble?«

Fee drehte sich überrascht um und sah den Lächler neben sich stehen, und natürlich zeigte er ihr sein schönstes Lächeln.

»Ich habe es noch nicht oft gespielt.«

»Angus MacDonald.«

»Fee.«

»Felicity oder Fiona?«

»Fiona. Fiona Ferris.«

Er setzte sich neben sie. »Meine Partnerin heißt Beatrice. Sie scheint nicht in der Lage zu sein, Wörter mit weniger als drei Silben zu benutzen, und wenn sie dich höhnisch angrinst, weil sie weiß, dass du wieder nicht verstanden hast, wovon sie redet, hast du das Gefühl, gleich wirst du mit einer Garrotte erdrosselt. Ich komme mir fast wie ein Betrüger vor.« Er sah sie verlegen an. »Ich bin nur hier, um William Gesellschaft zu leisten.«

Fee kicherte. »Ich bin nur hier, um Rachel Gesellschaft zu leisten. Ich kann senkrecht nicht von waagerecht unterscheiden.«

Gelächter drang aus dem Scrabblezimmer. Jemand rief: »Callipygian!«

Angus verzog das Gesicht. »Das war die großartige

Beatrice. Es sind ein paar hochintelligente Leute hier. Dein Partner zum Beispiel, Eric Summers.«

»Was weißt du über ihn?«

»Er ist einer der Favoriten der Schatzsuche. Lasse dich nicht von seiner scheinbaren Gleichgültigkeit blenden. Sie sind alle versessen auf den Sieg.«

»Und Peverall?«

»Oh, der ist auch gut, aber nicht so gut wie Summers.«

»Und was machst du?«

»Ich bin Antiquitätenhändler. Und du?«

»Floristin.«

»Wie herrlich bodenständig.«

Fee sah ihn an, weil sie wissen wollte, ob er das sarkastisch meinte, aber das war nicht der Fall. Er lächelte sie wieder an. Es war kein gönnerhaftes oder mitleidiges Lächeln, eher das Lächeln eines Verschwörers. Wir zwei gegen die Intelligenzbestien. Ein gutes Gefühl.

»Man kann auch ohne Doktortitel ein Gehirn haben«, sagte er. »Und du kannst einen Doktortitel haben und strohdumm sein. Wie viele dieser Typen können eine Dichtung wechseln oder eine Fuchsie beschneiden?«

Aus dem Scrabblezimmer erscholl wieder Gelächter. »Angus«, sagte Fee, »hast du eine Ahnung, warum einige Leute kicherten, als Gavin sagte, Hicks hätte eine sonderbare Persönlichkeit gehabt?«

»Nun, Alfred Hicks war ein Unikum, wenn ich William glauben darf. Er muss einige schweißtreibende Hobbys gehabt haben, besonders, wenn man sein Alter bedenkt.«

Fee hob eine Augenbraue.

»Es könnte eine interessante Schatzsuche werden«,

meinte er. »Vor allem, weil Hicks sich an einigen der älteren Mitgliedern rächen wollte. Morgen beim Frühstück erhalten wir die ersten Hinweise. Wir müssen zum Abendessen wieder im Haus sein, und danach darf niemand das Haus verlassen.«

»Warum nicht?«

»Weil sonst einige fanatische Leute das ganze Terrain absuchen, um die ersten Geheimnisse zu lösen. Es gibt nur eine Möglichkeit, Besessene aufzuhalten – man muss sie einsperren und den Schlüssel verstecken. Morgen Abend soll ein kryptisches Kreuzworträtsel gelöst werden. Wenn du nicht teilnehmen willst, können wir uns ja hier wieder treffen.«

»Kann sein, dass ich dich beim Wort nehme.«

Schritte, dann ein trockenes Husten. Beatrice.

»Ah, hier hast du dich versteckt«, sagte sie zu Angus und ignorierte Fee. »Solltest du deine exorbimorphen Fähigkeiten nicht im Scrabblezimmer einsetzen?«

»Ach, sprich doch Englisch, Beatrice.«

»Aber das war Englisch.«

»Ich habe keine Ahnung, was exorbimorph bedeutet«, gab Fee zu.

Beatrice sah sie strafend an, dann lachte sie. Es hörte sich wie ein Diamantenschneider an. »Ich sehe, dass Eric den kürzeren Strohhalm gezogen hat.«

Luder, dachte Fee.

Beatrice lächelte. »Komm schon, Angus. Ich möchte sehen, wie viele Lexika wir benutzen müssen.«

Angus verzog das Gesicht, stand auf und wünschte Gute Nacht. Fee erwiderte, während Beatrice nichts sagte und einfach ging. Fee sah ihnen nah, wie sie zurück ins Haus gingen, Beatrice mit entschlossenen Schritten, Angus mit einer lockeren Art, die Fee sehr gefiel. Er war überhaupt ein angenehmer Typ, aber sie war nicht sicher, ob er sie mochte. Vielleicht sah er sie nur als verwandte Seele in depressiver Gemeinsamkeit.

Fee ging auf ihr Zimmer. Rachel war noch nicht da. Einen Moment lang ging ihr durch den Kopf, dass es sich um ein vertrautes Muster handelte – Rachel amüsierte sich, und Fee war allein.

Ihre Mutter hatte nie erwartet, dass was Gescheites aus ihr wurde, und ihr Vater – ein freundlicher Mann ohne jeden Ehrgeiz – hatte das Leben schon aufgegeben, als Fee noch klein war. Im vorigen Jahr war er gestorben. Fee vermisste seine stumme Zustimmung zu ihrem Leben, er war der Puffer gegen zwei ehrgeizige Brüder und eine dominante Mutter gewesen. Wegen eines vagen Gefühls des Loyalität war sie seinen Weg gegangen: nur nicht auffallen.

Und ausgerechnet sie befand sich in diesem Wettbewerb der klugen Köpfe. Er musste in einer riesigen Demütigung für sie enden. Sie rollte sich unter dem großen Federbett zusammen und träumte von Lexika mit zuschnappenden Zähnen.

Rachel musste irgendwann in der Nacht gekommen sein, denn am nächsten Morgen war sie da. »Aufwachen«, rief Fee. »Zeit zum Frühstück.«

Rachel zog sich stöhnend das Kissen über den Kopf.

»Steh auf«, beharrte Fee. »Es ist wichtig.« Sie zog die Decke von Rachels Körper.

Brummig sagte Rachel: »Du scheinst ja plötzlich ganz versessen auf die Schatzsuche zu sein.«

»Langweiliger Abend?«

»Nein, eigentlich nicht.« Rachel kroch aus dem Bett,

als wäre es ihr zu gefährlich, sich aufrecht hinzustellen.

»Du hast dich betrunken.«

»Nur ein bisschen. Ich habe mit William Scrabble gespielt.«

Fee schnaufte.

»Du kannst so verächtlich schauen, wie du willst. Es war scharf. Wir haben uns bemüht, unanständige Wörter zu finden. Und wir haben wie die Weltmeister gemogelt.«

Fee überprüfte ihr Aussehen im Spiegel und hörte nur mit halbem Ohr zu.

»Ich habe TOR hingelegt, und er hat es zu VIBRATOR ergänzt«, erzählte Rachel. »Ich habe dann aus seinem SCHWAN einen SCHWANZ gemacht.«

»Und danach?«

»Nun ja, ich bin auf einen Schlummertrunk auf sein Zimmer gegangen.«

»Aha.«

Rachel seufzte theatralisch. Sie hatte schon als Kind einen Drang zur Bühne gehabt, aber sie hatte es nur zum Schneeweißchen in der Theatergruppe der zehnten Klasse gebracht. »Angus kam hinzu und erinnerte William daran, dass er morgen topfit sein muss. Ich mag Männer, die morgens topfit sind, aber Angus hat dafür gesorgt, dass ich nicht herausfinden konnte, wie topfit er ist. Und was hast du angestellt?«

»Ich habe mich mit Angus unterhalten.«

Rachel hob eine Augenbraue und sah die Freundin fragend an.

»Beatrice hat ihn dann mit Beschlag belegt. Sie ist seine Partnerin.«

»Wie schade«, sagte Rachel.

Die Sitzordnung zum Frühstück unterschied sich von der des Abends. Die Mitglieder jedes Teams saßen sich gegenüber. Fee begnügte sich mit Toast und Kaffee, während Eric Summers scharf gewürzte Nieren vertilgte, heiße Schokolade trank und eine Waffel nachlegte.

Rachel und William tauschten schmachtende Blicke aus und aßen Croissants, als knabberten sie an der Anatomie des anderen. Angus zwinkerte Fee zu. Beatrice drehte sich nach ihr um, weil sie sehen wollte, wem sein Zwinkern gegolten hatte. Als sie Fee erkannte, schienen sich ihre Haare zu sträuben.

Peverall stritt sich mit Scarab über etwas, was sich *Tmesis* nannte. Fee bemerkte, dass die Tätowierung keine Schlange war, sondern ein Bücherwurm.

Fee wandte sich an Summers. »Was heißt Tmesis?«

»Die Insertion eines Gegenstands in die Mitte eines anderen«, antwortete Summers. »Oder die Trennung von Dingen, die eigentlich zusammengehören.«

Fee nickte nachdenklich. »Ich weiß, dass du mit mir nicht das große Los gezogen hast«, sagte sie, »aber wir können doch versuchen, gut miteinander auszukommen, oder?«

»Tun wir das denn nicht?«

Gavin Smythe erhob sich. Vor ihm lag ein Stapel mit Umschlägen. Er blickte über die einzelnen Tische. »Ich gebe jetzt die ersten Hinweise aus. Die Umschläge bleiben geschlossen, bis ich ›Los‹ sage.«

Aufgeregtes Gemurmel, während er jedem Paar einen Umschlag reichte. Dann schaute er auf die Uhr und wartete ein paar Sekunden. Peverall drehte den Umschlag hin und her, als wollte er herausfinden, wie viele Seiten er enthielt.

»Los«, sagte Gavin.

Fieberhafte Aktivität. Eric Summers lehnte sich auf seinem Stuhl zurück und schloss die Augen. Der Umschlag lag auf dem weißen Tischtuch zwischen ihnen. »Willst du ihn nicht öffnen?«, fragte Fee.

»Du zuerst«, sagte er, die Augen noch geschlossen.

Fee schlitzte den Umschlag auf. Er enthielt drei Blatt Papier. Auf dem ersten Blatt war eine Karte der Umgebung abgedruckt, darunter stand: *Alle Hinweise befinden sich in diesem Gebiet.* Die meisten Gebäude waren benannt, sogar einige Geschäfte.

Eines der Geschäfte hieß *Anita* – eine Modeboutique? Fee sah den Standort der Kapelle, des Bahnhofs und eines Gebäudes, in dem die Maitland Clinic untergebracht war. In einer Ecke gab es einen Kasten, in dem der Grundriss des Landhauses gezeigt wurde. Alle Räume mit ihren Nummern waren aufgeführt, dazu einige seltsame kleine Symbole, die Fee nichts sagten. Eine Tudorrose in der Bibliothek, eine Miniaturpyramide im Flur zwischen Küche und Spielzimmer.

Fee reichte Summers die Karte und öffnete das zweite Blatt. Darauf stand nur ein Satz.

Anne's china plates got broken in the home of the patroness of housewives (5,5,6)

(Etwa: Annes Porzellanteller wurden im Haus der Schutzpatronin der Hausfrauen zerbrochen)

Fee hob verständnislos die Schultern und reichte auch dieses Blatt an Summers weiter. Auf dem dritten Blatt stand:

Stingy, this chap? Thin rope, but it will support standing choirboys! (10)

(Etwa: Knickerig, dieser Bursche? Dünnes Seil, aber es stützt stehende Chorknaben!)

Der ältere Mann mit dem Schnauzbart sprang auf die Füße. »Ich hab's mir denken können!«, rief er. »Dieses zügellose alte Schwein! Komm, Elsie, wir sind weg!«

Fee sah ihnen kopfschüttelnd nach. Zügellos? Das hatte bestimmt was mit Sex zu tun.

Angus fing Fees Blick auf und zeigte eine Geste der Hilflosigkeit. Rachel und William kritzelten eifrig auf einen Zettel. Die anderen Paare gingen nach und nach hinaus und flüsterten miteinander. Scarab raunte: »Ziemlich deutlich im genitalen Bereich.«

»Der Anfang ist immer leicht«, sagte Summers.

»Leicht?«

Er ließ ein mitleidiges Seufzen hören. »Das sind Begriffe aus einem kryptischen Kreuzworträtsel.«

»Tatsächlich?«

»Hast du noch nie ein kryptisches Kreuzworträtsel gelöst?«

»Nein.«

»Warum, zum Teufel, bist du dann hier?«

»Um meiner Freundin Gesellschaft zu leisten.«

Er hob den Blick zwar nicht zum Himmel, aber er hätte es tun können. »Die eine Hälfte des Hinweises enthält eine Definition«, sagte er, »und die andere Hälfte ist eine kodierte Version derselben Antwort. Wenn du den Satz teilen müsstest, würdest du es wo tun?«

Fee betrachtete den ersten Satz und dachte einen Moment nach. »Zwischen ›broken‹ und ›in‹, glaube ich.«

»Na, geht doch«, lobte Summers. »Jetzt betrachte mal das Anagramm.«

»Was ist das?«

»Ein Wort oder mehrere Worte, die einen anderen Sinn ergeben, wenn du es umstellst, also die Buchstabenfolge änderst. Schau doch mal, wie viele Buchstaben ›Anne's china plates‹ hat.«

»Fünf, sechs, fünf. Oh, ich verstehe. Die Ziffern in Klammern geben die Anzahl der Buchstaben an.«

Summers nickte. »Und jetzt schau dir die Definition an.«

»In the home of the patroness of housewives«, las Fee.

»Schutzpatronin der Hausfrauen ist die heilige Anna. Saint Anne. Was bleibt dann von den Buchstaben übrig?«

»C, H, P, L, A, E.« Sie spürte Panik in sich aufsteigen, weil sie die Buchstaben nicht so in die Reihe bringen konnte, dass sie einen Sinn ergaben. Sie hörte die Stimme ihrer Mutter. *Wieder eine Vier minus, Fiona? Nun, ein Einstein bist du wirklich nicht.*

»Chapel«, sagte Summers. »Saint Anne's Chapel. Und jetzt schau auf der Karte nach.«

Ja, natürlich, da steht sie. Links in der Ecke. Saint Anne's Chapel. »Klasse«, murmelte Fee bewundernd.

»Der zweite Hinweis bezieht sich auf etwas in der Kapelle«, fuhr Summers fort. »Die Hälfte der Teilnehmer wird wie die Fliegen über die Kapelle herfallen. Besser ist es, die Lösung zu finden, bevor wir hier aufbrechen. Wir gehen dann kurz in die Kapelle, sehen uns um und gehen wieder. Auf diese Weise kann niemand irgendwelche Schlüsse ziehen. Aber dieser Hinweis ist schwieriger als der erste.«

»Hast du denn schon einen Anhaltspunkt?«

Er lächelte kurz, sagte aber nichts.

Fee las den Hinweis noch einige Male. *Stingy, this chap? Thin rope, but it will support standing choirboys!*

(10) »Ein Anagramm kann ich nicht entdecken«, sagte sie.

»Sehr gut, denn es gibt auch keins. Es geht um ein obskures Wort, das du wahrscheinlich nicht kennst.«

Fee kam sich dumm und veralbert vor.

»Das Wort heißt Misericord. Ein anderes Wort für *stingy* ist *miser,* beides steht für Geiz. Und mit *›this chap‹* bin ich gemeint, also I. Ein anderes Wort für dünnes Seil lautet *cord,* und alles hintereinander gelesen ergibt Misericord.«

»Und was ist das?«

»Es handelt sich um einen Vorsprung an den Klappsitzen des Chorgestühls, die als Stütze beim Hochklappen benutzt wird.«

»Oh«, sagte Fee sarkastisch, »also ein ganz normales Wort für den Alltagsgebrauch.«

»Dies ist keine Schatzsuche für den Alltagsgebrauch«, gab Summers zurück.

»Das Gefühl teile ich«, antwortete Fee. Sie musste an die Bemerkung des alten Schnauzbarts denken. *Das zügellose alte Schwein.* War das auf Alfred Hicks gemünzt? Und dann Scarabs Bemerkung – *ziemlich deutlich im genitalen Bereich* – konnte man daraus auf etwas Obszönes in der Kapelle schließen?

»Komm jetzt«, sagte Summers, »sonst treffen wir zu spät in der Kapelle ein. Dein Auto oder meins?«

»Ich habe kein Auto.«

Eric Summers fuhr einen Saab. Von außen sah er eher unscheinbar aus, eine graue Maus, aber innen war er mit bequemen Ledersitzen und einer teuren Stereoanlage ausgestattet. Der Motor schnurrte wie eine Katze, und Summers entpuppte sich als guter Fahrer. Als sie die Kapelle erreichten, achtete er peinlich genau darauf, wie er parkte – er wollte ungehindert wegfahren können. Er zeigte auf einen BMW, vor dem er sich einreihte. »Das ist Arnold.«

»Arnold?«

»Der gezwirbelte Schnurrbart. Er ist gut, sogar sehr gut.«

Sie gingen zur Tür und stießen auf Arnold und seine Partnerin Elsie, die gerade aus der Kapelle traten.

»Hallo, Arnold. Wer ist sonst noch drinnen?«

»Thaul Thlick.«

Summers sah ihn verständnislos an.

»Saul Slick. Der lange Kerl, Mitte vierzig, volles Haar, deutliches Lispeln.«

»Oh, der.«

»Ungewöhnliches Thema«, murmelte Arnold geheimnisvoll. »Aber Hicks war immer schon ein Teufel.« Er lachte schmutzig und ging pfeifend davon.

In der Kapelle war es dunkel und kühl, obwohl Licht durch ein buntes Fenster auf das Chorgestühl fiel. Fee sah einen Mann, der wahrscheinlich Saul Slick war, verschiedene Notenbücher durchblättern.

»Wir wollen nicht so aussehen, als wüssten wir schon, wonach wir suchen«, sagte Eric Summers leise. Er ging auf das bunte Fenster zu und stellte sich darunter, offenbar tief in Gedanken. Dann winkte er Fee heran, wandte sich einem Chorstuhl zu und duckte sich, so dass er nicht mehr zu sehen war. Fee tat es ihm gleich. Vorsichtig hob Summers den ersten Sitz hoch.

Fee sah das kunstvoll geschnitzte Holz und hielt überrascht die Luft an. Zwei Knechte in mittelalterlicher Kleidung bildeten senkrechte Stützen unter der Sitzfläche.

Summers ließ den Sitz so behutsam sinken, dass kein Geräusch entstand. Dann hob er den nächsten

Sitz hoch. Diesmal bestanden die beiden Stützen aus weiblichen Figuren, beide nackt. Fee sah genauer hin. Eine Frau hatte eine Hand auf die Brust der anderen gelegt. Die Warze war deutlich erigiert. Fee blickte Summers an, der den Sitz leise zurückklappte.

Die Stützen unter dem dritten Sitz enthüllten einen Mann mit einer gewaltigen Erektion und eine Frau, die ein Seil darum geschlungen hatte und ihn wie einen Hund an der Leine führte. Hinter der Stütze, fast kaum zu erkennen, befand sich ein Stück Kunststoff. Summers pulte ihn lose, aber er ließ sich nicht ganz lösen, der Kunststoff war mit einer dünnen Kette ans Misericord befestigt.

Summers holte Notizblock und Füllfederhalter aus seiner Jackentasche und schrieb auf, was auf der Unterseite der Plastikplatte stand. Fee blickte um die Ecke des Chorgestühls und sah, dass Saul Slick gegangen war.

»Es ist keiner mehr da«, raunte sie und stand auf. Summers schrieb noch. Fee hob einen anderen Sitz auf. Dieses Misericord zeigte einen Teufel, der es anal mit einem Mann trieb. Der Teufel hatte kleine Hörner auf dem Kopf und zeigte ein Grinsen, das seit Jahrhunderten dieselbe Bedeutung hatte.

Der Holzschnitzer hatte sich besonders um die Genitalien bemüht, Penis und Hoden waren grotesk groß. Fee ließ den Sitz herunter und hob den nächsten hoch. Diesmal hatte der Künstler fast ein Puzzle geschaffen, es waren zwei Männer, deren Beine zu sehen waren, auch die Geschlechtsteile, aber die oberen Hälften der Körper schienen zu fehlen. Erst beim zweiten Hinsehen erkannte Fee, dass die Männer vorgebeugt waren und sich der Autofellatio hingaben.

Man musste ein Schlangenmensch sein, um das zu

können, dachte Fee. Ein Mann konnte es leichter ausführen als eine Frau. Aber mal angenommen, man könnte den Rücken so sehr krümmen – was war das für ein Gefühl, sich selbst oral zu befriedigen? Ob Hunde es tun? Sie haben die richtige Anatomie dafür, und sie hatten auch oft dieses schmalzige Grinsen drauf, wenn sie mit der Körperwäsche fertig waren. Sie stellte sich vor, wie es wäre, wenn sie mit der eigenen Zunge über die Klitoris lecken könnte. Mit genau dem richtigen Druck, den man in diesem Moment brauchte. An den richtigen Stellen. Mit der nötigen Ausdauer. Dann kam ihr die Frage in den Sinn, ob Angus in solchen Sachen geübt war.

Sie zwang sich in die Gegenwart zurück. Sie musste noch den ganzen Tag überstehen, ehe sie Angus am Abend sehen würde. Leise ließ sie den Sitz sinken und schlenderte weiter. Seltsam, solche Schnitzereien in einer Kapelle zu finden.

Die Stützen unter dem nächsten Sitz zeigten zwei Frauen, ihre Kleider in Unordnung, die mit sich selbst spielten. Vielleicht wollte der Künstler ja ein Almanach von Tätigkeiten schaffen, die man *nicht* tun sollte. Einen Katalog der Sünden.

Das letzte Misericord zeigte Leda, die vom Schwan vergewaltigt wird. Eine sehr sinnliche Arbeit, ausgesprochen erotisch.

Summers steckte sein Notizbuch ein, ging zu Fee und beugte sich hinunter, um einen Blick auf die Schnitzerei zu werfen. Seine Jacke rieb gegen Fees Gesicht.

Er ließ ein trockenes Lachen hören. »Sieht so aus, als hätte Leda ihren Spaß dabei, oder?«

Fee stellte sich vor, den riesigen Schwan auf ihrem Körper zu fühlen, die weichen Federn über den gewaltigen Muskeln. Seine Flügel würden sie gefangenhalten, während er sie penetrierte. Der verwandelte Zeus. Wieder musste sie an Angus denken.

Nach einer Weile fiel ihr auf, dass Summers sie verwundert ansah. »Wir können gehen«, sagte er. »Es sei denn, du willst dir die Misericords auf der anderen Seite auch noch anschauen.«

Sie schüttelte den Kopf, und nebeneinander gingen sie den Mittelgang hinunter.

»Alfred Hicks hat seine Schatzsuchen immer unter ein Thema gestellt«, sagte Summers und hielt ihr die Tür auf. »Ich habe den zweiten Teil des nächsten Hinweises bereits ausgearbeitet und glaube, wir kommen dem Thema dieser Suche ein ganzes Stück näher.«

»Kirchen?«, meinte Fee.

»Nein. Sex.«

Zweites Kapitel

»Saint Anne's Chapel«, verkündete William und zerknüllte die Zettel, mit denen er gearbeitet hatte.

»Sehr gut«, sagte Rachel und bemühte sich, begeistert zu klingen. William sah betörend aus, die dunklen Haare fielen ihm in die Stirn, und seine grauen Augen verengten sich, wenn er konzentriert nachdachte. Er war ein asketischer Typ mit einer feinen Knochenstruktur und der blassen Haut eines Poeten. Nicht, dass er feminin wirkte. Sehnen und Muskeln sorgten dafür, dass er trotz seiner schlanken, hohen Gestalt alles andere als verweichlicht wirkte.

Sie stiegen in seinen Range Rover und fuhren zur Kapelle. William schürzte die Lippen und schritt schnurstracks in die Kirche, als wollte er in den Krieg ziehen. Rachel folgte ein paar Schritte hinterher. Einige Paare waren schon da, manche taten geheimnisvoll, andere gaben sich gleichgültig und lasen die Nachrichten am schwarzen Brett. Rachel sah sich die Prospekte an, las die Termine für die Sonntagsschule sowie eine kurze Geschichte des Gotteshauses.

William sah sich um. »Wir müssen zum Chorgestühl«, raunte er, als sie sich neben ihn stellte. »Aber ich will warten, bis niemand mehr zuschaut.«

»Keine Spur von Angus und – wie heißt sie noch, diese Hochnäsige mit der Brille?«

»Beatrice. Kann sein, dass Angus eine Zeit lang brauchen wird, denn kryptische Rätsel sind nicht seine Stärke. Aber Fee war wahrscheinlich schon hier.«

»Fee?« Rachel sah ihn verdutzt an. »Fee versteht von Rätsel nicht mehr als ich, und bei Tests ist sie einfach hoffnungslos. Bei Klassenarbeiten hat sie immer versagt.«

»Aber sie ist bei Eric Summers.«

Rachel grinste. »Sie zwar ziemlich sauer darüber, weil er so ein Langweiler ist. Fee lacht gern und hält nichts von Gehirnakrobatik.«

»Die meisten Leute hier würden ihr dickstes Lexikon hergeben, um an Fees Stelle zu sein.« Er sah sich um. »Stell dich vor mich, damit niemand sehen kann, was ich tue.« Er glitt ins Chorgestühl und kniete sich hin.

»Was tust du denn?«

»Ich klappe die Sitze hoch«, antwortete William. Dann: »Himmel!«

»Was ist denn?«

»Schau mal.«

Rachel sah die Schnitzereien unter den einzelnen Sitzen, während William Notizen machte. Seine Stimmung besserte sich, die Irritation war verschwunden.

Als Rachel zu dem Sitz kam, unter dem sie Leda und den Schwan sah, musste sie sich weit hinunterbeugen, um besser sehen zu können, und dabei verlor sie die Balance. William fing sie auf, und einen Moment lang knieten sie nebeneinander und betrachteten das Schnitzwerk. Sie spürte den Druck seines Arms.

»Ich wette, es hat ihr Spaß gemacht«, flüsterte sie.

»Frauen möge solche Dinge, nicht wahr?«, fragte William, während er den Blick nicht von der Darstellung wandte. »Der Lepidoptera-Effekt.«

»Schmetterlinge?«

»Oder Motten.« Er fuhr mit einem Finger über ihren Handrücken. »Etwa so.« Er glitt mit Fingern der anderen Hand über ihren Arm, über die Schulter und ihren Hals. Es war das erste Mal, dass er sie gezielt berührte. Sie lehnte sich ihm kaum merklich entgegen. Seine Finger glitten in den Dschungel ihrer Haare. Rachel erschauerte, sie empfand es besonders erregend, weil er den Augenkontakt mied. Nur die Berührung zählte.

Er hörte viel zu früh damit auf und erhob sich. »Männer hingegen gehen eher wie Hunde vor. Viel direkter und am liebsten mit viel Zungeneinsatz.«

Rachel grinste. »Hier haben wir nicht genug Platz, und außerdem befinden wir uns in einer Kapelle.« Sie wusste, dass sie sich ihm als ziemlich leichtes Mädchen offenbarte, aber in der Vergangenheit war sie schon oft direkt auf ihr Ziel losgegangen. Sie sah keinen Grund, von ihrer Taktik abzurücken.

»Ich habe das gar nicht vorschlagen wollen«, sagte er. »Ich wollte deine Aufmerksamkeit nur auf den Unterschied zwischen männlichem und weiblichem Vorspiel lenken. Dies ist keine normale Schatzsuche. Ich habe den Eindruck, dass ein enzyklopädisches Wissen über Sex eine wichtige Voraussetzung für den Sieg sein wird.«

Rachel fühlte sich zurückgewiesen. Er hatte sie dazu gebracht, ihre Karten auf den Tisch zu legen, ohne seine zu zeigen. Sie gingen zurück zum Auto und blickten gemeinsam auf das, was er notiert hatte.

Rachel las den ersten Teil laut vor.

»A knot takes in edited author.« (4, 8)

(Etwa: Ein Knoten lässt sich mit redigiertem Autor ein).

»Schwierig«, sagte William. »Ich kann besser nachdenken, wenn ich ganz entspannt bin.«

Spielte er wieder mit ihr? Sie atmete tief durch und riskierte es. »Und wie entspannst du dich, William?«

»Ich suche mir eine geile Frau.«

Rachel wollte zuerst aufbrausen, aber es hatte was Erotisches, so derb benutzt zu werden. »Eine, mit der du dein enzyklopädisches Wissen über Sex auffrischen kannst?«

»*In situ.* Wenn nötig.«

Rachel sah sich im Range Rover um und leckte über ihre Lippen. »Das Auto ist groß genug. Viel Platz auf der Rückbank.«

»Zur Hölle mit der Rückbank. Du kannst mir auch hier einen blasen.«

Sein Wechsel zu vulgärem Wortschatz war wie eine Überdosis Aphrodisiakum. »Hier? Auf dem Parkplatz der Kapelle? Wo uns jeder sehen kann?«

»Ja.«

»Hört sich nach einer einseitigen Angelegenheit an.«

»Dein Lepidoptera erhältst du später.« Er zog den Reißverschluss auf. Rachel schlüpfte mit einer Hand in seine Boxershorts und holte seinen Penis heraus. Er war warm und hart, und allein das Gefühl des samtenen Schafts in der Hand ließ sie unruhig hin und her rutschen. So ein harter Schaft war besser als jedes Kompliment. William hielt die Blätter auf dem Lenkrad und griff nach einem Stift.

Rachel begann ihn zu streicheln und fühlte die seidige Wärme unter ihren Fingerspitzen. Sie fuhr mit der Handfläche am Schaft entlang. William saß still da, die Hände hielten das Lenkrad gepackt, während er in die Luft starrte. Sie fuhr mit dem Daumen über die Eichel. Er vibrierte in ihrer Hand, als sie ihn rhythmisch zu drücken begann. William stöhnte und starrte auf das Durcheinander der Papiere, die auf dem Lenkrad lagen.

Jemand kommt, dachte Rachel plötzlich, und William ist es nicht. Ihr Herz klopfte schneller, denn sie war sicher, jeden Augenblick erwischt zu werden. Tatsächlich sah sie Peverall, der sich dem Auto näherte. Aber sie hörte nicht auf, sondern beschleunigte noch die Bewegungen ihrer Hand.

William unternahm keinen Versuch, sie aufzuhalten, als Peverall am Fenster stand, aber er verschob die Papiere so, dass sein Schoß nicht zu sehen war.

»Hast du Misericord?«, fragte Peverall.

William nickte. Rachel sah Scarab ein paar Schritte abseits stehen und grinsen.

»Ein schönes Wort, was?«, sagte Peverall.

»Nicht jetzt, Peverall«, gab William zurück. »Ich denke nach.«

Rachel musste sich zwingen, nicht zu kichern. Peverall nickte verständnisvoll und ging davon. Scarab folgte ihm, immer noch grinsend.

»Ich finde, jetzt kannst du ernsthaft zur Sache gehen«, sagte William.

Rachel senkte den Kopf zu seinem Schoß und atmete seinen lieblichen Moschusduft ein. Er arrangierte die Blätter wieder als Tarnung. Sie fuhr mit der Zunge an seinem Schaft entlang, und als sie ihn eingespeichelt hatte, nahm sie ihn in den Mund und spürte, wie William sich verspannte. Das wird nicht lange dauern, dachte sie. Er krümmte den Rücken, und nach ein paar Sekunden schoss es aus ihm heraus.

»Sehr gut. Braves Mädchen«, sagte er, zog den Reißverschluss hoch und begann: »Was diesen Hinweis angeht …«

Sie hörten, wie zwei Autos zusammenstießen. »Da ist jemand in ein parkendes Auto gekracht«, sagte Rachel.

»Ausgezeichnet. Das wird einen oder vielleicht sogar zwei Konkurrenten zurückwerfen.«

Fee und Summers waren zurück im Haus und tranken Kaffee in der Bibliothek. Es war der vernünftigste Platz zum Arbeiten, weil viele Lexika in den Regalen standen.

»Die Antwort auf den zweiten Teil des Hinweises ist Urne«, sagte Summers. »Es gibt sehr explizite Sexszenen auf griechischen Vasen oder Urnen, und das würde auch zu meiner Theorie über Alfreds Motto passen. Der erste Teil des Hinweises wird eine Ortsangabe sein.«

»Du kennst die Lösung also noch nicht?«

»Nein«, gab Summers zu und sah sie von der Seite an. *»A knot takes in edited author«*, murmelte er. »Das Wort *edited* steht für redigiert oder bearbeitet und deutet an, dass es sich um ein Anagramm handelt. *Author* ist die Definition. Welche vierbuchstabigen Vornamen können wir aus *A knot takes in* bilden?«

»Anne. Nina.«

»Toni. Toni Morrison. Aber das passt nicht. Kate …«

Fee rief begeistert: »Kate Atkinson! Sie hat ein Buch mit dem Titel ›Hinter den Kulissen des Museums‹ geschrieben.«

»Pst.« Aber er lächelte, als er die Landkarte aus der Tasche nahm und vor ihr ausbreitete. »Schau mal da unten.«

Sie folgte seinem Finger. Auf schwarzem Untergrund stand in weißer Schrift ›Museum‹.

»Ich glaube, wir sind allen anderen voraus, abgesehen vielleicht von Arnold und Elsie. Und sie wissen, was sich bei zivilisierten Menschen gehört – sie werden eine Mittagspause einlegen. Wir auch.«

Sie folgte ihm ins Restaurant. Sie entschied sich für eine *consommé,* während Eric einen Salat bestellte. Danach gab es Hummer für beide, und dabei redeten sie über Musik. Sie sagte ihm, dass sie früher Flöte gespielt hatte.

»Früher?«

»Ja, ich bin dem Schulorchester entwachsen. Aber gelegentlich spiele ich auch heute noch – meistens dann, wenn ich ungeheuer wütend bin.«

Er lächelte. »In solchen Situationen spiele ich Mahler und drehe voll auf.«

»Mahler mag ich auch.« Fees musikalische Vorlieben waren breit gestreut, von Reggae bis zu gregorianischen Chorälen. Sie nippte am Kaffee. »Ist das Lösen von Kreuzworträtseln eigentlich dein Beruf?«

»Nein. Ich bin Redakteur der ›Mausefalle‹.«

Fees Kinn klappte nach unten.

»Das ist eine Zeitschrift für Erfindungen und Erfinder. Ich bin Logiker.«

»Oh.« Das hörte sich verdammt langweilig an. Sie tranken den Kaffee, packten ihre Blätter und fuhren zum Museum.

Es war ein kleines Steinhaus an einer Kreuzung. Summers stellte das Auto auf einem kleinen Parkplatz ab, der leer war. Sie gingen hinein. Eine Frau saß hinter ihrem Schreibtisch und arbeitete am Computer. »Kostet keinen Eintritt«, teilte sie ihnen mit, ohne aufzusehen.

»Entschuldigen Sie, dass ich Sie belästigen muss«, sagte Eric, »aber ich glaube, Sie haben hier eine griechische Urne, die ich gern sehen würde.«

Jetzt blickte die Frau hoch. »Die Schatzsucher«, sagte sie mit resignierter Stimme und erhob sich. »Folgen Sie mir, bitte. Und rühren Sie nichts an.« Sie folgten ihr in ein Zimmer mit der Aufschrift PRIVAT. Drinnen herrschte ein unvorstellbares Durcheinander. »Ich hätte nie zugestimmt«, sagte die Frau, »wenn wir nicht auf jede Spende angewiesen wären. Bitte, seien Sie vorsichtig. Die Urne steht da auf der Bank.«

Es war ein bauchiges Gefäß mit zwei gebogenen Griffen. Sie stand auf einem Sockel und hatte auch einen Deckel. Die Proportionen der Urne waren vollkommen. Der Untergrund war schwarz glasiert, und darauf waren ockerfarbene Gestalten abgebildet.

Summers stellte sich neben die Frau, die das Gefäß langsam drehte. Die dargestellte Szene war eine Erzählung, die mit einer nackten Frau über einer sitzenden Frau begann. Die Sitzende liebkoste die andere; Fee konnte sogar sehen, wie die Frau die Labien der Stehenden teilte und ihre Klitoris reizte. Das nächste Bild zeigte einen Mann, der Sodomie mit einem anderen Mann betrieb. Es folgte eine Szene, in der ein bärtiger Mann eine Frau von hinten nahm, die ihrerseits einen Mann manuell bediente.

»Du hast Recht, was das Motto angeht«, sagte Fee trocken, »aber wo steckt der nächste Hinweis?«

»Unter dem Sockel, nehme ich an.« Summers hob die Urne, legte sie auf die Seite und sah ein Stück Plastik, das in den Sockel geschraubt war.

Fee las laut vor, während Summers alles notierte.

»Box clever, in the view of the Marquis of Queensberry.« In der zweiten Zeile hieß es: *»Ring-a-ring of Roses. Price up three of our services correctly: Lick the opposition, and get a straight result.«*

»Es gibt keine Zahlen in Klammern«, bemerkte Fee. »Keinen Hinweis auf die Länge der Wörter, die wir suchen.«

»Dann handelt es sich diesmal nicht um Begriffe aus dem Kreuzworträtselbereich.« Summers steckte sein Notizbuch ein. »Gehen wir, dann denken wir nach.«

Beim Hinausgehen fragte Summers die Frau, ob andere Wettbewerber schon vor ihm da gewesen wären.

»Zwei.«

»Großer Mann mit Schnauzbart?«

»Ja.«

»Wer sonst noch?«

Die Frau hinter dem Schreibtisch sah irritiert aus. »Ich erinnere mich nicht.«

Sie fuhren die gewundene Landstraße entlang. »Der Marquis von Queensberry hat die Regeln des Boxkampfs festgelegt, nicht wahr?«, fragte Fee.

»Ja.« Summers war offenbar nicht nach Reden zumute, deshalb legten sie den Rest der Strecke schweigend zurück. Sie gingen sofort wieder in die Bibliothek. Summers setzte sich auf ein Sofa, legte die Hände hinter den Kopf und schloss die Augen.

Fee fühlte sich überflüssig. »Ich glaube, ich gehe unter die Dusche.«

»Ja, fein.«

Sie ging auf ihr Zimmer. Rachel war ihr zuvorgekommen – die Badezimmertür stand einen Spalt offen, und Fee hörte das Rauschen des Wassers. Rachels Kleider lagen verstreut auf dem Boden. Fee bückte sich. Kaschmirpullover, perlenbesetztes Top, schwarzer Spitzen-Büstenhalter, Boxershorts … Boxershorts?

Sie warf einen Blick durch den Türspalt und

erkannte die Umrisse von zwei Gestalten in der Kabine. Oh, verdammt, dachte sie, William ist bei ihr. Was soll ich jetzt tun? Warten, bis sie fertig sind? Womit fertig sind? Vielleicht sollte ich wieder nach unten gehen. Warte mal ... wenn ich nicht bei mir duschen kann, bleibt noch das Schwimmbad. Sie holte ihren Badeanzug und ein Badetuch aus dem Kleiderschrank und verließ leise ihr Zimmer.

William drückte Rachel gegen die kalten Fliesen der Dusche und schäumte sie mit der duftenden Seife ein. Sie fühlte sich bald mehr als aufgeheizt, wobei ihr nicht klar war, ob es an seinen Berührungen oder am heißen Wasser lag.

»Die prasselnden Wasserstrahlen sind wirkungsvoller als meine Finger«, sagte William grinsend.

Es war wirklich ein wunderschönes Gefühl, als ob tausend Schmetterlinge sie mit ihren feinen Flügeln umschwirrten. Die rhythmischen Bewegungen seiner Hände auf ihrer Haut bildeten einen köstlichen Kontrast. Sie konnte unmöglich sagen, was sie mehr erregte.

Er begann harmlos genug bei Schultern und Armen und nahm sich dann ihre Hände vor. Er wusch jeden Finger einzeln, und Rachel stellte überrascht fest, dass nicht die Fingerspitzen am intensivsten reagierten, sondern die Stellen zwischen den Fingerwurzeln. Mit den Nägeln kratzte er leicht über ihre Handflächen, was sie erschauern ließ, wobei der Venusberg, der Daumenballen, seinem Namen keine Ehre machte, viel stärker waren die Gefühle zwischen der Lebens- und der Herzlinie. Auch bei der Berührung des inneren Handgelenks reagierte sie erotisch, und sie war fast ein wenig enttäuscht, als er dann über ihren Arm nach oben strich.

Sein Ziel schienen ihre Brüste zu sein, wogegen sie nichts gehabt hätte, aber dann begann er sich auf ihren Hals zu konzentrieren.

Es war himmlisch. Je mehr er knetete und massierte, desto empfindlicher wurde der ganze Bereich. Sie war locker wie eine Stoffpuppe und genauso hilflos.

»Ich glaube, jetzt bist du bereit«, sagte er, und plötzlich war sein Finger in ihr. Bisher hatte er sie unterhalb der Gürtellinie noch nicht berührt gehabt, deshalb trug die Überraschung zum sofortigen Lustgewinn bei. »Ich sagte, du würdest deine Belohnung erhalten«, murmelte. »Der Zeitpunkt ist da.«

Er rieb sie geschickt, und ihre Erregung wuchs von Sekunde zu Sekunde, bis sie nicht mehr wachsen konnte und Rachel von einem Orgasmus geschüttelt wurde, dessen Gewalt sie in Erstaunen versetzte.

Er drehte die Dusche ab und reichte ihr ein Badetuch. »Sehen wir uns den Hinweis an«, sagte er.

Fee schwamm drei Längen im Becken, dann legte sie sich auf den Rücken und paddelte träge. Ihre Ohren waren unter Wasser, deshalb nahm sie nichts wahr, bis sie eine Berührung an den Füßen spürte. Erschrocken richtete sie sich auf und fuhr herum. Dann hörte sie Angus lachen.

»Hi«, sagte er und schüttelte das Wasser aus den Haaren. »Du jagst dem Schatz nicht mehr hinterher? Oder überlässt du das Summers?«

»Und was machst du?«

»Ich würde es gern Summers überlassen, aber unglücklicherweise ist er nicht mein Partner.«

Seine Antwort enttäuschte sie. Es wäre ihr lieber gewesen, wenn er sich sie als Partnerin gewünscht hätte.

Er sah hinüber zum Rasen hinter dem Pool. »Ich habe da drüben ein paar frisch gemixte Margaritas. Dies ist zwar nicht Mexiko, aber wir können doch so tun. Senorita?«

Sie stiegen aus dem Becken, saßen mit verschränkten Beinen auf dem Rasen und prosteten aneinander zu. In der Badehose sah sein Körper noch besser aus. Vielleicht dachte er dasselbe auch über sie, denn er musterte sie ausgiebig. Sie steckte die Haare hinter die Ohren, damit sie nicht in ihr Glas fielen.

»Ja, das ist es!«, rief er plötzlich. »Jetzt weiß ich, woran du mich erinnerst.«

»Woran?«

»An eine Elfe.«

Sie stellte die Beine eng nebeneinander und schüttelte die Haare wieder lose.

»Habe ich was Falsches gesagt? Also gut, ich versuche es noch einmal. Eine so schöne Senorita allein mit der Freundin im Urlaub – gibt es keinen Mann in deinem Leben?«

»Im Augenblick nicht.« Sie verzieh ihm den Vergleich mit einer Elfe, weil er so einen entzückenden spanischen Akzent hatte. »So ein gut aussehender Mann ohne Frau im Urlaub«, gab sie zurück. »Wartet niemand zu Hause?«

»Im Augenblick nicht. Hat die Senorita heute Abend Zeit für mich?«

»*Si.*« Kreuzworträtsel waren absolut keine Konkurrenz für einen Abend mit Angus.

»Warst du schon mal in Mittelamerika?«

»Ich bin fast noch nirgendwo gewesen.«

»Caramba!«, rief Angus. »Du hast noch nie den Duft des Ingwers an Bachläufen eingesogen, noch nie sind summende Vögel um deinen Kopf geschwirrt, du hast noch nie das Feuer im Krater eines Vulkans gesehen?«

»Das alles kennst du?«

»Si.«

»Erzähle.«

Er erzählte von seinem Kampf gegen ein Krokodil, auf das er im Nil bei Luxor getroffen war, und wie er in Indien von einer Schwarzen Mamba verfolgt worden war. Er breitete die Hände aus, um die Größe eines Schmetterlings zu zeigen, und er legte die Hände auf ihren Arm, um ihr ein Gefühl für die Ausmaße eines Insekts zu geben. Sie erschauerte. »Das ist der Lepidoptera-Effekt«, sagte er. »Männer scheuchen sie weg, aber Frauen mögen sie.«

Verdammt richtig, dachte Fee, doch bevor sie das interessante Thema vertiefen konnten, tauchten Rachel und William auf. Sie setzten sich zu Angus und Fee aufs Gras.

William sah Angus an. »Wo ist deine Partnerin?«

»Beatrice? Auf ihrem Zimmer.«

»Sie sieht nicht wie eine aus, die so schnell aufgibt«, meinte William.

»Sie gibt nicht auf«, stellte Angus klar. »Sie probiert Anagramme aus.«

»Tausend Drachmen die Stunde«, sagte William, »da beißen sich viele die Zähne aus, was?« Seine Finger trommelten ungeduldig auf den Rasen.

»Ich wette, du kennst die Antwort«, sagte Rachel zu Fee.

Fee lächelte und sagte nichts.

»Ach, komm schon, sei kein Frosch.«

Fee sah sich in einer schwierigen Lage. Einerseits

nahm sie die Schatzsuche nicht so ernst wie die Männer, obwohl sie gern erzählt hätte, dass sie den Titel von Kate Atkinsons Buch gekannt hatte. Natürlich hätte Summers den Titel später in der Bibliothek nachschlagen können, aber sie hatte ihn im Kopf gehabt. Andererseits empfand sie eine seltsame Loyalität gegenüber dem Mann, dem sie gefallen wollte, ganz egal, wie langweilig er war.

»Das hört sich wie die Antwort zu etwas an«, sagte Rachel. »Etwas Albernes wie zum Beispiel: Was ist eine griechische Uhr?«

Irgendwas musste in Fees Gesicht gezuckt haben, denn William sagte: »Oh, das ist es, nicht wahr? Eine griechische Urne. Ich wette, in der Bibliothek gibt es ein Buch mit einem weiteren Hinweis.«

»Sehr gut«, sagte Angus. »Es wird mir ein Vergnügen sein, der arroganten Beatrice mit einer Antwort zuvorzukommen.«

Ich muss vorsichtiger sein, dachte Fee.

Sie und Angus zogen sich an, dann gingen alle zur Bibliothek. Summers war noch da. Er stand auf, als sie eintrafen, und warf Fee einen forschenden Blick zu. William legte einen Arm um Rachel.

»Festgefahren?«, fragte Angus fröhlich.

Summers reagierte kaum. Er sah wieder Fee an, und seinem Gesichtsausdruck entnahm sie, dass er die Lösung gefunden hatte.

»Beatrice schießt los wie eine Rakete«, sagte Angus. »Gut, dass du mit ihr kein Paar bildest, Eric, sonst wärt ihr jetzt schon fertig.«

Es dauerte einen Moment, bis Fee begriffen hatte, was Angus gesagt hatte. Fee könnte Beatrice nicht das Wasser reichen, was das Oberstübchen anging. Sie spürte, wie die Wut in ihr aufstieg, genau wie damals in der Schule, als der Mathelehrer ihr an den Kopf geknallt hätte, sie wäre zu dumm. Fee biss sich auf die Zähne und drückte die Nägel in ihre Handflächen. Sie wusste, dass sie überreagierte, aber sie konnte sich nicht dagegen wehren.

»Beatrice ist gewiss sehr gut«, stimmte Summers zu. »Ihre Kreuzworträtsel sind bestens. Aber man braucht nicht unbedingt zwei Kryptik-Experten für eine solche Suche. Ich bin sehr zufrieden mit Fee, sie hat sich mächtig ins Zeug gelegt.«

Angus schien überrascht.

William lachte. »Rachel auch.« An der Art, wie er es sagte, wussten alle, dass er nicht von der Schatzsuche sprach. Rachel grinste und warf ihre roten Haare zurück. Am Hals war ein Lutschfleck zu sehen.

Summers schaute auf die Uhr.

»Ich muss gehen«, sagte Fee.

Angus winkte ihr. »Wir sehen uns ja später noch.«

Fee hasste winkende Männer. Es wirkte so onkelhaft. Sie kochte immer noch über seine blöde Bemerkung. »Vielleicht«, murmelte sie, »kann aber auch sein, dass ich beim Kreuzworträtseln mitmache.«

Angus sah sie verdutzt an. »Welche Laus ist dir denn über die Leber gelaufen?«

»Die Laus war mein Mathelehrer.«

Sie folgte Summers aus der Bibliothek und hinaus zu seinem Wagen.

»Dein Mathelehrer hat dich also gedemütigt? Hattest du Angst vor ihm?«

»Entsetzliche Angst.«

»Schade«, sagte Summers. »Du hast die Fähigkeit, logisch zu denken. Du hättest gut in Mathe sein können.« Sie stiegen ins Auto. »Der Marquis of Queensberry ist ein Pub in der Stadt. Ich habe im Telefonbuch nachgesehen. Zeit für einen schnellen Drink vorm Essen.«

Eine Weile fuhren sie schweigend. »Weißt du«, sagte Fee schließlich, »was Angus angeht …«

»Das geht mich nichts an«, unterbrach er sie. »So lange du ihm keine Lösungen verrätst.«

Sie schwiegen wieder, und Fee fühlte sich ein wenig schuldbewusst. Sie meinte, das Schweigen brechen zu müssen. »Er hat mir von seinen Reisen erzählt. Er ist überall auf der Welt gewesen. Er hat mit einem Krokodil in Luxor gekämpft, und in Indien hat ihn eine Schwarze Mamba verfolgt.«

»Es gibt keine Krokodile unterhalb des Assuanstaudamms«, sagte Summers, »und die Schwarze Mamba kommt nur in Afrika vor.«

Der Marquis of Queensberry lag am Ende einer kleinen Einkaufspassage. Eines der Geschäfte in dieser Passage hatte Fensterläden aus Holz und hieß ›Adults Only‹, Nur für Erwachsene. Fee lächelte. Einen passenderen Namen gab es nicht für einen Sexshop. Sie gingen in den Pub, und Summers trat gleich an die Theke und orderte ihre Drinks. Auf der Theke stand eine Spendenbox. Summers hob sie an und schaute auf die Unterseite.

»He!«, rief der Wirt.

»Entschuldigen Sie.« Summers stellte die Box wieder hin und steckte ein paar Münzen in den Schlitz. Als er mit den Drinks an den Tisch trat, an dem Fee Platz genommen hatte, sagte er: »Keine *box clever*.«

Arnold und Elsie saßen an einem der anderen Tische. Elsie trank ihren Gin Tonic aus, Arnolds Bierglas war noch halb voll. Schaum klebte an seinem Bart.

»Eric«, rief er, »wir sind dir immer noch voraus. Aber vielleicht nicht mehr lange. Verdammt verzwickt, die Hinweise, was?«

»Ich finde sie eher amüsant«, murmelte Summers.

»Das wird sich bald ändern«, deutete Elsie geheimnisvoll an. Sie war eine sympathische Frau mit schneeweißen Haaren und grauen Augen.

»Du hast Hicks gut gekannt, nicht wahr, Elsie?«, fragte Summers.

»Nicht so gut, wie er es gern gehabt hätte«, antwortete sie.

»Ich glaube, wir müssen zurück«, sagte Arnold hastig. »Viel Glück, Eric.« Elsie folgte ihm.

»Wir haben den Pub gefunden«, sagte Fee. »Und jetzt?«

»*In the view of the Marquis of Queensberry*«, zitierte Summers. »Mit dem Blick auf den Pub. Es muss draußen sein.«

»Hat es was mit Rosen zu tun?«

»Kann sein. Vielleicht gibt es in der Straße einen Blumenhändler.« Sie gingen hinaus, nachdem sie ausgetrunken hatten. »Also«, sagte Summers, »was sehen wir von hier, was mit Boxen zu tun hat?«

»Box Office. Da drüben gibt es ein Theater, und das Box Office verkauft Eintrittskarten.«

»Es wäre schön, wenn sie dort *The Rose and the Ring* spielten.«

»Sie geben *Viel Lärm um nichts*«, sagte Fee.

Eric lachte.

Er hat ein freundliches Gesicht, dachte Fee, wenn er lacht. Er ist kein auffallend attraktiver Typ, aber das liegt daran, dass er so ebenmäßige Züge hat. Gerade Nase, glatte Lippen, haselnussbraune Augen. Alles in dem Gesicht ist normal und unauffällig.

»Telephone Box«, sagte er. »Von hier aus kann ich drei Telefonhäuschen sehen.«

Sie gingen zum ersten. Die Rückwand war mit Visiten- und Geschäftskarten verklebt. Französischunterricht, Wassersport, Massagen. Eine der Karten versprach: Echte Zigeunerin – Ihre Zukunft in meinen Händen.

»Die da«, sagte Fee.

»Oder diese«, meinte Summers und zeigte auf eine Karte mit dem Text: *»Diese Rose hat genug Dornen, um jeden frechen Jungen zu stechen.«*

Sie sahen sich an. »Wir müssen sie beide anrufen«, beschloss er. »Der Hinweis besagt, den Preis von drei Dienstleistungen zu erfragen.«

»Aber welche drei?«

Summers las den Hinweis noch einmal Wort für Wort, und Fee las mit.

Ring-a-ring o' Roses. Price up three of our services correctly: Lick the opposition, and get a straight result.

»Lick«, murmelte Fee. »Lecken. Ob damit Blasen gemeint ist?«

»Nun, das ist auch eine Dienstleistung. Aber was ist mit ›correctly‹ gemeint? Welche Dienstleistung soll das sein? Und was ist die dritte?«

Er tippte sich gegen die Stirn. »Correctly«, murmelte er. »Das steht einmal für korrekt, aber es ist auch ein Begriff aus dem Milieu. Damit werden Auspeitschen und solche Sachen umschrieben.«

Gemeinsam starrten sie wieder auf den Satz. Fee sah Eric von der Seite an. Er sah ruhig und gelassen aus. Er dachte nach, keine Spur von Verlegenheit. Für ihn war es ein Rätsel wie jedes andere. Sie fragte sich, ob ihn überhaupt etwas aus der Ruhe bringen könnte. Es fiel ihr schwer, sich den Mann im Bett vorzustellen.

»Dann fang mal an«, sagte er.

Sie starrte ihn entsetzt an. »Ich? Ich kann sie nicht anrufen, das musst du schon tun.«

»Warum?«

»Weil du ein Mann bist.«

»Das ist eine schwache Begründung.«

»Aber nein. Du kannst dich als Kunde ausgeben, deshalb ist es deine Aufgabe.«

»Natürlich nicht. Du musst ihr gleich die Wahrheit sagen. Sie muss auf unserer Seite sein, genau wie die Frau im Museum.«

»Du kneifst.«

»Stimmt.«

Er ist also doch in Verlegenheit zu bringen, dachte Fee. »Wenn ich jetzt anrufe, musst du das zweite Gespräch führen.«

»Ja, einverstanden.«

Sie nahm den Hörer ab und drückte die Rufziffern ein.

»Rose«, sagte eine Reibeisenstimme.

»Hallo«, begann Fee zögernd.

»Ich mache nichts mit Frauen«, kam die spontane Antwort durchs Telefon.

»Nein«, sagte Fee schnell, »das ist nicht …«

»Einen Dreier mache ich auch nicht.«

»Nein, nein, darum geht es nicht. Ich rufe wegen der Schatzsuche an.«

Schnaufen am anderen Ende. »Was auch immer das ist, meine Liebe, das mache ich auch nicht.« Die Leitung war tot.

Fee sah Eric an. »Du bist dran.«

Er atmete tief durch und wählte die zweite Nummer. Fee wollte mithören. Eric wollte ausweichen, aber das Kabel war zu kurz.

»Fair ist fair«, zischte Fee. »Du hast bei meinem Anruf auch mitgehört.«

»Hier ist Rose«, sagte eine Frauenstimme. Sie klang sanfter und freundlicher.

»Hallo«, sagte Summers und hielt den Atem an.

»Ah, du hast so etwas noch nicht gemacht, was, Darling? Keine Bange, du wirst einen Steifen haben, wenn wir am Telefon fertig sind, und dann kannst du zu mir kommen und mir den Hengst machen. Also, hast du bestimmte Wünsche? Soll ich mich als Dienstmädchen verkleiden? Blasen? Bumsen? Oder irgendwelche Spiele?«

»Schatzsuche«, sagte Summers.

»Ich verstehe. Nun, in dem Fall kommst du am besten gleich zu mir. Ich wohne um die Ecke. 14 B, Mount Pleasant Road. Willst du wissen, was ich trage? Ich sage es dir. Ganz dünne Seidenstrümpfe ...«

»Ich fürchte, heute geht es nicht«, sagte Summers und sah auf die Uhr. »Ich wollte mich nur über die Preise informieren.«

»Sehr zivile Preise«, sagte Rose. »Bist du noch Jungfrau, mein Lieber?«

»Was kostet Blasen?«, fragte Summers.

»Siebenundzwanzig Pfund«, antwortete Rose.

Summers notierte die Ziffer. »Und Bestrafung?«

»Fünfundsiebzig.«

»Was bietest du sonst noch an?«

»Ich glaube, es ist besser, wenn du zu mir kommst, dann können wir das in allen Einzelheiten bereden. Wir wäre es mit zehn Uhr morgen früh? Du willst es doch, oder?«

»Bumsen?«

»Fünfzig. Und spiel heute Abend nicht an dir rum.« Sie legte auf.

Fee lachte laut auf.

Summers sah sie tadelnd an. »Ich dachte, ich hätte mich wacker geschlagen.«

»Aber nicht so gut, wie du dich morgen schlagen musst.«

Er sah sie entsetzt an, und Fee musste wieder lachen. Nach einer Weile zuckte es um seine Mundwinkel, dann lachte auch er. Es war ein Lachen, das nicht aufhören wollte. Wann immer ihre Heiterkeit abebbte, schauten sie sich an und bogen sich wieder. Als sie schließlich erschöpft waren, fühlte sie ein Glühen, das sie sonst nur nach energiegeladenem Sex hatte. Sie hätte gern gewusst, ob das auch bei Eric so war. Hatte er überhaupt jemals energiegeladenen Sex gehabt?

»Sechs Ziffern«, sagte er, immer noch lächelnd. »Wahrscheinlich eine Telefonnummer. Probieren wir sie.« Er reichte ihr den Hörer. »Du bist dran.«

»Muss ich? Du warst viel besser als ich.«

»Schmeicheleien helfen dir nicht weiter.«

»Ich habe nichts erreicht«, sagte sie. »Absolut nichts.«

»Stimmt nicht.« Aber er nahm den Hörer und tippte die Nummer ein.

»Schwester Perpetua vom Blutenden Herzen«, sagte eine Frauenstimme.

Summers verdrehte die Augen. »Ich rufe im Zusammenhang mit der Schatzsuche an.«

»Sie sind schon der Zweite heute. Ich fürchte, ich weiß nicht, wovon Sie reden.«

»Ich hatte die Hoffnung, dass Sie mir den nächsten Fingerzeig geben könnten.«

»Ich fürchte, da ist Ihnen ein Fehler unterlaufen.«

»Heißt das, ich muss Ihnen eine verschlüsselte

Frage stellen? Kann es sein, dass ich den Code noch nicht geknackt habe?«

»Wie war Ihr Name?«

»Ich habe ihn noch nicht genannt, aber ich bin Eric Summers.«

»Nie von Ihnen gehört.«

»Ich bin auch als Schwalbe bekannt.«

»Schwalbe? Sind Sie der Kreuzworträtselmann?«

»Ja.«

»Oh, das ist eine große Ehre für mich«, schwärmte Schwester Perpetua. »Ihr letztes Rätsel war besonders gelungen. Wann kommt das neue?«

»Erst in drei Monaten.«

Sie seufzte. »Ich wünschte, ich könnte Ihnen helfen.«

»Danke, und entschuldigen Sie bitte die Belästigung«, sagte Summers galant.

»Ach, Sie haben mich doch nicht belästigt«, wandte die Schwester ein. »Aber da Sie gerade in der Leitung sind – stasivalent. Das bedeutet doch, dass man den Beischlaf nur im Stehen vollziehen kann, nicht wahr? In den Lexika, die wir hier zur Verfügung haben, kann ich das Wort nicht finden.«

»Ja, absolut richtig.«

»Ah, gut. Das ist die Lösung von drei waagerecht. Alles Gute für Sie, Mister Summers. Wie schön, dass ich mal mit Ihnen sprechen durfte.«

Summers legte auf. Sie sahen sich an und lachten wieder. Schließlich sagte er: »Irgendwo ist uns ein Fehler unterlaufen. Aber wir haben keine Zeit, das zu überprüfen. Wenn wir nicht rechtzeitig zum Abendessen zu Hause sind, werden wir disqualifiziert.«

Fees hysterisches Lachen begleitete sie bis zum Haus.

Drittes Kapitel

Beim Essen fand sich Fee zwischen Beatrice und Saul Slick wieder. Slick redete hauptsächlich über seine Söhne im Teenageralter, denen er unterstellte, dass sie ein besseres Leben hatten als er. Er war Drehbuchautor einer Soap, er hatte eine kultivierte Stimme, die leicht lispelte, wenn er leise sprach. Seine Haare führten ein Eigenleben, auf das er offenbar keinen Einfluss hatte. Er erzählte, dass man sein Auto auf dem Parkplatz der Saint Anne's Chapel angefahren hatte, aber er hatte den Schuldigen nicht gesehen, und niemand hatte sich bisher bei ihm gemeldet.

Beatrice war etwa Mitte dreißig. Der strenge Haarschnitt und die Brille unterstrichen ihre Persönlichkeit – sehr direkt, auf den Punkt genau. Sie hatte dunkle Augen, die ein wenig zu nahe beieinander lagen, und ein spitz zulaufendes Kinn.

Vom ersten Moment an zeigte sie Fee die kalte Schulter, deshalb beschränkte sich Fee darauf, Sauls Geschichten von seinen Söhnen zu lauschen. Die Freundinnen der Söhne hatten große Brüste und einen hohen Intelligenzquotienten. Beatrice lenkte sich ab, indem sie mit dem Salzstreuer spielte, während Saul anzügliche Geschichten über das Sexleben seiner Söhne zum Besten gab.

Der Kaffee wurde im Spielzimmer serviert. Angus setzte sich neben Fee, bevor sonst jemand es konnte, und sah ihr tief in die Augen. »Ich habe Sangria auf meinem Zimmer, wenn Senorita mal probieren möchte.«

Fee gab sich abweisend und antwortete nicht.

»Du siehst immer noch so aus, als wäre dir eine Laus über die Leber gelaufen«, sagte er und vergaß seinen spanischen Akzent. »Und ich habe keine Ahnung warum.«

»Wirklich nicht? Du hast gesagt, es wäre gut, dass Beatrice nicht Summers zugelost wurde, sonst wären sie schon fertig.«

»Beatrice Webb, auch als Schwarze Witwe bekannt. Sie ist eine anerkannte Erfinderin von kryptischen Definitionen. Natürlich ist sie bei diesem Job besser als du.«

»Du begreifst nichts, was? Solche Dinge spricht man einfach nicht aus.«

»Wie viele Hinweise hast du denn bisher schon gelöst?«

»Bei einigen habe ich geholfen.«

»Ja, klar.«

»Doch, wirklich«, beharrte Fee. »Ich kannte das Buch von Kate Atkinson.«

»Daraus hat sich doch nur ein Anhaltspunkt ergeben.«

»Und ich habe die Umschreibung fürs Blasen geknackt.« Ihr fiel ein, dass sie jetzt nichts mehr sagen durfte, sonst verriet sie vielleicht Lösungen, die Angus und Beatrice noch gar nicht gefunden hatten.

»Ich entschuldige mich«, sagte er. »Ich habe dich schlicht unterschätzt. Warum gehen wir nicht nach oben, dann kann ich dich in aller Form um Verzeihung bitten.«

Sie rümpfte die Nase.

»Die Senorita muss entspannen nach schwerer Tagesarbeit. Manuel ist Künstler in Massage. Hat gelernt in Indien.« Er fiel wieder in seine Imitation des Spanischen zurück.

»Wo dich die Schwarze Mamba verfolgt hat?«

Er grinste. »Das hast du nachgeschlagen, was? Und das Lexikon hat dir gesagt, dass es in Indien keine Schwarzen Mambas gibt.«

»Richtig.«

»Aber es war eine gute Story, oder?«

»Nicht ganz so gut wie die Krokodile in Luxor.«

»In meinem Abschlusszeugnis stand schon, ich hätte mehr Fantasie, als gut für mich wäre.« Er grinste wieder. »Aber was ich über Massage gesagt habe, stimmt. Ich habe einen Kurs belegt gehabt.« Er rieb die Hände gegeneinander und bog die Finger.

Er hatte schöne Hände. Er nahm ihr Handgelenk und zog sie behutsam auf die Füße.

»Ich habe keine duftenden Öle mitgebracht, aber ich habe Talkumpuder dabei.«

Sie konnte dem Angebot nicht widerstehen. Es war zu verlockend. »Also gut.«

Sie gingen zur Tür. Als sie das Zimmer verließen, drehte Fee sich um und sah, dass Eric Summers ihr enttäuscht nachschaute.

Es war Fees erster Freund Mark, der sie mit Massagen bekannt gemacht hatte. Mark war fünf Jahre älter als sie gewesen und kam aus Jamaika. Sie hatte ihn nie mit nach Hause gebracht – es wäre ihren Eltern peinlich gewesen.

Mark hatte ihr beigebracht, den eigenen Körper zu lieben und seinen zu schätzen. Er hatte sie mit viel Rücksicht und Geschick entjungfert, und die Welt des Sex hatte sich ihr geöffnet wie eine exotische Blume. Die Beziehung endete, als Mark nach einem Jahr einen Job in den USA erhalten hatte.

Fee hatte sich nie wieder bei einem Mann so entspannt gefühlt. Der eine Liebhaber war beim Cunnilingus gut gewesen, ein anderer war so athletisch gebaut wie Mark, und weitere hatten auch interessante Stellungen und diverses Spielzeug ausprobiert – aber noch kein Mann hatte alle von Marks guten Eigenschaften erfüllt.

Es war ein warmer Abend. Angus legte ein Band mit beruhigender Panflötenmusik auf, und bald hatten sie den Sangria getrunken.

»Ich mag Spanien«, sagte Angus. »Ich war mal in einer kleinen Stadt, in der sie das Geld von allen Knöllchen wegen falschen Parkens sammeln und damit jedes Wochenende ein Feuerwerk finanzieren.«

Fee sah ihn skeptisch an.

»Diesmal stimmt es«, versicherte er ihr. »Mit der Mamba-Story wollte ich dich beeindrucken. Jetzt möchte ich dir aber mit einer Sache imponieren, die ich wirklich beherrsche.«

Er breitete ein Badetuch auf dem Bett aus. Fee überlegte, was sie ausziehen sollte. Sie begann mit Bluse und Rock. Angus hob eine Augenbraue. Da zog sie auch noch den Büstenhalter aus.

Er schaute auf den Boden, drehte ihr höflich den Rücken zu und zog sich das Hemd über den Kopf. Sie nutzte die Zeit, streifte das Höschen ab und legte sich auf den Bauch. Sie spürte den kühlen Hauch der Klimaanlage, und dann rieselte Talkum über ihren Rücken.

Er begann, ihren Nacken und die Schultern zu kneten. Es wurde schon nach den ersten Griffen deutlich, dass er darin geübt war. Sie spürte, wie sich ihr Körper entspannte, während seine Hände ihren Zauber bewirkten. Die Zeit verlor ihre Bedeutung. Er passte seine Bewegungen dem weichen Rhythmus der Musik an, und sie sank und hob sich im Takt. Sie lag völlig entspannt da, während er sich an ihrem Körper nach unten arbeitete und die erogenen Zonen sorgsam mied.

Er wandte sich ihren Füßen zu. Fee hatte es schon immer geliebt, wenn ihre Füße gestreichelt wurden. Man konnte sie damit sogar zum Orgasmus bringen. Angus massierte sie mit kleinen kreisenden Bewegungen der Daumen, dann konzentrierte er sich nacheinander um jeden einzelnen Zeh. Wann immer er mit dem Finger zwischen die Zehen stieß, war es wie eine Simulation des Penetrierens. Sie hörte sich stöhnen, und das Stöhnen drang aus der Tiefe des Unterbewusstseins, wo Gefühle über die Sprache herrschen.

»Dreh dich um.«

Sie rollte sich auf den Rücken und warf einen Blick auf die Uhr auf dem Nachttisch. Seit einer Dreiviertelstunde massierte er sie schon.

Wieder besprühte er ihren Körper mit Talkumpuder. Ihre Haut war jetzt empfänglicher; ihr war, als würde sie von Schneeflocken verführt. Wie eben fing er mit Hals und Schultern an, und während er sich nach unten arbeitete, vermied er, Brüste und Geschlecht zu berühren. Nach einer Weile wünschte sie, er würde sie endlich dort anfassen. Sie spürte eine schleichende Erregung, die in ihr hochkroch und nach direkterem Handeln verlangte.

Er war wieder bei den Füßen angelangt, und sie wand sich voller Lust hin und her. Über den Rist, wieder in die Lücken zwischen den Zehen, über die Fußballen, zurück über die Fersen zum Rist.

Er beugte sich über sie und legte die Hände auf ihre Brüste. Eine Weile strich er auf eine frustrierend nichtsexuelle Art darüber. Dann begann er zärtlich zu kneten, bis die Finger sich leicht und spielerisch auf ihre

Nippel legten. Sie versteiften sich sofort, und die Erregung teilte sich der Klitoris mit.

Er beugte sich noch weiter über sie und strich mit der Zunge über ihre Haut. Ihr Körper wurde von heftigen Zuckungen erfasst. Angus richtete sich wieder auf, und Fee spürte seine Zunge nicht mehr. Sie war entsetzt. Im nächsten Moment senkte er die Lippen über einen Nippel. Er ließ sich viel Zeit, wodurch Fee nie wusste, wann sie was von ihm erwarten konnte. Es war ihr unmöglich, stillzuhalten.

»Heiße Arbeit, so eine Massage«, sagte er nach einer Weile.

Es war das erste Mal, dass er seit einer Stunde gesprochen hatte. »Ich an deiner Stelle würde den Rest der Kleider ausziehen«, riet sie ihm.

»Wenn ich das tue, wirst du sehen können, welche Wirkung du auf mich hast.«

»Wie schön.«

Er zog den Reißverschluss seiner Hose auf und streifte sie ab. Dann zog er die Unterhose aus, und seine Erektion sprang ins Freie.

»Dreh dich wieder um.«

Sie gehorchte, und er sprühte ihren Rücken wieder mit Talkum. Er grätschte über sie. Seide Hoden fielen in das Dreieck ihrer gespreizten Beine. Er fuhr mit den Fingernägeln über ihre gespannten Backen, und sie zitterte vor Lust.

Sie war mehr als bereit für ihn.

Er kitzelte ihre Kerbe, spielte mit den Fingerspitzen um die hintere Öffnung, drang aber nicht ein, sondern beließ es dabei, dass seine Finger es androhten. Sie wurde immer nasser. Der Zeigefinger stieß sanft gegen ihre Klitoris, während der Daumen ungeduldig gegen den Schließmuskel drückte. Fee wusste, dass ihr Orgasmus unmittelbar bevorstand. Sie wartete auf das große Finale.

Er wechselte seine Position, damit seine Hand weitere akrobatische Zaubereien mit ihr anstellen konnte. Das war der Dreiergriff – der Daumen drang in die hintere Öffnung ein, der Mittelfinger schob sich in ihre Pussy, und der Zeigefinger rieb gegen den Kitzler.

Das konnte sie nicht lange aushalten. Es kam ihr gewaltig, ihr Körper wurde wie im Fieberwahn geschüttelt, obwohl er mit der freien Hand besänftigend über ihren Rücken strich. Sie heulte und schluchzte, und es dauerte eine Zeit, bis sie wieder zu Atem kam.

Er küsste sie auf die Nasenspitze und schob eine Praline in ihren Mund.

»Höchste Punktzahl«, sagte sie lachend.

»Hast du mir jetzt verziehen?«

»Oh, ja.« Sie sah auf seine Erektion. »Ich glaube, wir sollten uns jetzt um ihn da kümmern.«

»Ja. Ich will in dich rein.«

»Komm.«

Er legte sich auf sie und drang sofort in sie ein. Vom Orgasmus war sie noch sehr nass, und er stieß tief und schnell zu. Keine raffinierten Sachen, einfach nur zustoßen, immer wieder, hart und wirkungsvoll.

»Puh«, stöhnte sie. »Das ist *con brio.*« Dann wurde sie von seinen Stößen durchgerüttelt, und sie hätte kein Wort mehr herausgebracht, selbst wenn sie gewollt hätte. Sein heftiger Atem verriet ihr, dass es ihm auch bald kommen würde. Die Vorstellung reichte schon aus, sie erneut an den Rand eines Orgasmus zu bringen. Sie erlebten den Höhepunkt gemeinsam. Es war der beste Sex, den sie seit vielen Jahren erlebt hatte.

»Deine Idee probieren wir das nächste Mal«, sagte er. »Ich hatte jetzt keine Zeit mehr.«

»Welche Idee?«

»Dass wir uns gegenseitig Käse vom Körper lecken.«

»Bitte?«

»Con brie, hast du gesagt.«

Fee lachte laut auf. *»Con brio«,* stellte sie klar. »Das heißt ›mit Gefühl‹ und ist ein Ausdruck aus der Musik.«

»Mit Gefühl?« Er richtete sich auf, nahm eine Wodkaflasche und schenkte zwei Gläser ein. Es war ein guter Wodka, und bald leerten sie weitere Gläser. Nach dem vierten Wodka fühlte sich Fee ziemlich angeheitert.

»Die Schatzsuche bringt eine Menge Spaß«, meinte Angus.

»Ich genieße sie auch mehr, als ich geahnt habe.«

»Wie hieß die Definition, aus der du ›Blasen‹ gelesen hast?«, wollte er wissen.

»Lick the opposition«, sagte Fee. »Die Redewendung sagt etwa, man soll seine Gegner verdreschen, aber wenn man sie wörtlich nimmt, heißt es, sein Gegenüber zu lecken. Es gehörte also nicht viel Grips dazu, auf die richtige Lösung zu kommen.«

»Und wo hast du dir am Nachmittag die Zeit mit Summers vertrieben?«

»In einer kleinen Kneipe«, antwortete Fee und mied es, den Namen zu sagen. Sie spürte, wie sich das Zimmer langsam drehte. Sie musste die Augen schließen, vielleicht fuhr sie dann nicht mehr Karussell.

Als Fee am anderen Morgen aufwachte, platzte ihr fast der Schädel. Sie hatte keine Ahnung, wie sie auf ihr eigenes Zimmer und in ihrem Bett gelandet war. Rachel schlief noch.

Sie ging langsam, Schritt für Schritt, hinunter ins Restaurant und setzte sich an einen Tisch in der Ecke. Nach zwei Glas Orangensaft und einer Scheibe Toast ging es ihr ein wenig besser. Erst jetzt sah sie sich um, wer sonst noch frühstückte. Angus und William waren noch nicht da. Beatrice saß an einem Tisch mit Saul Slick.

»Er hat mich gezwungen«, hörte Fee sie sagen.

»Hast du dich nicht wehren können?«

Beatrice schüttelte den Kopf, dann nahm sie die Brille ab und putzte die Gläser.

Fee war so in ihr Lauschen vertieft, dass sie zusammenzuckte, als Summers sagte: »Guten Morgen. Hast du gut geschlafen?«

Beatrice sagte etwas, was nicht zu hören war.

»In einer solchen Situation geht nichts über einen Spaten«, hörte sie Saul Slick sagen.

»Ich habe dich gefragt, ob du gut geschlafen hast«, wiederholte Summers und setzte sich neben Fee. Er griff nach einer Scheibe Toast.

Fee blinzelte. »Ja, danke.«

»Gummi?«, fragte Saul.

Fee hätte sich beinahe am Kaffee verschluckt.

Summers lachte laut auf.

»Was soll das denn?«, fragte Fee.

»Sie reden über ein Bridgespiel.«

Fee wurde rot vor Verlegenheit.

»Spaten ist ein anderes Wort für Pik, und Rubber ist diesmal kein Gummi, sondern so bezeichnet man die meist entscheidende dritte Partie eines Spiels.«

»Danke.« Sie hob den Kopf und sah Angus eintreten. Er sah sie nicht, weil Summers sie verdeckte. Angus ging direkt zu Beatrice und flüsterte ihr was ins Ohr. Beatrice lächelte, schob ihren Teller zurück und erhob sich.

»Bis später, Saul«, sagte sie, dann verließen sie und Angus angeregt plaudernd das Restaurant.

Summers sah Fee an. »Was hast du ihm gesagt?«

»Wie meinst du das?« Ihr Herz schlug schneller, als sie daran denken musste, wie sie mit ihren Erfolgen bei Angus geprahlt hatte, obwohl sie sich nicht mehr genau daran erinnern konnte, was sie ihm gesagt hatte.

»Du weißt genau, wie ich das meine.«

»Ich habe nichts gesagt«, log sie.

»Wenn ich Beweise des Gegenteils finde, beende ich die Schatzsuche allein.«

Oh, verdammt, dachte Fee, ich habe gerade angefangen, meine Zeit hier zu genießen. Ich habe lange nicht mehr so gelacht wie gestern. Sie wechselte das Thema. »Wir sollten uns beeilen, sonst kommst du zu spät zu deiner Verabredung mit Rose. Um zehn Uhr sollst du bei ihr sein.«

»Ja, gut« sagte er betont lustlos.

Sie fuhren in die Stadt. Er überfuhr keine Ampel bei Gelb, und vor jeder Ampel zog er die Handbremse an. Mount Pleasant 14B war ein kleines Einfamilienhaus. Sie blieben im Saab am Straßenrand sitzen und nahmen sich wieder den Hinweis vor.

Ring-a-Ring o' Roses. Price up three of our services correctly: lick the opposition, and get a straight result.

»Wir sind ziemlich sicher, die richtige Rose gefunden zu haben«, sagte Summers, »aber hundertprozentig können wir nicht sein. Vielleicht haben wir nicht nach der richtigen Dienstleistung gefragt. Es kann auch sein, dass in dem Text eine Finte versteckt ist.«

»Vielleicht geht es gar nicht um eine Telefonnummer«, schlug Fee vor.

»Ah, da bin ich sicher. Ring-a-Ring ist ein Kinderreim, aber lautmalerisch ist das Klingeln des Telefons gemeint. Also mehr als eine Rose anrufen.«

»Hast du es genau so kopiert, wie es geschrieben stand?«

»Natürlich habe ich das getan«, blaffte Summers sie an, wütend darüber, dass ihm jemand die kleinste Ungenauigkeit unterstellen konnte. Dann wich sein verärgertes Gesicht wieder dem Ausdruck des Nachdenkens. Seine haselnussbraunen Augen starrten irgendwo ins Leere.

»Wir haben die Interpunktion nicht berücksichtigt.«

»Ein Apostroph, zwei Punkte, ein Semikolon und ein Komma«, zählte Fee auf.

»Genau.«

»Du hast den Hinweis geknackt?«

Er wollte es ihr nicht sagen. Er traut mir nicht mehr über den Weg, dachte sie, und ich kann es ihm nicht einmal verübeln.

Plötzlich öffnete sich die Tür von 14B, und ein Mann trat heraus. Der Schnauzbart war unverkennbar: Arnold. Er war so tief in Gedanken, dass er den Saab nicht bemerkte und vorbeiging. Er schien sich nicht entscheiden zu können, ob er lächeln oder pfeifen sollte, deshalb tat er beides abwechselnd. Es dauerte nur einige Töne, bis Fee die Melodie erkannte.

»Er hat die Lösung«, murmelte Summers.

Die Melodie hieß *She'll Be Coming Round The Mountain When She Comes.*

»Nicht unbedingt«, meinte Fee.

»Rachel, wach auf!« William klopfte gegen die Zimmertür. »Komm schon, wir müssen ins Museum.«

»Oh, verdammt«, stöhnte Rachel. »Kannst du das nicht vergessen und zu mir kommen?«

»Entweder du bist in zwei Minuten unten, oder ich fahre ohne dich.«

Zehn Minuten später waren sie vor dem Museum – William hatte sich an keine Geschwindigkeitsbeschränkung gehalten. Die Frau am Schreibtisch ließ die Besucher nur paarweise herein, und William und Rachel mussten warten, bis sie an der Reihe waren. William klopfte ungeduldig gegen sein Bein.

»Ich weiß nicht, warum du es so eilig hast«, murmelte Rachel. »Wir werden nie gewinnen, weil uns zu viele Paare schon voraus sind.«

William lächelte nur. Als sie den Hinweis im Museum gefunden hatten und wieder im Auto saßen, verblüffte er sie mit der Lösung. »Der Marquis of Queensberry ist eine Kneipe in der Stadt.« Zehn Minuten später waren sie da, aber dann benötigten sie eine halbe Stunde, ehe sie die Telefonzelle entdeckten.

»Rose ist eine Hure«, sagte William, als er sich die Karten auf der Rückseite der Zellenwand ansah. »Wir müssen erfahren, wie viel sie für einen Blowjob nimmt, für normalen Sex und für ihre Sado-Maso-Nummer.«

»Alle Achtung«, sagte Rachel anerkennend, »du bist heute in großer Form.«

Die Telefonnummer war besetzt. Auf dem Weg zurück zum Landhotel hielten sie an jeder Telefonzelle an – ohne Erfolg. Zu Rachels Freude gingen sie sofort auf ihr Zimmer, aber statt sie in den Arm zu nehmen, ging William im Zimmer auf und ab.

»Oh, verdammt«, knurrte Rachel. »Komm her. Du bist ja völlig verspannt.«

Er blieb stehen. »Sage mir nicht, was ich zu tun habe.«

»Das wollte ich nicht.«

»Doch, du hast es versucht. Es ist ja nicht so, dass du das Gehirn unseres Teams bist.«

»Du bist ein arroganter Bastard.«

»Ich dachte, es gefällt dir, wenn ich ein bisschen rau mit dir umspringe«, gab William zurück.

»Ich brauche mich hinter niemandem zu verstecken«, sagte Rachel. »Ich habe ein Diplom in modernen Sprachen, und wenn ich rau angefasst werden will, lasse ich ihn das in vier Sprachen wissen, wenn es sein muss.«

»Oh, oh«, sagte er lächelnd und begann sich auszuziehen.

Rachels Augen leuchteten. Er hatte seinen Tadel nicht ernst gemeint, er hatte sie nur necken wollen. »Wie möchte der Sir mich haben?«

»Nackt, du Luder. Beuge dich über den Stuhl.«

»In der Hundestellung?«

»Mach schon«, drängte William und zog seine Hose aus. Seine Erektion zuckte voller Ungeduld.

Rachel zog sich aus, beugte sich über den Stuhl, wie er es verlangt hatte, und präsentierte ihm ihren Hintern. Er drang ohne jedes Vorspiel in ihn ein, und zuerst schmerzte es. Doch die Mischung von körperlicher Berührung und mentalem Rollenspiel bewirkte bald die Nässe in ihrer Vagina, und sie begann es zu genießen.

Er stieß in sie hinein, als hätte er für sie gezahlt und wollte einen hohen Gegenwert für sein Geld herausholen. Die Stuhlleiste drückte auf ihre Haut, aber sie spürte es kaum; seine mangelnde Rücksicht gehörte mit zum Szenario. Sie gab sich ihrer Fantasie hin. Mit jedem Stoß, der immer auch ein bisschen Schmerz brachte, entrückte sie der Wirklichkeit um ein weiteres Stück.

»Oh, das ist …«

»Halt den Mund.«

Es kam ihm sehr schnell, und stöhnend und knurrend entlud er sich in ihr. Rachel verkrampfte innerlich, am liebsten hätte sie laut geschrien vor Frust. Bevor sie sich beklagen konnte, schrillte das Telefon.

William hob den Hörer auf. »Angus«, sagte er zu ihr, dann lauschte er. »Ja, gut.« Er legte auf und zog sich an.

»Wohin gehst du?«, fragte Rachel wütend.

»Weg.«

»Arbeitest du mit Angus zusammen?«

»Sei nicht albern. Ich bin Angus weit voraus, wieso sollte es mir helfen, mit ihm zusammenzuarbeiten?«

»Indem du über Angus in Beatrice' Gehirn blickst. Deshalb hast du heute auch die Lösungen so rasch gehabt.«

»Oh, vielen Dank für dein Vertrauen«, blaffte er, knallte die Tür hinter sich zu und war verschwunden.

Rachel lag da und kochte vor Wut. Sie ließ sich so ein ungehobeltes Benehmen nicht gefallen. Wenn ein Mann keinen Stil hatte, suchte sie sich einen anderen. Und es gab immer einen anderen. Sie war eine attraktive Frau mit einem hübschen Gesicht, einem aufreizenden Körper und echten roten Haaren.

»Gib dich nie mit dem Zweitbesten zufrieden«, hatte ihre Mutter geraten. »Sobald du eine gediegene Ausbildung hast, kannst du deine Intelligenz und deine Schönheit ins Feld führen. Und noch einen Rat – täusche nie einen Orgasmus vor. Sage dem Mann immer, was du willst.«

Daran hatte sie sich bisher immer gehalten. Sie überlegte, ob sie sich selbst bis zum Ende bringen sollte, aber es war ihr die Mühe nicht wert. Ihr Vibrator hätte die Arbeit übernehmen können, aber sie hatte vergessen, neue Batterien zu kaufen, und die in der Taschenlampe waren zu groß.

Fee saß im Auto und wartete auf Summers. Sie wusste nicht, wie sie die Stereoanlage einschalten konnte, und die einzigen Bücher, die sie sah, beschäftigten sich mit Spieltheorien. Die Umschläge waren ansprechend gestaltet, aber der Inhalt bestand aus lauter mathematischen Formeln und Symbolen. Sie aß zwei seiner Pfefferminzbonbons und wusste nicht, wohin mit den Papierchen. Der Aschenbecher war blitzblank.

Nach fünf Minuten beschloss sie, frische Luft zu schnappen. Sie traute sich nicht, zu weit zu gehen, deshalb kehrte sie nach gut hundert Schritten wieder um. Summers war noch nicht wieder zurück.

Ein schmaler Pfad führte an die Hausseite zu 14B, und ganz hinten konnte sie einen Mülleimer sehen. Endlich eine Möglichkeit, die Bonbonpapierchen zu entsorgen. Auf halbem Weg sah sie ein Fenster. Obwohl ein Netzvorhang für Sichtschutz sorgen sollte, hatte er sich an irgendetwas verfangen und ließ einen Blick durchs Fenster zu. Fee trat näher ans Fenster heran und lugte ins Zimmer.

Eine große blonde Frau stand mitten im Zimmer. Sie trug einen roten Büstenhalter mit kleinen Öffnungen für die Warzen. Büstenhalter war eine zu ungenaue Bezeichnung für diese Konstruktion, die entwickelt worden war, um Brüste zu stützen, die Männer sensationell genannt und die meisten Frauen als große Belastung empfunden hätten. Unterhalb des Busens quetschten sich ein paar Fleischrollen, und darunter trug sie einen roten Strumpfgürtel.

Summers stand da, schüttelte den Kopf und sagte etwas. Fee drückte das Ohr an die Scheibe und lauschte.

»Die fünfzig Pfund sind nicht das Problem …«

»Mir kannst du nichts vormachen, Mr. Summers. Ich erkenne kalte Füße, wenn ich sie sehe.«

»Fühl doch mal.«

»Ich glaube, was du fühlen willst, sind diese Dinger hier.« Sie öffnete die gerundeten Stäbchen, die in den Büstenhalter eingearbeitet waren, um die Massen zu stützen, dann ließ sie das Wäschestück auf den Boden fallen. Zwei enorme Brüste rutschten in eine neue Position.

Die Frau nahm Summers' Hand und bedeckte damit einen Nippel. »Da, bitte. Gefällt dir das nicht?«

»Rose«, sagte Summers, »es ist Analsex, der mich interessiert.«

Fees Augen weiteten sich vor Überraschung.

»Dein erstes Mal, und dann gleich durch die Hintertür?«

»Oh, Himmel. Ich will doch nur herausfinden, wie viel du für Analsex verlangst. Ich will diese Dienstleistung nicht in Anspruch nehmen.«

Rose hob den Büstenhalter auf, lachte und zog ihn wieder an. »Ich habe mir nur einen kleinen Spaß erlaubt«, sagte sie. »Der Doppelpunkt hinter ›correctly‹ sollte Analsex symbolisieren. Die Nummern, die du suchst, lauten fünfundsiebzig, dreiundvierzig und siebenundzwanzig.«

»Danke.«

»Mit dem ersten Gentleman hatte ich noch mehr

Spaß«, erzählte Rose. »Am Ende war er ziemlich wütend auf mich, glaube ich.«

»Aber er hörte sich nicht wütend an«, sagte Summers. »Ich habe ihn fröhlich pfeifen hören.«

»Oh, das war der zweite Herr. Du bist der dritte.«

»Der dritte?«

»Der zweite war ein wunderbarer Gentleman. Mit seinem herrlichen Schnauzbart hat er ein paar verblüffende Sachen angestellt. Und er hat mir ein üppiges Trinkgeld gegeben.«

»Wer war denn der Erste?«

»Oh, ich glaube, das darf ich Ihnen nicht sagen. Ich habe Arnold nur deshalb erwähnt, weil ich weiß, dass du ihn gesehen hast. Ich muss mich an die Vorschriften halten. Der zweite Teil meines Honorars ist erst nach der Schatzsuche fällig.«

Sie gingen zur Tür, und Fee huschte zum Auto zurück.

Als Summers einstieg, fragte sie: »Und wohin fahren wir jetzt?«

»Zurück zum Haus. Ich muss jemanden anrufen.«

»Schade, dass wir keine Handys benutzen dürfen.«

»Nein, ist es nicht«, sagte er mit einer Bestimmtheit, als zählte nur seine Meinung. »Ich hasse diese Nervensägen.«

Als sie zurück waren, rief er die Telefonnummer an. »Dies ist eine aufgezeichnete Nachricht«, sagte die Stimme eines alten Mannes.

»Murines! They're not the best thing in the world. Reinterpret location appropriately, and enter wondrous portal. That was the fourth clue.«

»Das war Alfred Hicks selbst«, sagte Summers und schrieb den neuen Fingerzeig in sein Notizbuch. »Es sieht so aus, als hätte er diese Schatzsuche schon seit langem geplant.«

»Was sind murines?«

»Mäuse oder Ratten.«

Bei dem Begriff ›wondrous portal‹ machte etwas ›Klick‹ in Fees Kopf. »Ratten«, murmelte sie. »Sie kämpften mit den Hunden und töteten die Katzen … und als sie kamen zum Berge vor, öffnete sich ihnen ein Zaubertor. *Der Rattenfänger von Hameln!*«

»Dein Englischlehrer hat bei dir mehr erreicht als dein Mathelehrer, nehme ich an.«

»Mein Englischlehrer war wunderbar. Englisch und Musik waren die einzigen Fächer, in denen ich eine Eins hatte. Und wie interpretieren wir den Berg neu?«

»Das muss nicht unbedingt gemeint sein. Die Ratten wurden im Fluss ertränkt, nicht wahr?«

Fee blätterte das Buch über den Rattenfänger durch. Summers saß mit geschlossenen Augen auf einem Sofa, die Finger beider Hände gegeneinander gelegt, das Gesicht in gewohnter Anspannung, wenn er seiner Lieblingsbeschäftigung nachging, dem Denken. Jedenfalls glaubte Fee, dass es nichts gab, was er lieber tat. Peverall holte Kunstbücher aus den Regalen, blätterte sie durch, offenbar auf der Suche nach griechischen Vasen und Urnen, und stellte sie dann wieder zurück.

Rachel stand in der Tür. Ihre Haare waren nass und dunkelrot.

»Hallo«, sagte Fee. »Wo ist William?«

Rachel hob die Schultern.

Hm, dachte Fee, er wird sie nicht lange halten können, wenn er sie so behandelt.

»Peverall«, sagte Rachel mit zuckersüßer Stimme, »was ist eine Drachme?«

Peverall klappte das Buch zu, in dem er geblättert hatte, und drehte sich nach ihr um. »Eine griechische Münze«, sagte er. »Du kannst es im Lexikon nachschlagen.«

»Du bist doch selbst ein wandelndes Lexikon.«

Peverall war sichtlich erfreut. »Ich sammle Bücher, die sich seltenen und seltsamen Wörtern widmen.«

»Ich wünschte, ich wäre mit dir zusammen statt mit William.«

»Nun ja, Scarab hat beschlossen, auf eigene Faust zu arbeiten, deshalb bin ich auch auf mich allein gestellt. Wenn du wirklich den Partner wechseln willst, kann ich Gavin Smythe bitten, das zu genehmigen.«

Das geschähe William Recht, dachte Rachel. Dann erinnerte sich daran, wie gut der Sex unter der Dusche gewesen war. Im nächsten Moment fiel ihr ein, wie er sie über den Stuhl gebeugt zurückgelassen hatte, arrogant und rücksichtslos, sie völlig unbefriedigt. Vielleicht sollte sie zuerst herausfinden, wie gut Peverall auf diesem Gebiet war, ehe sie eine unumkehrbare Entscheidung traf.

Er sah nicht schlecht aus, mal abgesehen vom kahlen Kopf und dem prominenten Adamsapfel. Das hat er davon, dass er die Lexika verschlingt, dachte sie. Sein Modebewusstsein schien auf dem Nullpunkt zu verharren, die einzelnen Teile seiner Kleidung passten nie zusammen. Aber er hatte eine gute Figur, breite Schultern und kräftige Arme, und sie schätzte, dass er viel zu sehr der Gentleman war, um eine Frau unbefriedigt zurückzulassen.

»Peverall«, sagte sie, »was bedeutet stasivalent?«

Er errötete.

Rachel fuhr fort: »William hat gesagt, das sei einer der Begriffe, die man demonstrieren müsste, um sie richtig erklären zu können.«

Fee sah Summers lächeln. Er hatte die Augen immer noch geschlossen.

»Ja, es ist schwierig«, räumte Peverall ein.

»Man kann es nur erklären, wenn man es zeigt? Also gut«, sagte Rachel und nahm seine Hand. »Warum führst du mich nicht auf dein Zimmer, da kannst du es mir demonstrieren. Und mir auch die Bücher mit den seltsamen und seltenen Wörtern zeigen.« Sie lotste ihn aus der Bibliothek.

»Sie verschlingt ihn mit Haut und Haaren«, murmelte Summers, ohne die Augen zu öffnen.

Fee war es peinlich, Rachels unverblümte Art miterleben zu müssen, obwohl sie eigentlich nicht glaubte, dass Rachel bis zum Äußersten gehen würde. Nicht mit Peverall!

»Hameln ist eine falsche Fährte«, sagte Summers. Er reichte Fee sein Notizbuch. »Sieh dir den Hinweis noch einmal an.«

Fee sah auf die saubere Schrift seines schwarzen Füllers.

Murines! They are not the best thing in the world. Reinterpret location appropriately, and enter wondrous portal.

»Wo waren Ratten die schlimmste Plage überhaupt?«

Fee schüttelte den Kopf. Die Antwort stand da, lag direkt vor ihr, aber je mehr sie sich zu konzentrieren versuchte, desto leerer wurde ihr Kopf.

»Zimmer 101, *Neunzehnhundertvierundachtzig* von Orwell«, sagte Summers.

Sie nickte und ärgerte sich riesig über sich selbst. Sie hatte die Antwort gewusst, aber sie war wieder in Panik geraten. Sie schaute auf die Karte und den Lageplan des Landhauses. »Die Zimmernummern gehen nur bis in die Fünfziger.«

Er dachte nach. »Kann es eine Binärzahl sein?«

»Hundertundeins?«

»Ja.«

»Keine Ahnung.«

»Die Antwort lautet fünf. Zimmer 5 ist unser nächstes Ziel, glaube ich.«

Er schien ihr wieder zu vertrauen.

Zimmer fünf befand sich im Erdgeschoss, es lag auf der Rückseite des Hauses. Summers öffnete die Tür, und sie gingen hinein. Die Einrichtung bestand aus einem Schreibtisch und zwei Stühlen. Auf dem Schreibtisch standen ein Computer und ein anderer Apparat, der mit ihm verbunden war.

»Ein Lügendetektor«, murmelte Summers. »Seltsam.«

Er drücke die Enter-Taste. Der Bildschirm zeigte einen japanischen Druck. Zunächst sah Fee rasch wechselnde Muster, dann identifizierte sie den Hinterkopf eines Mannes und das zum Teil verdeckte Gesicht einer Frau. Kurz danach erkannte sie, dass die Frau ihr Geschlecht offen hielt. Es sah wie eine Blume aus.

»Utamaro«, sagte Summers.

»Bitte?«

»Der Künstler heißt so.«

Nach ein paar Momenten erschien ein Text, der das Bild überlagerte.

Willkommen bei Alfred Hicks Schatzsuche. Wenn du dieses Zimmer durch Zufall gefunden hast, wirst du das Passwort nicht kennen. Wenn du dich aber legitim hier aufhältst, dann gebe jetzt das Passwort ein.

»Welches Passwort?«, fragte Fee.

Summers tippte schnell etwas ein, und Fee konnte nicht erkennen, was es war. So viel zu seinem Vertrauen.

Auf dem Bildschirm schien ein anderer Text auf.

Dies ist ein Fragebogen über deine sexuelle Vergangenheit. Absolute Ehrlichkeit wird verlangt, deshalb der Polygraph. Lügen bringen null Punkte. Lügendetektoren sind nicht hundertprozentig sicher, aber für unseren Fall sind sie gut genug. Folge den Anweisungen der Maschine. Die beiden Partner müssen die Fragen nacheinander beantworten, immer abwechselnd. Die Dame zuerst. Je höher die Punktzahl ist, desto schneller kommt der nächste Hinweis.

Oh, Himmel, dachte Fee. Ich muss hier sitzen und in Gegenwart Summers alle möglichen Dinge gestehen? Das finde ich gar nicht komisch.

Sie blickte ihn von der Seite an. Zum ersten Mal senkte er den Blick, bevor sie es tun konnte. Oho, dachte sie, er ist so nervös wie ich. Ich wette, er ist entschlossen, alle Fragen wahrheitsgemäß zu beantworten, weil er die höchste Punktzahl erreichen will.

Sie schlossen sich an den Lügendetektor an, wie es von ihnen gefordert wurde. Er musste ihr helfen. Ihre Hände berührten sich einige Male, und jedes Mal murmelten sie »entschuldige« wie mit einer Stimme.

Dann drückte Fee auf ›weiter‹, und die erste Seite mit Fragen erhellte den Bildschirm.

Ihr stockte das Herz. Es wurde schon nach den ersten Fragen deutlich, dass die Schatzsuche mit zunehmender Dauer auch zunehmend ungeheuerlich wurde.

Viertes Kapitel

»Hoppla, entschuldige«, sagte Rachel, als sie absichtlich stolperte und gegen Peverall fiel, den sie dadurch an die Wand drückte, ihr Körper an seinen geschmiegt. Er fing sie am Ellenbogen auf und hielt sie fest. Ihr fiel auf, dass er Manschettenknöpfe und eine alte Golduhr trug.

»Wie alt bist du?«, fragte Rachel.

»Dreißig.«

»Was, du bist jünger als ich? Ich dachte, du wärst zehn Jahre älter als ich.«

Peverall wusste nicht, ob er sich geschmeichelt oder beleidigt fühlen sollte, aber bevor er das entscheiden konnte, küsste Rachel ihn auf den Mund. Seine erste Reaktion war, ihr auszuweichen, aber das hätte er ohne Gewalt nicht geschafft, und außerdem begann es ihm zu gefallen.

Er hat nicht viel Erfahrung, dachte Rachel, als ihre Nasen sich stießen. Nun ja, das war jetzt auch schon egal. Außerdem spürte sie was Hartes, das sich gegen ihre Schenkel drückte. Was Hartes mit beträchtlichen Ausmaßen. Sie zog den Reißverschluss nach unten und legte eine Hand um seine Härte.

»Rachel«, sagte Peverall, »ich habe nicht … ich meine … ich bin noch nicht bereit …«

»Das fühlt sich sehr bereit an«, sagte sie und drückte einmal kurz zu. Dann streifte sie sich das T-Shirt über den Kopf.

»Nein, ich meinte …«

»Oh, das geht schon in Ordnung. Ich habe welche«, unterbrach Rachel ihn, hakte den Büstenhalter auf und ging hinüber zu ihrer Tasche. Sie holte eine Sammlung von Kondomen heraus. »Zitrone, Schokolade, genoppt, Pfefferminz, Union Jack … Was ist denn?«

Peverall starrte sie an, wie ein Kaninchen in die Scheinwerfer eines Autos starrt. Rachel sah an sich hinunter. Ihre Brüste sahen aus wie immer, rund, mit Sommersprossen übersät und mit leicht gehärteten Warzen in Pink. »Was ist denn?«, wiederholte sie.

»Farnkitzler«, sagte Peverall.

Sie starrte ihn stirnrunzelnd an.

»Sommersprossen«, sagte er lahm. »Früher nannte man sie Farnkitzler. Was für ein wunderbares Wort. Ich habe seit Jahren darauf gewartet, es mal in einer ganz gewöhnlichen Unterhaltung verwenden zu können.«

»Das ist keine gewöhnliche Unterhaltung, Peverall«, stellte Rachel klar. »Ich bin geil wie eine Kröte.«

»Ein seltsamer Ausdruck. Ich nehme an, er rührt von der Tatsache her, dass Batrachier mehrere Tage lang in der Lage sind, ihre Kopulationen …«

»Willst du endlich aufhören, dich wie eine Nervensäge zu benehmen und mich vögeln?«

»Ja«, sagte er. »Das will ich.«

Er zog das schlimme senffarbene Hemd aus, die gepunktete Fliege und die braune Hose, dann stand er in der Unterhose da. Sein Schaft lugte über den Bund.

»Die auch«, sagte Rachel. Sie zog sich ihre Hose aus. Er gehorchte. Ohne Kleider sah er viel besser aus, viel erregender. Der Körper war wunderbar proportioniert. Er hatte lange Beine und schmale Hüften. Und er war muskulös, was sie nicht vermutet hätte. Plötzlich sah der Glatzkopf sehr lebendig und vital aus.

»Treibst du irgendeinen Sport?«

»Ich fechte.«

Rachel stellte ihn sich mit einem Schwert in der Hand vor. Ein attraktives Bild.

»Du musst mir zeigen, was ich tun soll«, sagte er.

Rachels Augen weiteten sich. »Du bist noch Jungfrau?«, fragte sie ungläubig.

Er nickte.

»Okay, dann ein paar Grundregeln«, begann Rachel. »Dies hier ist nur Sex. Du wirst dich nicht in mich verlieben, und du wirst auch keine Schuldgefühle haben. Ich werde dich so genießen, wie du mich genießen wirst. Es passiert vielleicht nur dieses eine Mal, und wenn es so ist, wirst du dich nicht an mich klammern. Einverstanden?«

»Einverstanden.«

»Dann komm her.«

Sie führte seine Hände über ihren Körper, spürte seine Erregung und geilte sich daran auf. Wenn sie sah, dass sie begehrt wurde, gab es nichts, was sie schärfer machte. Ein erregter, steifer Schwanz war das ultimative Kompliment.

Sie glitt mit den Händen über seine muskulösen Schenkel und über den flachen athletischen Bauch, von dort aus glitt sie tiefer. Die Finger zogen Furchen in seine Haare und legten sich dann um seinen Schaft.

Sie hörte, wie er tief einatmete, als sie langsam auf und ab rieb. Sie zog die Vorhaut nach unten, zuerst nur ein wenig, dann immer länger. Sein Körper versteifte sich. Du kommst, wenn ich nicht aufpasse, dachte sie.

»Wir gehen das ganz langsam an«, sagte sie, »das bringt mehr Spaß. Ich will, dass du mich kennen lernst, mich in aller Ruhe erforschst. Ich lege mich ans Bettende, und du kannst dir alles ansehen. Wenn etwas verborgen ist, holst du es hervor. Du musst mich anfassen, reiben, streicheln. Mit den Fingern in mich eindringen. Du sollst herausfinden, was mir und dir am meisten Spaß bringt.«

Er war ein gelehriger Schüler. Als er die Angst überwunden hatte, ihr wehzutun, griff er sie mit beiden Händen an. Er lernte auch bald, dass es ihr mehr Lust bereitete, wenn er verschiedene Techniken ausprobierte, statt bei einer Sache zu verharren. Seine Finger fühlten sich manchmal wie Federn an, manchmal wie Schraubstöcke. Er lauschte ihren Geräuschen und schloss daraus, was ihr am besten gefiel.

Rachel spürte, wie ihr Denkvermögen langsam schwand. Aber dann hörte er plötzlich auf, und sie schlug entsetzt die Augen auf.

Peverall war gerade dabei, sich am Bettende hinzuknien. Das sah vielversprechend aus. Sie schloss wieder die Augen und wartete mit angehaltenem Atem – bis sie seine Hände an ihren Fußgelenken spürte.

Er zog sie das Bett hinunter, bis ihre Hüften dicht vor ihm lagen. Er schob ihre Schenkel weit auseinander, beugte sich über sie und flatterte mit der Zunge über ihre Klitoris. Wenn er das noch eine Weile beibehielt, würde es ihr kommen.

Er registrierte ihre Signale. Ein Vogel, der das Fliegen lernte. Rachel genoss jede Sekunde. Jeder Muskel ihres Körpers war gespannt, bis sie es nicht länger ertragen konnte. Als sie den Höhepunkt erreichte, war es fast unglaublich, dass ein Novize ihn so gekonnt herbeigeführt hatte. Wahnsinn.

Peverall sah so verblüfft aus wie sie. Er grinste, und am liebsten hätte Rachel ihm über die Glatze gestrichen.

»Das war fantastisch, Peverall«, sagte Rachel, rollte sich auf die Seite und sah ihn bewundernd an. Sie konnte sich kaum erinnern, einmal so überraschend gekommen zu sein. Sie küsste ihn voll auf den Mund.

»Jetzt bist du dran«, sagte sie und zeigte ihm, wie man das Kondom aufrollte. »Schiebe ihn rein, als ginge es um dein Leben«, forderte sie ihn auf.

Er tastete sich langsam vor, langsam und rücksichtsvoll.

»Du kannst ruhig härter zustoßen«, sagte sie. »Ich halte eine Menge aus.«

Peverall schaffte vielleicht zwölf Stöße, dann war es vorbei. Er drückte die Augen fest zu, und der Atem entwich in einem langen Seufzer. Nach ein paar Augenblicken hockte er da und zitterte wie ein Hund. Er entschuldigte sich für seinen Mangel an Disziplin.

»Sei nicht dumm«, sagte Rachel und küsste ihn auf den polierten Kopf. »Du warst großartig.«

»Heißt das, wir können es noch mal tun?«

Rachel grinste. Sie hatte noch einen Trumpf im Ärmel. »Ja«, sagte sie, »solange du nicht zu viele Sesquipedalien benutzt.«

Er strahlte übers ganze Gesicht. »Ich werde nie wieder Wortungeheuer über meine Lippen bringen.«

Er begann sie zu streicheln, als hätte er ein Kätzchen unter den Fingern. Sie schmiegte sich an ihn und versank in eine Welt, in der sie verwöhnt wurde. Es war wie Schokolade.

»Die Antworten können nur ja oder nein lauten oder aus einer Zahl bestehen«, sagte Summers zu Fee. »Keine Sesquipedalien.«

»Was, zum Teufel, sind Sesquipedalien?«

»Vielsilbrige Wörter.«

»Oh.«

Sie sah auf den Schirm.

Sind Sie Jungfrau?

Sie tippte: *Nein.*

Er tippte: *Nein.*

Haben Sie schon mal masturbiert?

Ja von beiden.

Wie alt waren Sie, als Sie das erste Mal Sex mit Penetration hatten?

17.

Er sah sie von der Seite an und schrieb dann: *24.*

Hm, dachte Fee, ein Spätentwickler. Die Fragen wurden immer indiskreter. Nachdem sie zehn Antworten gegeben hatten, lasen sie auf dem Schirm: *Ihre Ehrlichkeit ist löblich. Von nun an werden Sie sich noch besser kennen lernen.*

Haben Sie je für Sex gezahlt?

Nein von beiden.

Haben Sie schon mal einen Vibrator benutzt?

Ja von Fee, *Nein* von Summers.

Hatten Sie schon mal Sex mit einem Andersfarbigen?

Ja von Fee, *Nein* von Summers.

Hatten Sie schon einmal Sex unter dem Einfluss von verbotenen Drogen?

Ja von Fee, *Nein* von Summers.

Haben Sie Erfahrungen mit Angehörigen des gleichen Geschlechts?

Sie zögerte. Zählten auch Experimente als junges Mädchen? Sie tippte: *Ja.*

»Ich war auf einem Internat«, sagte Summers und tippte auch *Ja* ein.

Haben Sie Oralsex gehabt?

Ja von beiden.

Haben Sie schon mal mit Fesselspielen experimentiert?

Ja von Fee, und zu ihrer Überraschung auch *Ja* von Summers.

Wie viele Sexpartner hatten Sie bisher?

Fee konnte sich nicht erinnern. Sie gab *9* ein und fragte sich, ob Summers sie jetzt für ein Flittchen hielt. *Lüge! Null Punkte!*, schrie der Bildschirm sie an. Sie errötete.

Summers tippte *21*. »Ich bin auch älter als du«, sagte er, als hätte er nicht bemerkt, dass Fees Zahl nicht angenommen worden war.

»Wie alt bist du?«

»Neununddreißig.«

»Dann bist du nur acht Jahre älter als ich.«

»In acht Jahren kann eine Menge passieren. Mach mit der nächsten Frage weiter, wir verlieren Zeit.«

Haben Sie schon mal Sex mit mehr als einem Partner gehabt?

Nein von Fee, *Ja* von Summers.

Fee gelang es, ihr Erstaunen nicht zu zeigen, aber es fiel ihr verdammt schwer. Der Bildschirm zeigte einen neuen Text. *Gut gemacht. Kein schlechtes Ergebnis. Jetzt zu den letzten zehn Fragen.*

Haben Sie schon mal Strippoker oder ein Rollenspiel gespielt, und hatten Sie schon Sex an öffentlichen Orten?

Beide gaben zweimal *Ja* an.

Haben Sie je Sex mit einem nahen Verwandten gehabt? Mit einem Tier? Haben Sie je Natursektspiele ausgeübt?

Dreimal *Nein* bei beiden.

Haben Sie schon mal Analsex gehabt?

Fee fühlte sich verlegen und tippte *Nein.*

Lüge! Null Punkte!, spuckte der Lügendetektor wieder aus. Fee spürte, wie sie rot anlief.

Summers zögerte, dann schrieb er *Ja.*

Haben Sie schon mal einen so genannten Cockring benutzt bzw. wurde er bei Ihnen benutzt?

Nein von Fee, *Ja* von Summers.

Haben Sie schon mal chinesische Liebesperlen eingesetzt?

Nein von Fee, *Ja* von Summers.

Wie seltsam, dachte Fee. Er erweckt einen ganz anderen Eindruck.

Finden Sie Ihren Partner bei der Schatzsuche attraktiv?

Diese letzte Frage erwischte Fee völlig unvorbereitet. Nach ein paar Augenblicken tippte sie *Nein.*

Lüge! Null Punkte!, leuchtete auf dem Bildschirm.

Ungläubig starrte sie auf den Schirm. Unmöglich, dass ich Unrecht habe. Die blöde Maschine spielt verrückt. Sie saß kopfschüttelnd davor.

Summers tippte auch ein *Nein.*

Lüge! Null Punkte!

»Polygraphen sind berüchtigt für ihre Unzuverlässigkeit«, sagte Summers trocken. »Und es besteht immer noch die Möglichkeit, dass Alfred Hicks immer dann null Punkte vergibt, wenn jemand *Nein* getippt hat.«

Eine neue Nachricht leuchtete auf. *Gut gemacht. Sie haben durchschnittlich bis gut abgeschnitten. Den nächsten Hinweis erhalten Sie in zwei Stunden auf diesem Bildschirm. Ihr Passwort lautet* Railway Arch.

»Ich glaube, jetzt kann ich einen Drink vertragen«, sagte Summers.

»Und was zu essen«, ergänzte Fee. »Dann sind auch die zwei Stunden vorbei.«

Sie fuhren zu einem Pub und bestellten sich was zu essen.

»Ich weiß so gut wie gar nichts über dich«, sagte Fee, weil sie glaubte, sie sollte sich bemühen, die restliche Zeit besser mit ihm auszukommen.

Summers lachte.

»Ich meine nicht solche Sachen wie eben auf dem Bildschirm. Ich möchte einfach was über dich erfahren.«

»Einzelkind, normale Schule, Oxford. Ich wollte Erfinder werden, stattdessen teste ich die Erfindungen anderer Leute.«

»Verheiratet?«

»Nicht mehr.«

»Kinder?«

»Nein. Und du?«

»Nein. Ich habe drei Jahre mit jemandem zusammengelebt, aber das hat es nicht gebracht.«

»Familie?«

»Mein Vater ist letztes Jahr gestorben. Ich habe einen Bruder in Australien und einen in den USA.«

»Du hast deine Mutter nicht erwähnt.«

»Nein. Wir … eh … kamen nicht miteinander aus.«

»Warum nicht?«

»Oh, das weiß ich nicht. Es war einfach so.«

»Beschreibe sie mal.«

»Oh, Himmel … Graue Haare, braune Augen, schlank, voller Energie. Und eine durchdringende Stimme. Sie brüllt nicht, aber ihre Stimme durchdringt alles. Sie betont jeden Konsonanten. Du kannst sie immer heraushören, ganz egal, wo sie ist. Wenn es eine Hölle gibt und ich da lande, werde ich als Erstes ihre Stimme hören.«

»Und was wird sie sagen?«

»Das wundert mich gar nicht, dass du hier gelandet bist.«

»Ich verstehe. Sie schämt sich deiner. Warum?«

Wie eigenartig, dachte Fee. Dies ist viel intimer als der Fragebogen. »Meine beiden Brüder sind zur Uni gegangen«, sagte sie. »Ich bin nur eine Floristin.«

»Bist du gut in deinem Beruf?«

»Ja«, sagte Fee. »Sehr gut sogar.« Dann hörte sie ihre Mutter sagen: *Dein Instrument ist nicht die Trompete, Fiona, es ist die Flöte.* Sie fügte hastig hinzu: »Nun, sagen wir – ziemlich gut.«

»Was hat deine Mutter dir gerade gesagt?«

Fees Mund klappte auf, dann sagte sie es ihm.

»Wie weit bist du mit der Flöte gekommen?«

»Bis in die elfte Klasse.«

»Und du hast nie daran gedacht, aufs College für Musik zu gehen?«

»Dafür braucht man Mathe.«

Da war die Stimme schon wieder. *Vergiss es, Fiona, du bist schon zweimal in Mathe durchgefallen. Sie suchen einen Lehrling im Blumengeschäft …*

Diesmal hob er nur eine Augenbraue, und sie sagte es ihm.

»Ist mir recht«, sagte William und setzte sich auf Rachels Sofa. »Du warst ohnehin keine große Hilfe.«

Er ist einfach nur ein Widerling, dachte Rachel. Mit Peverall bin ich besser bedient.

William zog den Pullover über den Kopf. »Und mit wem bildest du ein neues Team?«

»Mit Peverall.«

Das ärgerte ihn. »Peverall war letztes Jahr einer der Besten.«

»Ich weiß.«

»Nun ja«, sagte William aufseufzend. »Du kennst die Redensart: Man muss Vergnügen und Arbeit immer strikt trennen.« Er rutschte näher an sie heran und begann, ihren Nacken zu kraulen.

Rachel rückte ein wenig von ihm ab.

»Was ist denn los? Du bist doch sonst immer dafür zu haben.«

»Diesmal nicht«, sagte Rachel und musste an Peveralls Zunge denken.

»Um Himmels willen!« Beatrice sah Angus ungehalten an. Die dunklen Augen blitzten. »Es ist natürlich kein Druckfehler, denn es hat nichts mit der Marine zu tun. *Murines* sind Ratten und Mäuse.«

»Das ist der Beginn eines Gedichts«, sagte Angus voller Stolz. »Der Rattenfänger.«

»Es sind Orwells Ratten, nicht Brownings«, gab Beatrice zurück, Überheblichkeit in der Stimme, das spitze kleine Kinn leicht gehoben. »Mit der *location* ist Zimmer 101 aus *Neunzehnhundertvierundachtzig* gemeint. 101 muss also neu interpretiert werden – die Binärzahl ist fünf.«

»Zimmer fünf?«

Beatrice nickte.

»Und was werden wir in Zimmer fünf finden?«, fragte Angus sarkastisch.

»Einen Computer, in den wir das Passwort *wondrous portal* eingeben.«

»Sehr clever«, lobte Angus.

Sie fanden Zimmer fünf und öffneten die Tür. Fee und Summers saßen vor dem Monitor. Sie drehten sich zur Tür, und Summers sagte: »Wir brauchen nicht mehr länger als eine Minute. Wir sind das zweite Mal hier, deshalb werden wir schnell fertig sein.«

Beatrice und Angus gingen wieder hinaus. Angus versuchte durch einen Riss im Holz der Tür zu lugen, aber Beatrice gab ihm einen Klaps. »Das ist gemogelt.«

»Ich will gewinnen«, wandte Angus ein. »Du denn nicht? Der Preis ist Tausende wert.«

»Niemand weiß, wie viel er wert ist«, sagte Beatrice. »Nicht einmal Gavin Smythe selbst. Alfred Hicks hat den Preis eigenhändig versteckt.«

»Gavin hat gesagt, dass es sich um einen wertvollen Preis handelt.«

»Aber er hat nicht gesagt, dass er Tausende wert ist.«

»Alfred Hicks war reich, steinreich sogar.«

»Du bildest eine schwache Argumentationskette«, tadelte Beatrice, »und nicht zum ersten Mal.«

Die Tür öffnete sich, und Summers und Fee traten heraus. »Ihr seid dran.«

Angus gab Fee einen Klaps auf den Po. »Wir sind euch dicht auf den Fersen«, sagte er, trat noch näher an sie heran und flüsterte: »Du kannst meinen Atem schon in deinem Nacken spüren.«

»Du bist in guter Form, Beatrice«, lobte Summers.

»Ich war es, der mit dem Marquis of Queensberry richtig lag«, strich Angus heraus.

Summers warf Fee einen durchdringenden Blick zu. Fee wurde übel. Angus und Beatrice betraten den Computerraum und schlossen die Tür hinter sich.

»Ich … war betrunken«, murmelte Fee. »Es wird nicht wieder vorkommen.«

»Nein«, sagte Summers kalt. »Dafür sorge ich schon.«

»Was meinst du denn damit?«

Die plötzliche Kälte war schlimmer, als des Verrats überführt zu sein. Er notierte den letzten Hinweis auf ein Blatt, riss es ab und reichte es Fee. »Von jetzt an bist du auf dich allein gestellt.«

Es war Fee, als hätte man ihr einen Schlag in die Magengrube versetzt. »Jetzt übertreibst du es aber!«

»Nein, das glaube ich nicht.«

»Und es geht nur um deine Meinung, was?«

»Ja, natürlich.«

Ihr fiel nichts mehr ein.

»Ich bin nicht hier, um diesem Schwachkopf Angus zu assistieren«, sagte er ruhig. »Du kannst offenbar im Bett deinen Mund nicht halten, was zweifelsfrei ein doppelter Bonus für ihn ist.«

Sie wusste immer noch nicht, was sie sagen sollte.

Er schritt den Flur entlang, und Fee war wütend, weil sie eine Träne die Wange hinunterrinnen spürte. Sie wischte sie so hastig weg, dass sie sich mit dem Fingernagel schrammte. Ihr war schlecht, denn sie hatte sich selbst in diese miese Lage gebracht.

»Wie weit bist du mit William gekommen?«, fragte Peverall.

»Wir haben mit dieser Rose telefoniert. Aber die Zahlen, die sie uns genannt hat, ergaben keinen Sinn.«

»Dann bin ich weiter«, sagte er und zeigte ihr den nächsten Hinweis.

»Murines?«, rief Rachel.

»Ratten.«

»Der Rattenfänger!«

Peverall nickte.

»Nicht das Beste in der Welt«, murmelte Rachel. »Die schlimmste Sache? Und was ist mit Zimmer 101?«

»*Interpretiere die location neu* – 101 ist die Binärzahl von fünf, es geht also um Zimmer fünf. Wahrscheinlich gibt es da einen Computer, denn das Wort ›enter‹ in Verbindung mit ›wondrous portal‹ lässt auf Computer schließen.«

Sie liefen den Korridor entlang und rissen die Tür zu Zimmer fünf auf. Angus und Beatrice saßen vor einem Computer, der an irgendeinen anderen Apparat angeschlossen war. Beatrice sah entsetzt aus, Angus amüsiert. Er drehte sich um.

»Ihr müsst warten, bis ihr dran seid.«

Rachel und Peverall gingen hinaus und setzten sich auf die Treppe.

»Welche Unterhaltung wird denn heute Abend geboten?«, fragte Rachel.

»Die Übersetzung eines Gedichts aus einer anderen Sprache.«

»Dabei könnte ich vielleicht mitmachen«, sagte Rachel. »Das gehört zu meinem Fach als Übersetzerin. Aus welcher Sprache wird denn übersetzt?«

»Oh. Wolof, Baskisch, Vietnamesisch, Xhosa …« Das letzte Wort sprach er mit einem Schnalzen aus.

Sie starrte ihn ungläubig an.

»So wird es ausgesprochen. Xhosa.« Wieder das Schnalzen.

»Und es gibt Menschen, die alle diese Sprachen beherrschen?«

»Natürlich nicht. Das ist ja der Reiz.«

Rachel schüttelte verwundert den Kopf.

»Es ist ein Puzzle für alle«, sagte Peverall. »Wir suchen Wörter, die sich wiederholen, Wörter mit großen Anfangsbuchstaben, denn dabei handelt es sich meistens um einen Namen, und wir achten auf die Interpunktion. Dann extrapolieren wir wie die

Verrückten und kommen zu Gedichten über jedes Thema unter der Sonne.«

Die Tür von Zimmer fünf öffnete sich, und Angus und Beatrice traten ins Freie. Beatrice sah aus, als stünde sie unter Schock.

»Ich würde wetten, dass alle null Punkte für die letzte Frage erhalten, wenn sie ›nein‹ eingeben«, sagte Angus.

Beatrice schüttelte den Kopf, als müsste sie Gespenster vertreiben, dann sagte sie: »Wir müssen fünf Stunden auf die Antwort warten. Ich glaube, ich werde mich ein wenig hinlegen.«

»Wir sehen uns zum Abendessen«, sagte Angus.

Rachel und Peverall gaben die Passwörter ein, schlossen sich an die Kabel an und blickten auf die ersten Fragen, die auf dem Bildschirm auftauchten.

Sind Sie Jungfrau?

Rachel tippte *Nein.*

Peverall sah sie an, während er *Nein* tippte.

Haben Sie je masturbiert?

Ja und *Ja.*

Wie alt waren Sie beim ersten Sex mit Penetration?

16 und 30.

Jetzt lachten sie beide. Rachel legte eine Hand auf Peveralls muskulösen Schenkel. Peverall legte einen Arm um ihre Schultern. Die Zeit verging in angenehmer Atmosphäre, und Peveralls Augen wurden immer größer, als er Rachels Antworten las. Als es zur letzten Frage kam, tippten beide *Ja* ein, und Peverall setzte ein Ausrufezeichen hinter sein Ja. Er küsste sie, und sie brachen den Kuss erst ab, als die letzte Botschaft über den Bildschirm flimmerte.

»Fünf Stunden«, sagte Peverall. »Da müssen wir lange warten.«

»So lange ist das gar nicht«, sagte Rachel und zog den Reißverschluss seiner Hose auf.

»Hier?«

Rachel ging hinüber zur Tür und schloss ab. Sie zog ihre Bluse aus, Peverall entledigte sich seiner Hose. Rachel streift ihren Rock ab. Nacheinander zogen sie ihre Kleider aus, bis sie sich nackt gegenüberstanden. Wieder nahm Rachel wahr, wie gut gebaut Peverall sich präsentierte, während er auf ihre Brüste starrte. Als er bemerkte, dass sie das sah, errötete er.

Sie lächelte und fuhr mit einem Finger an seiner Erektion hoch. Er hielt den Atem an. Sie nahm ein Kondom aus ihrer Handtasche und streifte es ihm über, dann legte sie sich auf den Teppich. »Langsam und mit ganz langen Stößen, Peverall, und erst wenn du hinten angeschlagen hast, gibst du Gas.«

Seine Finger spazierten über ihren Körper, bis sie die Stelle zwischen ihren Schenkeln erreicht hatten. Er leckte seinen Finger und massierte ihre Klitoris sanft. Rachel streckte sich auf dem Fußboden aus, völlig entspannt in ihrem Wissen, dass er seine Intelligenz auch in der Liebe einsetzte. Er erwies sich als viel sensiblerer Mann, als sie zunächst geglaubt hatte. Er hatte jetzt einen Finger in ihr, während die anderen gegen ihre Öffnung drückten. Er massierte sie auf eine wunderbare Weise, und zugleich stieß er rhythmisch in sie hinein.

Seine Zunge wischte abwechselnd über ihre Nippel, und seine freie Hand strich über eine Gesäßhälfte. Sie spürte, wie seine Erektion hart und heiß gegen ihr Bein stieß. Er hat schnell gelernt, dachte Rachel, er lässt nichts aus. Er merkt an meinen

Reaktionen, ob er auf einem guten Weg ist, er lauscht meinem Atem und sieht mir ins Gesicht. Er will, dass ich es noch mehr genieße als er.

Als wollte er ihr beweisen, dass sie ihn richtig einschätzte, drang er behutsam in sie ein, ließ sich Zeit dabei und stieß den letzten Rest der Strecke kräftig zu. Rhythmisch wie ein Trommelschlag. Rachel schloss die Augen und ließ die Gefühle fließen. Sie spürte die zärtlichen Berührungen seiner Lippen auf Wangen, Stirn, Augenlidern und Ohrläppchen. Er war hart, stahlhart, und plötzlich war ihr ganzer Körper entflammt.

Dann hörten sie, wie jemand an der Tür rüttelte. Peverall riss die Augen weit auf.

»Ist jemand da drinnen?«

Das war die Stimme von Saul Slick. Rachel flüsterte es Peverall zu und musste ein Kichern unterdrücken.

»Hallo? Ist da jemand drinnen?«

»Ja, aber wir brauchen noch etwas Zeit«, antwortete Peverall.

»Oh. Ja, okay.«

Sie hörten, wie Saul Slicks Schritte sich entfernten.

»Du hast gut reagiert«, sagte Rachel.

»Ich glaube, wir sollen zum Endspurt ansetzen«, sagte Peverall. »Er kommt bestimmt wieder.«

Der erste Stoß nach der Unterbrechung bewegte sie über den Teppich. Das Brennen auf der Haut des Rückens empfand sie als höchst erotisch. Sie hielt sich an seinen Schultern fest, und er stieß wieder mit voller Wucht zu. Lange würde sie das nicht durchhalten, jeder Stoß trieb sie auf der Leiter der Lust eine weitere Sprosse hoch.

Er beobachtete ihr Gesicht und hielt sich die nächsten Stöße zurück. Sie drückte ihre Schenkel zusammen, und er achtete darauf, dass er bei jedem Einfahren gegen ihre Klitoris rieb. Seine Rücksicht und die Selbstbeherrschung versprachen noch viele schöne Stunden in der Zukunft. Es gab ja noch so viele Dinge, die sie ausprobieren mussten.

Er musste irgendwas in ihrem Gesicht gesehen haben, denn er spurtete los – und sie dachte nicht mehr nach, sie kam und kam und kam, und er mit ihr.

Fee ging zur Bibliothek und saß dort über dem nächsten Hinweis. In dem einen Moment konzentrierte sie sich auf den Text, im nächsten spielte sich in ihrem Kopf noch einmal die Trennungsszene mit Eric Summers ab. Sie bemitleidete sich selbst und war dann sofort wieder wütend auf sich selbst. Zurück zum Hinweis.

Danny Archer's with an East End accent.

(Etwa: Danny Archer spricht in der Mundart der Leute aus dem – Londoner – East End)

Plötzlich wusste sie es. Danny Archer's – die East Ender verschlucken die Hälfte der Silben, und wenn man den Namen schnell aussprach, ergab sich *down the arches* – unter den Bögen. Diesen Begriff hatte sie oft genug in einer TV-Soap gehört. Bögen. Welche Bögen? Sie wollte die Landkarte hinzuziehen, aber dann fiel ihr ein, dass Summers sie behalten hatte. Sie stieß einen stummen Fluch aus. Eine Eisenbahnunterführung? In der Stadt gab es einen Bahnhof. Aber sie hatte kein Auto. Sie erinnerte sich an Summers Rat: Man muss es lösen, bevor man hinausgeht und sucht. Sie wandte sich dem zweiten Teil des Hinweises zu.

Ursprünglich ergeben diese Blumen keinen Sinn – dafür muss man Linguist sein. Magnolien, Rosmarin, Jasmin, Akelei, Vergissmeinnicht, Gänseblümchen, Quitte und Fingerhut.

Die Sprache der Blumen. Sie konnte ihr Glück nicht fassen.

»Magnolien bedeuten Schmerz«, murmelte sie leise, denn in einer anderen Ecke der Bibliothek sah sie Arnolds nach oben gerichtete Schnauzbartenden über einer Lokalzeitung. Ich wette, er hat eine längere Zeitstrafe erhalten als wir, dachte Fee – er wartet immer noch auf seinen Hinweis. Ich habe ihn also schon überholt. Puh! Der Gedanke perlte in ihr wie Champagner.

Sie flüsterte weiter: »Rosmarin steht für Erinnerung, Jasmin für Liebenswürdigkeit. Akelei – Torheit, Vergissmeinnicht – Treue. Das Gänseblümchen ist Symbol für Unschuld, die Quitte steht für Untreue und der Fingerhut für Falschheit.«

Sie nahm die Anfangsbuchstaben der englischen Bedeutungen – Grief, Remembrance, Amiability, Folly, Fidelity, Innocence, Temptation und Insincerity – *Graffiti*.

Sie blickte verstohlen hinüber zu Arnold, der immer noch in der Zeitung las. Auf der Rückseite erkannte Fee eine große Anzeige, die fast die Hälfte der Seite einnahm, und unten gab es einen Wegweiser, der die Kunden ins Möbelgeschäft locken sollte. Fee ging leise auf Arnolds Tisch zu und gab vor, ein Buch zu suchen. Sie bückte sich zu einem der unteren Regale und schielte auf die Straßenkarte. Ja, da war die Eisenbahntrasse, und dort war auch das Symbol für eine Unterführung.

Die Zeitung wurde plötzlich gedreht, und Fee sah sich mit der Schlagzeile konfrontiert: VERSICHERUNG VERKLAGT SICHERHEITSFIRMA NACH KUNSTDIEBSTAHL. Daneben war ein Esel abgebildet, und dazu gehörte ein Artikel über das Erntefest. Eine sehr lokale Zeitung.

Fee stand lächelnd auf und ging zurück zu ihren Notizen. Sie fand einen Busfahrplan. Wenn alles glückte, würde sie vor dem Abendessen wieder im Hotel sein.

Sie fand die Bögen des Viadukts auf Anhieb, aber es gab sehr viele davon; kleine schmutzige Löcher in der Landschaft, einige mit Unrat zugeschüttet, andere völlig leer. Fee ging an ihnen auf einem parallel zur Eisenbahntrasse verlaufenden Pfad vorbei und sah sich alle Bögen an. Unter einem stand ein ausgebranntes Auto, unter dem nächsten sah sie mehrere Einkaufswagen eines bestimmten Supermarkts. Überall Müll, Verpackungen von Hamburgern, weggeworfene Spritzen, benutzte Kondome.

Bald würde es anfangen zu dunkeln, und dies war keine schöne Gegend, um auf den Abend zu warten. Natürlich hätte sie auch nicht allein hier sein sollen. Der Geruch von Moder und Katzenpisse, und dort, unter dem vorletzten Bogen, eine Explosion von Farben. Die Mauern waren mit Graffiti beschmiert.

Ich hatte Recht, dachte Fee, ich hatte Recht.

Sie stieg über eine alte Matratze und fand sich auf einem fast sauberen Sandboden unter dem Bogen wieder. Es waren sehr schöne Graffiti darunter. Da standen Namen, Witze, Muster, Zeichnungen. Ein Hund mit Flügeln, ein Comic-Schweinchen, eine geballte Faust. Es gab viele verschiedene Stilrichtungen und wahrscheinlich ebenso viele Künstler.

Fee begann nach ihrem Hinweis zu suchen. Sie arbeitete sich von einer Mauer zur nächsten und schrieb alles auf, was später einen Sinn ergeben könnte. Das Licht wurde fahler, und Fee beschimpfte sich laut – sie hatte die Taschenlampe neben ihrem Bett zurückgelassen. So ein Fehler würde ihr nicht noch einmal unterlaufen. Sie war jetzt allein für sich verantwortlich, und sie wollte es wissen. Es war ihr, als hätte ihr Gehirn einen Bodybuilding-Kurs genommen und neue Muskeln gebildet.

Etwas raschelte in den Sträuchern zu beiden Seiten der Böschung. Fee drehte sich um und starrte ins Zwielicht. Es mochte eine Katze sein, dachte sie und widmete sich wieder ihrer Aufgabe. Die erste Mauer hatte sie fast abgegrast. Sie schaute auf die Uhr. In fünfzehn Minuten fuhr ihr Bus. Sie würde am nächsten Tag zurückkommen müssen. Das bedeutete den Verlust des Vorsprungs, den sie vor Arnold und Elsie hatte. In der Bibliothek gab es bestimmt ein Buch über die Bedeutung von Blumen.

Da fand sie einen vielversprechenden Hinweis. Die Zeichnung eines erigierten Penis, dazu ein Gedicht:

Nimm das I vom Chilli, das ist dein dritter. Dann das I vom Taxi, das ist dein sechster - Nun mach einen Earl aus dem Wort ear …

Das las sich wie ein Rätsel.

Fee zuckte zusammen. Sie hatte ein schlurfendes Geräusch gehört, wie das Scharren eines Schuhs. Sie wirbelte herum, und das Adrenalin schoss ihr ins Blut, als hätte jemand einen Schuss abgegeben. Sie starrte wieder in das Gesträuch, und diesmal sah sie die Silhouette eines Mannes vor dem Bogen stehen, die

Hände in den Taschen, das Gesicht im Schatten. Er stand unbeweglich da. Niemand sagte etwas. Er blieb einfach stehen.

Oh, verdammt, dachte Fee, dem bin ich auch voraus.

Je länger das Schweigen anhielt, desto schwieriger wurde es zu sprechen. Ein kalter Schweißtropfen rann zwischen ihre Brüste.

»Fee, nicht wahr?«, fragte die Silhouette endlich.

Fee erkannte die Stimme nicht. »Wer … wer ist da?«

»Graham Steel. Ich gehöre auch zur Gruppe.«

Graham, dachte sie. Ja, natürlich, ich erinnere mich an ihn. Der Typ mit dem Rasiermesserhaarschnitt und den eisigen Augen. Erleichterung durchflutete sie.

Er schaltete eine Taschenlampe ein, und das Gewölbe wurde taghell erleuchtet. »Das sollte dir helfen«, sagte er. »Wir sind offenbar hinter derselben Sache her, aber ich muss sagen, dass ich überrascht bin – ich hatte von Anfang an einen Vorsprung, und ich habe nicht geahnt, dass mir einer so dicht auf den Fersen ist. Auf der anderen Hand – du bist Eric Summers' Partnerin, nicht wahr?«

»Nein, nicht mehr«, sagte Fee. »Wir arbeiten getrennt, und ich glaube, ich bin ihm voraus.« Ihr Herz hüpfte leicht, als sie das aussprach.

»Das wäre ein nicht unbeträchtlicher Erfolg«, sagte er.

»Wer ist deine Partnerin?«

»Grace. Aber sie überlässt mir die meisten Recherchen außerhalb des Hotels.«

Fee sah auf die Uhr. »Ich habe meinen Bus verpasst.«

»Nun, das können wir auf eine zivilisierte Weise regeln. Wir suchen den Hinweis gemeinsam, und danach nehme ich dich mit zum Hotel.«

»Danke«, sagte Fee, »aber ich glaube, ich habe ihn schon gefunden.«

Er richtete die Taschenlampe auf die Stelle, die Fee ihm zeigte. Beide schrieben den Text auf, dann steckten sie ihre Notizblöcke weg und gingen den Pfad entlang zum Auto. Er hielt einen Brombeerstrauch zurück, damit er ihr nicht ins Gesicht schlagen konnte.

»Hat dir die Woche bisher gefallen?«, fragte er, als er ihr die Autotür aufhielt.

»Ja, es war ganz gut.«

»Es muss besonders interessant gewesen sein, zusammen mit Eric den Fragebogen zu beantworten.«

Fee lachte. »Ja, da sind ein paar überraschende Sachen herausgekommen.«

»Ich werde nicht danach fragen«, sagte er, »obwohl es mir auf den Nägeln brennt.« Dann fügte er hinzu: »Was wirst du tun, wenn der nächste Hinweis einen Partner verlangt?«

Fee biss sich auf die Lippe. »Ich weiß nicht«, sagte sie. »Darüber habe ich noch nicht nachgedacht. Vielleicht warte ich darauf, dass ein anderer die Partnerin verloren hat.«

»Ich könnte dir so nebenbei helfen.«

»Was würde Grace denn dazu sagen?«

»Das wäre ihr egal. Sie ist am Lösen der Hinweise interessiert, ums Gewinnen geht's ihr nicht.«

»Danke«, sagte Fee. »Wenn sich die Gelegenheit ergibt, komme ich auf dich zurück.«

Sie fuhren zurück zum Landhaus und trafen gerade noch rechtzeitig zum Abendessen ein. Fee setzte sich neben Angus, der einen Platz für sie freigehalten hatte – es war der einzige freie Platz, den sie erkennen konnte. William unterhielt sich mit Beatrice, und Rachel schmiegte sich an Peverall. Fee sah ihnen verwundert zu. Sie hatte nicht damit gerechnet, dass die Sache mit Peverall von Bestand sein würde.

»Hattest du einen guten Tag?«, fragte Angus, lächelte sie an und drückte ihren Arm.

»Ja und nein«, antwortete Fee und wandte den Blick von Rachel. Rachel und Peverall. Ausgerechnet Peverall. »Summers hat sich von mir getrennt«, sagte sie.

Angus sah sie entsetzt an. Seine Reaktion schien ihr übertrieben. Fee fragte sich, warum ihn die Nachricht so hart traf. »Ich komme ohne ihn noch besser zurecht«, sagte sie.

Angus sah sie skeptisch an. »Er ist dir wahrscheinlich voraus, und du weißt es nicht.«

»Das glaube ich nicht. Ich habe unterwegs jemanden getroffen, der auch glaubte, allen voraus zu sein. Graham Steel.« Sie wandte sich um, weil sie Angus zeigen wollte, wen sie meinte. Grahams eisblaue Augen sahen sie an. Der Blick ging von ihr zu Angus, dann schaute er weg.

Angus schüttelte den Kopf. »Du liegst also vorn?«

»Ich glaube ja.«

»Das muss gefeiert werden. Champagner nach dem Essen. Wir nehmen eine Flasche mit aufs Zimmer.«

»Was ist mit William und Rachel?«

»Sie haben sich auch getrennt. Rachel ist jetzt mit Peverall zusammen, und William will wohl zusammen mit Beatrice ein Team bilden – he, dann könnten wir beide doch ein Paar bilden.«

Fee zögerte. Zu Beginn dieser Woche war es das, was sie sich erhofft hatte, aber jetzt war sie sich nicht mehr so sicher.

»Gavin hat zugestimmt, dass Rachel und Peverall jetzt ein Team sind.«

Zögernd sagte Fee: »Es macht mir Spaß, auf mich allein gestellt zu sein.«

»Du wirst ein bisschen übermütig, was?«

Fee hätte ihm am liebsten eine Ohrfeige gegeben, aber dann knipste er sein Lächeln an. Doch sie war noch verärgert genug, um zu sagen: »Ich glaube, ich werde mich heute Abend an der Übersetzung von Gedichten beteiligen. Es hört sich lustig an.«

Fünftes Kapitel

Die Gedichte zu übersetzen erwies sich tatsächlich als großer Spaß. Im Spielzimmer gab es alle möglichen Arten des Zeitvertreibs. Die meisten Brettspiele kannte Fee nicht einmal mit Namen. Graham Steel und Grace spielten Scrabble, aber aus irgendeinem Grund hatten sie nicht in der Mitte angefangen.

Fee schaute auf das fotokopierte Gedicht, das Gavin verteilt hatte. Sie hatte keine Ahnung, in welcher Sprache es abgefasst war. Sie sah seltsame Akzentzeichen und eigenartige Kombinationen von Buchstaben. Das Wort am Ende der ersten Zeile begann mit einem Großbuchstaben. Basia. Entweder ein Name oder ein Ort. Sie versuchte, das Gedicht in Silben zu zerlegen und stellte fest, dass es einen vertrauten Rhythmus hatte. Wie ein Limerick, dachte sie. Die Reime befanden sich alle an den richtigen Stellen.

Sie begann mit neuem Eifer und bemerkte nicht, wie die Zeit verflog. Sie hörte Peverall und Rachel immer wieder kichern, als sie sich gegenseitig ihre Verse zeigten. William und Beatrice nahmen die Sache viel ernster. Es sah wirklich so aus, als hätte Beatrice sich für William und gegen Angus entschieden. Angus war nirgendwo zu sehen. Summers saß neben Saul Slick, er beugte sich zu ihm und sagte etwas, worüber Saul laut lachte.

»Die Zeit ist um«, sagte Gavin Smythe schließlich. Ein paar Leute sahen frustriert drein, andere schienen mit sich zufrieden zu sein. Nacheinander lasen die Übersetzer ihre Versionen vor. Es gab ein paar Versuche, ein ernsthaftes Gedicht zu erstellen, aber die meisten hatten sich für einen leichten und meist anzüglichen Inhalt entschieden.

Arnold erhielt Anerkennung dafür, dass er Basia korrekt übersetzt hatte – Polnisch für Barbara. Rachels Gedicht war nicht schlecht. Peveralls erwies sich als unverständlich.

Fee nahm einen tiefen Atemzug und las ihren Limerick vor.

Da war ein junges Mädchen aus Basia
Das wollte mal mehr als nur Fantasia.
Es fand einen Kerl mit dickem Schaft
Und bot sich ihm an, wenig tugendhaft.
Doch er winkte ab.
Sein Schaft war nur für Männer da.

Sie erhielt viel Applaus und fühlte sich großartig. Sie war in diesem Kreis akzeptiert worden. Summers trug sein Gedicht als Letzter vor, und er gewann. Verdientermaßen, wie Fee widerwillig zugeben musste.

Alle schlenderten durchs Zimmer, plauderten und füllten ihre Gläser auf. Fee bemerkte, dass William und Beatrice sich verdrückten. Ob Beatrice gerade eine Lösung gefunden hat? Sie war schließlich die Schwarze Witwe. Im Spielzimmer war es warm geworden, und Fee wollte sich etwas Leichteres anziehen. Sie ging den Korridor entlang und bemerkte, dass die Tür zu Zimmer sechs nur angelehnt war.

Das war ungewöhnlich, denn Gavin verschloss pünktlich zum Abendessen alle Türen. Mal sehen, ob der Computer mit dem Internetanschluss benutzt wird, dachte Fee. Sie zog die Tür auf und ging hinein. Im Gegensatz zu Zimmer fünf war dieser mit allen möglichen Dingen voll gestopft. Sie fand den Computer hinter einem Schrank. Sie schaltete ihn ein – ja, er war angeschlossen. Sie hörte Schritte und schaltete ihn rasch wieder aus. Die Tür wurde geöffnet. Sie handelte rein instinktmäßig und versteckte sich.

Lauschen ist unanständig, Fiona, sagte die Stimme ihrer Mutter, die sie im Kopf hörte.

Ach, du kannst mich mal, dachte Fee.

»Oh, du kannst also Schlösser aufbrechen«, sagte Beatrice. »Sieh an, sieh an. Ist dir eigentlich aufgefallen, dass jemand das Buch über die Sprache der Blumen aus der Bibliothek entwendet hat?«

»Das war ich«, bekannte William und schaltete den Computer ein.

»Das ist nicht fair«, sagte Beatrice.

»Wenn wir fertig sind, stelle ich es wieder an seinen Platz.«

»Ich glaube nicht, dass wir es überhaupt brauchen«, sagte Beatrice. »Und schalte den Computer wieder aus – wir wollten nur herausfinden, ob es ihn gibt. Wir sind hier, weil wir uns unterhalten wollen, und nicht, weil wir gegen die Regeln verstoßen wollen.«

William schaltete die Maschine ab.

»Also«, begann Beatrice. »Einige Bedeutungen kenne ich. Magnolien stehen für Schmerz oder Gram, Rosmarin ist das Sinnbild für Erinnerung. *Grief* und *Remembrance,* G und R. Der nächste Buchstabe muss ein Vokal sein. Vergissmeinnicht könnte … verdammt, ich weiß es nicht mehr. Beständigkeit? Treue? Gänseblümchen sind Sinnbild für Unschuld …«

Fee machte es sich in ihrem Versteck so gemütlich es nur ging. Sie blinzelte durch eine Lücke in dem

Metallregal, hinter dem sie hockte. Es erfüllte sie mit Genugtuung, dass sie ihnen voraus war.

»Warum gehen wir nicht auf mein Zimmer und schlagen es nach?«, schlug William vor.

»Weil ich es allein herausfinden will«, gab Beatrice zurück.

»Willst du immer alles allein machen?«

Beatrices fahles Gesicht errötete, und das kleine spitze Kinn hob sich ein wenig.

William nahm die Brille von ihrer Nase und fuhr mit den Finger durch ihre kurzen schwarzen Haare. »Du machst zu wenig aus dir.«

»Ich achte nicht auf mein Äußeres. Es ist mir nicht wichtig.« Aber sie wich ihm nicht aus.

»Wie alt bist du, Beatrice?«

»Vierunddreißig. Und ich denke, das Alter ist auch nicht wichtig.«

Er lachte, dann küsste er sie, und nach einer Weile erwiderte sie seine Küsse. Schließlich schob sie ihn von sich und sah ihn stirnrunzelnd an.

»Was ist los?«

»Ich habe keinen Punkt bei der Frage nach Sex in der Öffentlichkeit erhalten, weil mich das nicht anmacht.«

»Das ist im Handumdrehen geklärt«, sagte William, ging zur Tür und schloss sie ab.

Oh, verdammt, dachte Fee. Aber sie schaute trotzdem zu.

»Zieh dich aus«, sagte William, setzte sich auf einen Stuhl und verschränkte die Arme.

Beatrice öffnete den obersten Knopf ihrer Bluse, dann hielt sie inne und wirkte ratlos.

»Mach weiter, Fräulein Lehrerin«, sagte William. Er nahm die Arme herunter, ballte die rechte Hand zur

Faust und richtete zwei Finger auf sie. Seine Hand war zum Revolver geworden. Fee sah, dass Beatrice die Szene sofort erkannte. *Butch Cassidy und Sundance Kid.*

Beatrice schlüpfte mühelos und überzeugend in die Rolle, zog Schuhe und Strumpfhose aus und öffnete dann mit zitternden Fingern die Knöpfe der Bluse, so verängstigt und unsicher wie die Etta aus dem Film gewesen war. Als die Hälfte der Knöpfe geöffnet waren, hielt sie verschüchtert inne.

Er bewegte ganz leicht den Revolver.

Beatrice knöpfte die Bluse auf und ließ sie von den Schultern rutschen und auf den Boden fallen. Dann zog sie den Reißverschluss am Rock auf und ließ ihn auch auf den Boden fallen. Sie trug schlichte weiße Unterwäsche, was gut zur Rolle passte.

»Sehr gut. Kümmere dich gar nicht um mich, aber mach weiter.«

Beatrice öffnete den Büstenhalter und schob die Träger die Arme entlang. Dann nahm sie ihn in die Hand und bedeckte sich züchtig damit.

»Bring deine Haare durcheinander«, sagte William.

Sie gehorchte und fuhr mit der freien Hand langsam durch die Haare.

»Schüttle deinen Kopf hin und her.«

Sie gehorchte wieder, und er sah sie eine Weile bewundernd an, ehe er den Revolver wieder auf sie richtete. Mit dem Daumen spannte er den Hahn. Beatrice ließ den Büstenhalter, den sie immer noch vor die Brüste hielt, fallen. Sie hatte kleine, aber wohl geformte Brüste. Die Nippel hatten sich versteift. Sie blies die Haare aus dem Gesicht, und Fee konnte sehen, wie Beatrices Lippen zitterten. Was für eine Schauspielerin, dachte Fee.

Wieder eine herrische Bewegung mit der Waffe.

Beatrice griff in den Bund des Schlüpfers und schob ihn die Beine hinunter. Er blieb zu ihren Füßen liegen. Jetzt stand sie nackt da.

William schnallte seinen Gürtel auf, stand auf und ging zu ihr. Er legte eine Hand auf ihre Hüfte.

»Weißt du, was ich mir wünsche?«, fragte Beatrice in einem makellosen amerikanischen Akzent.

»Was?«

»Dass du endlich mal pünktlich wärst.« Sie schien die Rolle auswendig zu kennen. Jetzt schlang sie die Arme um seinen Nacken, und sie küssten sich. Fee sah, wie Williams Hand über ihren Po strich, lange, sinnliche Bewegungen auf ihrer nackten Haut. Dann ließen sie sich auf dem Teppich nieder, und William legte den Rest seiner Kleider ab.

Fee konnte den Blick nicht von der Szene losreißen. Es wurde deutlich, dass die Schwarze Witwe nicht oft Sex hatte, deshalb schien sie hin und her gerissen zwischen Geilheit und dem befürchteten Verlust ihres Rufs. Williams Berührungen wurden derber. Fee sah einen roten Striemen, als er mit dem Daumennagel über ihre Schulter strich.

Beatrice jaulte auf, aber sie schien mehr überrascht als verletzt zu sein.

»Das will ich nicht mehr hören«, sagte William. »Aber zum Glück kenne ich eine Methode, dir den Mund zu stopfen.«

»Oh, ja?«, fragte Beatrice voller Eifer.

»Ja, mit einer kleinen Nummer, die ich sehr mag. Sie heißt neunundsechzig.«

»Kenne ich nicht.«

»Ich bringe es dir bei.«

William drehte sich herum. Er lag jetzt mit dem Kopf zu Fee gewandt, während sie von Beatrice den

Rücken sah. Sie hörte Beatrices gedämpftes Stöhnen. Nach ein paar Augenblicken tauchte sein Kopf wieder auf. »Deine Aufgabe in dieser Stellung ist es, meinen Schwanz zu lutschen, Beatrice.«

»Ich weiß«, sagte sie, »aber ich habe das noch nie getan.«

»Okay, dann eins nach dem anderen«, sagte William. »Zuerst du, dann bin ich dran. Und danach treiben wir es richtig.«

»Okay«, sagte Beatrice in ihrer Klein-Mädchen-Stimme.

William schob ihre Beine auseinander und richtete sich dazwischen ein. Er öffnete die Labien mit den Fingern und begann mit dem Einsatz der Zunge. Er stieß in sie hinein und überraschte sie damit, denn sie ließ seltsame Geräusche hören und mahlte ihre Backen gegen den Teppich. William änderte seine Taktik und ging in ein langsames, berechnendes Streichen der Zunge über. Beatrice atmete unregelmäßig, und ihre Hände öffneten und schlossen sich einige Male. Als er mit einem Finger rhythmisch in sie hineinstieß, fing sie an zu stöhnen. Sie wollte es unterdrücken und scheiterte gewaltig. Ihr Körper geriet in heftige Zuckungen.

Fee konnte die sexuelle Spannung im Zimmer fast greifen, und gleichzeitig spürte sie auch die eigene Erregung. Sie empfand ein Ziehen in Bauch und Schoß, das nicht schwinden wollte. Sobald sie die Möglichkeit hatte, dieses Zimmer zu verlassen, würde sie Angus suchen. Sex mit Angus war gewiss besser als gar kein Sex.

Beatrice stöhnte wieder. Ihre Beinmuskeln spannten sich an, dann die Arme. Ihr Gesicht verzog sich, und dann überfiel sie der Orgasmus. Eine volle Minute lag sie schwer atmend da, die Augen geschlossen. Dann richtete sie sich auf und sah sich verwundert um.

»Jetzt ich«, sagte William.

Er legte sich auf den Rücken, die Erektion starr zur Decke gerichtet. Beatrice sah einige Augenblicke auf den leicht zuckenden Schaft, dann tauchte ihr Kopf hinab. Sie nahm ihn in den Mund, und William seufzte lustvoll.

Fee sah, wie Beatrice den Kopf hob und senkte und wie Williams Spannung wuchs. Er hielt den Atem an und stieß ihn dann in kleinen gepressten Stößen wieder aus. Lange kann er nicht mehr durchhalten, dachte Fee. Beatrice sollte besser sofort aufhören, sonst hat sie einen vollen Mund und einen leeren Schoß.

William hob Beatrices Kopf mit beiden Händen hoch. »Das kostet mich eine enorme Willenskraft«, ächzte er, »aber ich will noch einmal dein vor Lust verzerrtes Gesicht sehen, wenn es dir kommt.«

Er nahm ein Kondom aus seiner Hosentasche und streifte es über. Dann legte er Beatrice auf den Rücken und drang in sie ein. »Tief und langsam, oder schnell und hart?«

»Schnell und hart«, sagte Beatrice.

William gehorchte wie besessen. Fee sah fasziniert zu, wie sich die Spirale der Gewalt drehte, wie die Augen glänzten, das Kinn sich spannte, der Mund sich zu einem dünnen Strich zusammenzog. Beatrice kratzte mit den Fingernägeln über Williams Rücken, und er packte ihre Gelenke und zog die Arme über ihren Kopf. Beatrice setzte sich zur Wehr, aber Williams unterwarf sie mit seiner Größe und seinem Gewicht. Sie kämpften sich zu ihren Höhepunkten durch, und danach fielen sie in sich zusammen wie Stoffpuppen.

Ein paar Sekunden später ruckte Beatrice hoch und sagte: »Graffiti!«

»Was?«

»Der Hinweis. Die Anfangsbuchstaben der Blumendeutungen. Die Lösung lautet Graffiti.« Sie strahlte übers ganze Gesicht.

Beeilt euch und haut ab, dachte Fee. Aber es dauerte noch zehn Minuten, ehe es so weit war.

Sie ging auf ihr Zimmer. Rachel war noch nicht da. Fee zog sich um und nahm sich den Hinweis wieder vor.

Nimm das I von Chilli,
das ist der dritte
Dann das I von Taxi –
Das ist der sechste. Mach einen Earl aus dem Wort ear –
Lege den Blankostein als fünften, bitte –
Du fährst fünfzig Punkte extra ein
Für die sieben, die du ablegst fein.

Keine Ahnung, dachte Fee. Dann erinnerte sie sich, Graham Steel und Grace über dem Scrabbleboard gebeugt gesehen zu haben. Lege den Blankostein als fünften … Der Blankostein brachte keine Punkte, aber er sorgte für die fünfzig Extrapunkte, wenn man alle Buchstaben in einem Wort verwenden konnte. Der Hinweis war dem Scrabblespiel entliehen.

Zwei rote, sechs grüne, ein helles Blau.
Ich gebe dir die Punktzahl ganz genau.
Dreihundert plus noch einmal sechsundneunzig …

Ja, es stand eindeutig fest, es geht um Scrabble, dachte Fee. Mit den Farben sind die einzelnen Felder gemeint, also muss es sich um ein Wort mit neun Buchstaben handeln. Aber diese hohe Punktzahl ... dreihundertsechsundneunzig. Verdammt. Aber das Wort berührte zwei rote Felder, die dreifach zählten.

Eine fragliche Antwort,
Cue zuerst und U dahinter
Zeh als dritter von hinten. Lese jetzt den Anhang.
Anhang:
Zimmer sechs: http://xxx.answer.co.uk

Nun warte mal, dachte sie. *Cue* steht bestimmt für Q, dem immer das U folgt, und mit *Zeh* ist wahrscheinlich C gemeint, also habe ich Q, U, I - - I, C, - -. *Quizzical*. Eine fragliche Antwort, tatsächlich – und sie konnte sich die Lösung im Internet bestätigen lassen.

Sie rannte hinunter. Graham Steel und Grace waren nicht mehr da, das Scrabbleboard stand auch nicht mehr auf dem Tisch. Fee nahm es heraus und experimentierte mit ein paar Anordnungen des Wortes. Wenn sie oben rechts begann, erzielte sie dreihundertzweiundneunzig Punkte, aber dann sah sie sich den Text noch einmal an – sie hatte *earl* nicht gezählt, dieses Wort ergab weitere vier Punkte – *ear* an das l von *quizzical* angelegt.

Sie hatte den Code geknackt! Euphorie erfasste sie. Das war fast besser als Sex.

Sex. Sie wollte Angus finden, damit sie eine angenehme Art der Entspannung genießen konnte. Aber vorher wollte sie die Internetadresse aufrufen, damit sie ihre Lösung überprüfen konnte. Doch als sie vor Zimmer sechs stand, war die Tür abgeschlossen.

Also doch Angus. In der Bar war er nicht, in der Bibliothek auch nicht. Sie hörte Saul Slick sagen: »Aber im Katalog ist ein Buch über die Bedeutungen der Blumen gelistet. Es muss hier sein.« Vielleicht hielt Angus sich in seinem Zimmer auf. Und wenn sie Glück hatte, war William jetzt in Beatrices Zimmer. Sie ging wieder die Treppe hoch und fand die Tür zu Angus' Zimmer nur angelehnt.

»Angus?«, rief sie leise und steckte den Kopf durch die schmale Öffnung. Keine Antwort. Sie ging hinein. Er war nicht da. Er muss jeden Augenblick kommen, sagte sie sich, sonst hätte er die Tür doch nicht halb offen gelassen. Sie blätterte in einer Zeitschrift. Dann fiel ihr eine Aktentasche auf dem Tisch auf. Geöffnet. Sie konnte ihre Neugier nicht bezähmen. Sie schaute hinein. Papiere, in denen es um Antiquitäten ging. Ein paar Computerdiscs, ein Taschenrechner, irgendwas Metallisches unter einem Wörterbuch.

»Fee! Dich hat der Himmel geschickt!«

Sie drehte sich um. Angus hatte sein jungenhaftes Lächeln angeknipst. Es erhellte sein zerklüftetes Gesicht, und sie spürte ein Flattern in der Magengrube.

»Schnüffelst du bei mir herum?« Er sagte es ganz lässig, aber er schlug die Aktentasche zu.

»Eigentlich nicht«, murmelte Fee. »Ich langweile mich. Wo warst du?«

»Ich habe eine Spinne aus Elsies Waschbecken entfernt. Kann ich was gegen deine Langeweile tun?«

»Hm«, machte Fee und dachte an das Szenario von Sundance Kid, das William und Beatrice ausgelebt hatten. »Magst du Rollenspiele?«

»Ich mag alle Spiele, Fee. War es ein erfolgreicher Tag für dich?«

»Sehr.«

»Willst du darüber sprechen?«

»Nein.« Sie wollte nicht wieder etwas ausplaudern, ohne es zu wollen. Schließlich hatte sie sich diese Informationen selbst erarbeitet.

»Weißt du, welches Rollenspiel mir schon immer gefallen hat? Lehrer und Schulmädchen«, sagte er.

»Wir haben nicht die richtige Kleidung dafür.«

»Oh, vielleicht doch.« Er ging zum Kleiderschrank und holte ein weißes Hemd und eine Krawatte heraus. Dann fand er dunkelblaue Shorts mit einem elastischen Bund und warf Fee weiße Sportsocken zu. »Das reicht doch schon. Wisch aber dein Make-up weg.«

Fee ging ins Bad, wusch das Gesicht und zog ihr Kleid aus und die neuen Sachen an. Sie betrachtete sich im Spiegel. Die Brauen und Wimpern waren schwarz wie die Haare auf dem Kopf, deshalb fiel das abgewischte Mascara kaum auf. Aber der fehlende Lidschatten und Lippenstift ließen sie jünger aussehen.

Angus hatte im Sessel Platz genommen. Er trug ein Tweedjackett. »Also, Fiona«, sagte er streng, »was hast du in der Wildhütte getan?«

»Nichts«, sagte sie trotzig.

»Du weißt genau, dass man das Schulgelände nicht verlassen darf. Ich glaube, du hast in der Hütte auf jemanden gewartet. Auf den Gärtner, nicht wahr?«

Fee schüttelte den Kopf.

»Du bist ein unanständiges Mädchen, Fiona. Ich weiß, was du getan hast. Du hast zugelassen, dass der Gärtner dich angefasst hat. Du hast sogar Geld dafür genommen. Ich habe dich durchs Fenster der Hütte gesehen.«

anfassen, wenn du willst.« Er zog den Reißverschluss seiner Hose auf und holte den Schaft heraus.

Fee streckte neugierig und verängstigt zugleich einen Finger aus und glitt von unten nach oben am Schaft entlang. Dann nahm sie ihn in die Hand und rieb auf und ab, die Augen weit aufgerissen. Sie spürte, wie der Schaft zu zucken begann.

»Wenn du dich richtig auf ihn setzt, dann wirst du wieder das warme Kribbeln spüren wie beim Seilklettern.«

Fee drehte sich halb und saß ihm jetzt gegenüber. Sie zog das Höschen zur Seite, hob den Rock und ließ sich langsam auf ihm nieder. Mittendrin hielt sie inne und ließ ihn zappeln, ehe sie sich gemächlich auf und ab bewegte. Er schloss die Augen. Sie beobachtete sein Gesicht, sah die Wölbung der Brauen, den Schatten seines Barts, die leicht gekrümmte Nase. Ein Rohdiamant, dachte sie.

Sie beließ es zunächst beim langsamen, quälenden Rhythmus. Er beugte sich vor, nahm einen Nippel in den Mund und schob eine Hand zwischen ihre Beine. Die Kombination des zärtlichen Saugens und des geschickten Reibens ihrer Klitoris ließ sie erschauern, aber nach einer Weile wollte sie seine Finger nicht mehr, sie wollte nur noch seinen Schwanz.

Sie schob die Hand weg, rutschte zur Seite und erhöhte allmählich das Tempo. Sein Gesicht verspannte sich, er legte eine Hand auf ihren Po und zog sie noch enger an sich heran. Sie hüpfte schneller auf und ab. In ihrem Bauch begann ein Kribbeln, das sich rasch im ganzen Körper ausbreitete und sich dann auf einen Punkt konzentrierte – und im nächsten Moment wurde sie vom Orgasmus überwältigt.

Sie hielt inne und sah hechelnd auf ihn hinab.

»Hör nicht auf, du dummes Mädchen«, sagte er, packte sie an den Hüften und stieß hart in sie hinein. Noch nur wenigen Stößen schoss es aus ihm heraus, dann ließ er sich erschöpft zurückfallen.

Fee stieg von ihm ab und zog sich an. Sie war verwirrt. Die Darstellung des Schulmädchens ließ sich nicht so leicht abschütteln, was vielleicht daran lag, dass er sie ›dummes Mädchen‹ genannt hatte. Sie kam sich wieder wie sechzehn vor, zu nichts nutze. Wie hatte er ihr das antun können? Es schmerzte besonders, weil Sex etwas war, was ihr gefiel, worin sie besser war als in Mathe. Es war ihre eigene Erfindung, und weil die Mutter von nichts wusste, konnte sie ihr auch nicht reinreden. Im Bett war sie begehrenswert, ungehemmt und experimentierfreudig.

»Du kennst dich doch mit Blumen aus«, sagte Angus. »Wofür steht die Magnolie?«

»Heimlichkeit«, log Fee.

»Und Akelei?«

»Sieg.« Es fiel ihr leicht, ihm die falschen Begriffe zu nennen, und plötzlich fühlte sie sich nicht mehr wie ein dummes Mädchen. Sie war wieder obenauf.

»Oh.« Er wirkte enttäuscht. »Fee, ich glaube, ich habe die Blumen alle falsch gedeutet. Warum bilden wir beide nicht ein Team?«

»Weil du mich hemmen würdest«, antwortete sie und ging hinaus.

Sie ging sofort ins Bett und lag eine Weile wach. Sie fühlte sich wieder wie mit siebzehn. Damals hatte sie die Fiona der Schulzeit hinter sich gelassen und sich Fee genannt. Rachel hatte ihr einige Bücher geliehen. *The Perfumed Garden* und *The Joy of Sex*. Sie erinnerte sich, wie sie einige Dinge ausprobiert hatte. Zum Beispiel mit dem Griff ihrer Haarbürste. Sie hatte sich sexy Kleider gekauft und sie alle in Rachels Haus aufbewahrt. Ihre Mutter hatte nie gewusst, dass es diese Klamotten gab. Freitags ging Fee zu Rachel, zog sich um und ging mit Rachel zu irgendeiner glitzernden Disco. Fees Gesicht und Figur waren wie der Pass in eine andere Welt, in der sie endlich mal alles richtig machte.

Fee wachte auf und fühlte sich fantastisch gut – fast so, als hätte sie einen wunderbaren Mann neben sich im Bett. Sie hatte die Lösung des Hinweises ganz allein geschafft, und sobald Zimmer sechs verfügbar war, würde sie den nächsten Hinweis erhalten.

Rachel lag zusammengekauert wie eine Katze da, die roten Haare auf dem weißen Kissen ausgebreitet. Fee stieß ein Geräusch wie ein Wecker aus, und Rachel schlug die Augen auf.

»Peverall«, sagte Fee. »Ich kann es kaum glauben.«

Rachel lächelte. »Ich auch nicht.«

»Er ist nicht dein Typ.«

»Ich bin nicht auf einen Typ festgelegt.«

»Doch, bist du. Groß, dunkel und gefährlich. Nichts davon trifft auf Peverall zu.«

»Ja, stimmt«, gab Rachel zu, die Augen zusammengezogen. »Du bist es, die sich an Klischees festhält. Schau endlich mal unter die Oberfläche, Fee, dann entdeckst du vielleicht jemanden, an den du dich klammern kannst.«

Fee fühlte sich getadelt – das passte nicht zu Rachel. »Hast du wirklich eine Beziehung mit ihm?«

»Ja – und wie!«

Ungläubigkeit machte sich auf Fees Gesicht breit.

»Hör auf, nur auf das Äußere eines Menschen zu

achten, Fee. Angus ist vielleicht genau so ein Bastard wie William.«

»Bei ihm kann ich wenigstens die Haare kraulen«, gab Fee boshaft zurück.

Rachel sah sie strafend an und versteckte sich unter der Bettdecke.

Fee zog sich an und ging hinunter ins Restaurant. Innerhalb weniger Stunden war es ihr gelungen, Summers und Fee zu verärgern. Irgendwie kam sie sich ungerecht behandelt vor. Jemand blätterte in einem Buch über griechische Vasen und Urnen, und jemand saß in ein Buch über die Geschichte des Boxens vertieft. Fee fühlte sich sofort wieder besser – es gab noch genug Leute, die sich mit Hinweisen herumschlugen, die weit hinter ihr lagen.

Höchstens ein halbes Dutzend der Teams liegt vor mir. Graham Steel und Grace, Arnold und Elsie, William und Beatrice und ich. Angus ist auch nicht weit zurück, Summers wahrscheinlich auch nicht.

Sie trank ihren Kaffee und huschte den Korridor entlang. Drei Minuten vor neun. Saul Slick und seine Partnerin standen auch im Korridor und gaben vor, sich für ein Gemälde an der Wand zu interessieren. Eine Minute vor neun ließ sich Gavin Smythe sehen und schwenkte einen Schlüsselbund. Er schloss die Tür auf, die zum Computer mit den Fragebogen führte, und die anderen beiden gingen hinein. Dann schloss er die Zimmer sechs, sieben und acht auf, steckte die Schlüssel wieder unter seinen Gürtel und ging pfeifend davon.

Aha, dachte Fee, in den beiden anderen Zimmern gibt es also auch Hinweise. Sie wollte gerade mal in Zimmer sieben schlüpfen, als Graham Steel um die Ecke kam. Fee blieb im Flur stehen und wusste nicht genau, was sie tun sollte.

»Guten Morgen«, sagte Graham. Bevor sie etwas erwidern konnte, öffnete er die Tür zu Zimmer sechs und ging hinein.

»He, warte mal«, beschwerte sich Fee. »Ich wollte da gerade hinein.«

»Ich war zuerst da«, sagte er freundlich.

»Nein, das stimmt nicht. Ich hatte nur nicht …« Sie brach ab.

»Ich hätte gedacht, du hättest inzwischen mit Angus ein neues Team gebildet.«

Fee schüttelte den Kopf.

Er sah sie neugierig an.

»Ich habe es mir anders überlegt, genügt das?«, fragte sie.

Er hatte die Stirn noch gerunzelt. Irgendwie stand ihm das gut, es passte zu den vollen struppigen Haaren und den hellblauen Augen. Der Mund war sehr ausdrucksstark, nur ein kurzes Anheben des Mundwinkels genügte, um seine Zweifel kundzutun. Graham Steel sah aus wie jemand, der gut auf sich aufpassen konnte. Unter der saloppen, aber teuren Kleidung steckte ein attraktiver, durchtrainierter Körper. Er war einer der bestgekleideten Männer dieser Schatzsuche.

»Du hast mir deine Hilfe angeboten, falls ich sie mal brauche«, sagte sie. »Warum gehen wir nicht gemeinsam ins Internet?«

Er dachte einen Moment nach, dann sagte er: »Also gut. Es hat wenig Sinn, dich zu bitten, Angus nichts zu verraten, denn wenn du das willst, wirst du es tun. Aber Angus taugt nichts.«

»Ich wusste gar nicht, dass du ihn kennst.«

»Ich kenne ihn nicht, aber ich habe einiges über ihn

gehört. Er hat ein Jahr gesessen.«

»Was? Wofür?«

»Hehlerei.«

Sie musste einige Male schlucken. »Woher weißt du das?«

»Ich habe sein Foto in der Zeitung gesehen. Ich bin sicher, dass er es war. Er hat mit gestohlenen Antiquitäten gehandelt.«

Er könnte sich irren, dachte Fee. Aber sie selbst hatte in seiner Aktentasche Papiere und Zeitschriften gesehen, die mit Antiquitäten zu tun hatten.

Graham setzte sich vor den Computer und zögerte. Er drehte sich zu ihr um.

Er denkt, was ich auch denke. Einer von uns könnte geblufft haben und auf den anderen warten, dass er die richtige Lösung eingibt.

»Wir tippen die Buchstaben abwechselnd ein«, sagte Graham.

Fee grinste und tippte ein Q. Graham fügte das U ein. Als sie das Wort eingetippt hatten, starrten sie gebannt auf den Bildschirm.

Willkommen auf der Webseite der Alfred Hicks Schatzsuche. Ein Videoband wird abgespielt, sobald du die erste Ein-Wort-Lösung eingibst. Das ist eine zusätzliche Sicherheitsmaßnahme gegen unerwünschte Besucher. Viel Spaß!

»Sehr clever«, lobte Graham und tippte *Misericord* ein. Eine Nachricht flimmerte auf dem Schirm auf.

Ich nehme an, inzwischen werdet ihr euch fragen, was der Schatz sein könnte. Ohne Zweifel gibt es eine Menge Gerüchte, und einige werden sich wundern, ob der Schatz etwas mit dem Thema der Schatzsuche zu tun haben könnte. Glaubt mir, er ist dem Thema angemessen. Tatsächlich war es der Preis, der mich auf die Idee für diese Jagd gebracht hat. Mir hat es eine Menge Spaß gebracht, das alles zu konstruieren, denn ich habe euch immer für eine Spießerbande gehalten. Ich habe ein schwaches Herz und glaube nicht, dass ich nächstes Jahr dabei bin, um euer wütendes Fluchen zu hören. Aber ich habe oft schmunzeln müssen, wenn ich mir eure verdutzten Gesichter vorstellte, und das hat mich reichlich entschädigt für die all die Arbeit, die ich in die Vorbereitung gesteckt habe. Lasst euch versichern, der Preis ist jede Anstrengung wert.

Ihr müsst den gemeinsamen Nenner in den folgenden Szenen erkennen. Wenn ihr das gelöst habt, werdet ihr das, wonach ihr sucht, auf dem Grundstück des Hauses finden.

Der Bildschirm wurde dunkel, dann begann der erste Film. Eine Küchenmagd saß in einer Küche aus der viktorianischen Zeit und schälte eine Gurke. Die Magd war Anfang zwanzig, blond und drall, sie hatte einen vollen Mund und eine Stupsnase. Nach einer Weile schaute sie zur Tür. Nachdem sie sich versichert hatte, allein zu sein, hob sie ihre Röcke und enthüllte, dass sie keine Unterwäsche besaß. Sie öffnete die Schenkel und lehnte sich auf dem Stuhl weiter zurück. Dann begann sie die Gurke hin und her zu schieben, langsam und sinnlich. Sie schloss die Augen und begann tiefer zu atmen.

Graham beugte sich ab und zu über seinen Notizblock und schrieb etwas auf. Fee fand, sie sollte das auch tun, aber sie wusste nicht, was sie schreiben sollte, abgesehen von *Gurke*.

Die Kamera richtete sich auf die Küchentür. Dort stand die Köchin, die Arme über dem stattlichen

Busen verschränkt. Ein Ausdruck von Missbilligung stand ihr im Gesicht. Sie walzte in die Küche hinein und griff einen flachen Holzlöffel, der an der Wand hing. Einen Moment lang überlegte sie, lieber die Kupferpfanne zu nehmen, aber dann entschied sie sich dagegen, wahrscheinlich, weil sie zu schwer war, um sie über den Kopf zu heben.

Die Küchenmagd erschrak, ließ die Gurke fallen und schlug vor Entsetzen eine Hand vor den Mund.

»Das wird dir nicht helfen, Hettie«, sagte die Köchin. »Beuge dich über den Tisch.«

Die Küchenmagd erhob sich, beugte sich über den Tisch und hob die Unterröcke hoch. Fee konnte die runden weißen Backen des Mädchens sehen und die schwarzen Haare dazwischen. Die Köchin stellte sich auf die Seite und verpasste ihr kräftige Schläge mit dem Holzlöffel.

Hettie kreischte, und eine helle Röte legte sich auf das Weiß der Backen. Die Köchin schlug wieder zu; ihre Lippen hoben sich vor Vergnügen. Nach jedem Schlag steckte sie sich das Ende des Löffels zwischen die Beine.

Fee sah Graham an. Sein Blick war starr auf den Bildschirm gerichtet.

Wieder ein Schlag. Die Augen der Köchin funkelten vor Lust. Hettie stöhnte. Die Kamera zeigte eine Nahaufnahme. Das Stöhnen ging in Entzücken über. Dann schwenkte die Kamera erneut zur Tür. Dort stand ein junger Mann in Reithose und Reitstiefeln. Wahrscheinlich der junge Herr. Er knöpfte seine Hose auf und nahm seinen steifen Schaft heraus, hart wie der Löffelstiel. Er begann zu masturbieren, während die Köchin die Magd weiter züchtigte. Der Film endete, als sich der junge Herr ergoss.

Fee sah wieder zu Graham. Er hob die Schultern und wirkte ein wenig verlegen. Es ist ihm unangenehm, die Filme in meiner Gegenwart anzusehen, dachte Fee. Oder war es ihm unangenehm, von dem kurzen Film erregt worden zu sein? Wie ist er wohl im Bett?

Der zweite Film war in einem Wald gedreht worden. Eine dunkelhaarige Frau trug einen Korb und sammelte Pilze. Sie hatte ein schlichtes weißes Kleid an, und die Haare waren hochgesteckt, wie es bei den Griechen oder Römern üblich war. In den Sträuchern um sie herum begann es zu rascheln. Sie schaute auf. Eine Gestalt trat hervor, halb Mann und halb Ziegenbock, kleine Hörner auf dem Kopf, ein lüsternes Grinsen auf dem Gesicht und eine gewaltige Erektion zwischen den Beinen.

Die junge Frau keuchte und ließ den Korb fallen. Pfifferlinge und Trüffel purzelten über den Waldboden, zusammen mit einer Schriftrolle mit Bildern der verschiedenen Pilzarten, die in Texte und Listen eingestreut waren. Es mochte so etwas wie ein römisches Kochbuch sein.

Der Ziegenmann sprang auf sie zu, packte sie an den Schultern, zerriss ihr Kleid, warf sie auf den Boden und strich mit den Händen über ihren Körper.

Die Kamera rückte näher heran, und Fee sah, dass die junge Frau im ersten Film die Küchenmagd dargestellt hatte. Der Ziegenmann griff an seinen Penis und drang in sie ein. Die junge Frau wand sich unter ihm, stöhnte laut und trommelte mit den Fäusten gegen den behaarten Körper. Es war wild und erregend, und obwohl die Szene krude umgesetzt war, konnte man das Irreale leicht verdrängen und für echt halten.

Fee spürte die ersten Anzeichen von Erregung zwischen den Schenkeln, worüber sie entsetzt war. Sie hatte es ab und zu ganz gern, von einem Mann beherrscht zu werden, aber dies hier ging über das normale Maß hinaus.

Die junge Frau hörte auf, sich zu wehren, offenbar begann sie es zu genießen. Die Kamera war nah dabei, als der Ziegenmann seinen Orgasmus erlebte. Danach wurde der Bildschirm schwarz.

Die nächste Szene zeigte einen langen Strand. Man sah nur zwei Paare, die weit voneinander lagen. Palmen säumten den Sand, und auf einem Schild stand RAROTONGA mit einem Pfeil landeinwärts.

»Ich habe die Antwort«, sagte Graham Steel.

»Ich nicht«, bekannte Fee.

»Nun denn.« Graham stand auf. »Bis später.« Er ging hinaus, und Fee fühlte sich im Stich gelassen.

Sechstes Kapitel

»Hast du eine Ahnung, was der Schatz sein könnte?«, fragte Rachel und wunderte sich zum hundertsten Mal, dass sie einen Glatzkopf wie Peverall so seltsam attraktiv finden konnte.

»Da kommen eine ganze Menge Dinge in Betracht«, meinte Peverall, während er mit der Taschenlampe die Mauern des Rundbogens anstrahlte. »Aber wie ich Alfred Hicks kannte, wird er etwas mit dem Thema der Schatzsuche zu tun haben.«

»Ein silberner Vibrator? Ein Wochenende in Amsterdam? Ein Jahres-Abo für irgendeine unanständige Webside?«

Peverall lachte. »Nein, nein, es wird schon Klasse haben, was Hicks sich ausgedacht hat.«

»Ein erotisches Gemälde?«

»Möglich. Er hat Bilder gesammelt. Und wenn, dann werden es zwei Bilder sein. Hicks war immer fair, obwohl mit ihm nicht immer gut Kirschen essen war.«

»Hast du ihn gekannt?«

»Ja. Er hatte einen abgründigen Humor, und er konnte ein kleiner Sadist sein. Ein Heimlichtuer, was sein Sexualleben betraf, aber wir alle wussten, dass er eins hatte. Selbst mit achtzig noch. Ich kann mir gut vorstellen, wie sehr er es genossen hat, diese Schatzsuche vorzubereiten.«

»Welche Art Bilder hat er gesammelt?«

»Es waren nicht nur Bilder. Es war ein ziemliches

Durcheinander.« Er lächelte. »Masken, Skulpturen, Vasen. Erotische Jadefiguren, tibetanische Goldbronzen …«

»Hoffentlich hatte er eine gute Alarmanlage.«

»Seltsam, dass du das sagst … oh, warte! Hier, sieh mal. *Nimm das I von Chilli …*« Er las den ganzen Text laut vor, während er ihn notierte.

«Rot, grün und hellblau«, murmelte Rachel. »Da klingelt was bei mir.«

»Scrabble«, sagte Peverall. »Komm.«

Fee sah, wie der Kameraschwenk über den Strand endete. Im Fokus befand sich jetzt eines der Paare, das nackt im Sand lag. Überrascht erkannte sie, dass es sich um zwei Frauen handelte. Die auf dem Rücken liegende Frau hatte lange rote Haare. Ihre Schenkel waren leicht geöffnet. Die andere Frau war wieder diejenige, die Fee schon aus den vorangegangenen Szenen kannte. Sie streichelte über die Brüste der Rothaarigen und rieb sich gleichzeitig an deren Schenkel. Beide schienen viel Spaß miteinander zu haben. Nach einer Weile griff die blonde Frau hinter sich nach einem Vibrator. Sie schaltete ihn ein und begann die rothaarige Frau damit zu kitzeln.

Fee kannte das Gefühl nur zu gut – manchmal brauchte man ein Spielzeug, wenn einen die eigenen Finger zu langweilen begannen. Heiße Schauer rannen ihr über den Rücken. Die Rothaarige hielt nicht lange durch – es kam ihr gewaltig. Laut schreiend und zuckend entlud sie sich. Die Kamera zog sich zurück und schwenkte hinüber zum anderen Paar.

Es waren zwei Männer, aber entweder stimmte das Timing nicht, oder der Cutter hatte nicht aufgepasst, jedenfalls waren sie gerade fertig. Fee sah noch das Zucken der Muskeln, als der eine Mann sich grunzend in dem anderen verströmte.

Der Schirm wurde dunkel. Fee überlegte, sich den zweiten Film noch einmal anzusehen, dann fiel ihr wieder der Wegweiser ein. Wo lag Rarotonga? Sie hatte keine Ahnung, aber sie wusste, dass sie es irgendwo nachschlagen konnte.

Der Schirm wurde wieder lebendig. Ein junges Mädchen mit Blumen in den Haaren spazierte über einen steinigen Pfad und trieb eine Gans vor sich her. Im Hintergrund hörte man ätherische Musik, Panflöten oder so was. Panflöten! Das musste die Verbindung sein. Die Pfanne in der Küche – *pan* –, dann Pan, der Gott des Waldes, der Kameraschwenk – *pan shot* – am Strand, und nun die Panflöte.

Ich muss das ganze Areal nach etwas absuchen, was eine Beziehung zu Pan herstellt, dachte Fee. Vielleicht eine Statue des griechischen Gottes.

Sie ging hinaus. Es war ein wunderbarer Tag, einer jener schönen Septemberjuwele mit tiefblauem Himmel und einem feinen Geruch von Rauch in der Luft. In der Nähe verbrannte wahrscheinlich jemand dürres Holz. Der Swimmingpool war so glatt wie türkisfarbenes Glas.

Leichtfüßig lief Fee über den Rasen und sah sich die einzelnen Statuen aus der Nähe an. Eine Sphinx, ein Greif, Nelson, Captain Cook, ein Phönix. Manche Gestalten aus der Mythologie. Als sie die Figuren rund ums Haus studiert hatte, begann Fee die Erforschung des anschließenden Parks. Schmale Pfade wanden sich zwischen den Wällen mit hohen Rhododendren.

Plötzlich stand sie vor einem kleinen See voller Seerosen. In der Mitte erhob sich die Statue einer

Meerjungfrau auf einem Sockel. Fee ging weiter am See entlang und stieß auf eine Elfe aus Stein, die mit verschränkten Armen auf einem Baumstumpf saß. Eine andere Skulptur stellte ein Einhorn dar, ein Vorderbein gehoben, als hätte es mitten im Lauf innegehalten, um über etwas nachzudenken. Weiß und gespenstisch sah es aus. Eine Ansammlung von Fliegenpilzen unter einigen Birken. Sie ging weiter. Eine anmutige Elfe und dann – Peter Pan.

Peter Pan! Am liebsten hätte sie vor Freude getanzt. Er saß auf einem Büschel Gras und spielte auf der Flöte. Andächtig ging Fee um die Statue herum, aber sie konnte nichts entdecken, was einen Hinweis enthalten könnte. Sie drückte und zog an der Figur, doch da bewegte sich nichts. Enttäuscht gab sie auf. Warum sah sie nicht, was sich ihr hätte offenbaren müssen? Dies war doch die richtige Statue, oder? Sie umkreiste sie wieder und suchte nach einer Inschrift.

Sie kam sich lächerlich vor, immer wieder um die Skulptur herumzulaufen. Vielleicht war es sinnvoller, den Rest des Areals zu erforschen.

Sie bog um die nächste Ecke und sah weiter hinten einen kleinen Zierbau mit korinthischen Säulen. Als sie sich dem Zierbau näherte, sah sie, dass schon ein anderer dort angelangt war. Es gab drinnen eine Sitzgruppe und zwei Alkoven, und in jedem stand eine Statue. Ein Mann harrte vor einer der Statuen, aber Fee konnte weder den Mann noch die Statue erkennen. Dann sah sie das struppige Haar und den sehnigen Körper. Graham Steel. Er blickte hoch, als er sie hörte. Die Statue, die er betrachtete, war der Gott des Waldes. Pan.

»Hallo«, sagte er. »Ich dachte mir, dass du nicht lange auf dich warten lässt.«

»Hast du den Hinweis?«, fragte Fee.

»Nein.«

Fee betrachtete die Statue. Sie war lebensgroß und aus Grauwacke, so gut wie nicht verwittert. Der Alkoven bewahrte sie offenbar vor der Unbill des Wetters. Der Torso der Statue war kräftig und muskulös und von den Hüften abwärts stark behaart. Die Füße waren mit Hufen versehen. Sein Gesicht war derb, fast hässlich. Dicke Lippen, buschige Augenbrauen, schräg stehende lüsterne Augen. Die grauen Locken standen wirr vom Kopf ab, aus dem zwei kleine Hörner ragten.

Fee ging langsam um die Statue herum. Von hinten sah sie den Ziegenschwanz und den behaarten Rücken.

»Ich habe sie von oben bis unten untersucht und abgetastet«, ließ sich Graham vernehmen. »Da ist nichts.«

»Hast du die Statue von Peter Pan gesehen?«

»Nein«, antwortete er und sah sie verdutzt an.

»Bei ihm habe ich auch keinen Hinweis gefunden«, gab Fee zu. Sie betrachtete den Sockel aus der Nähe und fand eine verblasste Inschrift: *Ecce homo ad libitum*. Sie drehte sich zu Graham um.

»Latein«, sagte er. »Sieh dir diesen Menschen an … *ad libitum*. Wörtlich heißt es ›in seiner Lust‹.«

Sie grinsten sich an.

»Überprüfen wir die Genitalien«, schlug Graham vor.

Fee hob die Brauen.

»Nicht deine«, stellte er klar. »Die des Waldgottes.«

Ohne nachzudenken, zog Fee einen Schmollmund, als wäre sie enttäuscht, dass er sich für ihre Genitalien nicht interessierte.

Sie blickten beide in das Gewirr der Steinhaare. Pans Penis lag mittendrin und ruhte auf den Hoden. Penis und Hoden waren etwas größer als der Standard, was man wegen der Haare nicht sofort bemerkte.

Fee beugte sich noch näher. »Es sieht so aus, als ob sein Liebesschwert aus einem anderen Stein geschnitzt worden wäre«, sagte sie. »Ich kann auch eine ganz dünne Trennlinie sehen.«

Graham verengte die Augen, um die Stelle zu erkennen. »Vielleicht lässt sich das ganze Ding herausnehmen.«

»Dann versuche es doch.«

»Nach dir. Ich bin es nicht gewohnt, mit den Dingern anderer Männer zu spielen.«

Fee musste sich bezähmen. »Heißt das, du hältst mich für ein Flittchen? Nur weil ich mit Angus geschlafen habe?«

Er schüttelte verwundert den Kopf. »Nein, natürlich nicht. Ich wollte damit nur sagen, dass ich an Männern nicht interessiert bin.« Es folgte ein unbehagliches Schweigen, ehe er sagte: »Zeigst du dieser Statue nun, worauf es einer Frau bei einem Waldgott ankommt oder nicht?«

Fee schluckte, legte eine Hand auf das Steinglied und zog daran. Es tat sich nichts. Sie drehte die Hand, nichts. Was sollte sie jetzt noch versuchen? Reiben? Sie drückte die Handfläche dagegen. Es gab ein leises knirschendes Geräusch, als ob irgendein uralter Mechanismus in Bewegung gesetzt würde, und dann erhob sich der Penis. Er stand stolz und aufrecht und gab den Blick auf das Skrotum frei. An der Unterseite des Penis war eine Plastikkarte befestigt.

»Gratuliere«, sagte Graham. »Die Frau, die einen Mann aus Stein erregen kann.«

Sie sah in seine blitzenden blauen Augen und dachte: Und wie ist es mit dir?

Als hätte er ihre Gedanken gelesen, sagte er: »Ich bin aus Fleisch und Blut, die kleinste Handbewegung von dir, und ich liege flach.«

»Wirklich?«

»Wirklich.«

Sie streckte die Hand aus und stieß sie gegen seine Brust. Er brach theatralisch zusammen, griff im Fallen nach ihrem Gelenk und zog sie mit zu Boden. Sie landete auf ihm. Er hielt sie fest umschlungen und blickte ihr in die Augen. Sie hielt seinem Blick stand.

»Was ist mit Angus?«, fragte er.

»Aus und vorbei.«

Er strich mit den Händen über ihre Arme, die Schultern und die Wirbelsäule hinunter. »Dann ziehst du dich besser aus«, murmelte er.

»Was, hier?«

»Hast du keine Punkte für Sex in der Öffentlichkeit erhalten?«

Sie schaute sich um, aus dem protzigen, offenen Zierbau hinaus. Der Park lag verlassen da. War es das, was sie wollte? Eine schnelle Nummer, um Angus ›Leck mich‹ sagen zu können? Nun, gab sie zu, sie hatte die Szene herbeigeführt, sie hatte es darauf abgesehen.

Er öffnete den obersten Knopf ihrer Bluse, der sich zunächst widersetzte, dann aber nachgab – was in etwa ihrer Stimmung entsprach. Er öffnete die weiteren Knöpfe, dann streifte er sie von ihren Schultern und hakte den Büstenhalter auf. In der Nähe hörte sie einen Raben kreischen. Er strich mit den Fingern über ihre Nippel, und sie erschauerte.

Er hob sie von seinem Körper, und sie zogen sich

gegenseitig aus. Aus den Kleidern formten sie eine notdürftige Matratze direkt vor der Statue.

Sie legten sich hin. Er küsste überraschend gut. Er zwang sich ihr nicht auf, versuchte aber verschiedene Dinge, um herauszufinden, was ihr gefiel. Er setzte die Zunge so zart und behutsam ein, dass sie es war, die seine Küsse härter und ungestümer erwiderte. Während des Küssens hörte er nicht auf, sie zu streicheln, und dabei tauchte seine Hand immer weiter nach unten.

Sie seufzte erleichtert auf, als die Hand endlich die Stelle zwischen den Schenkeln erreicht hatte. Sie drückte sich gegen ihn, und er stellte wunderbare Dinge mit seinen Fingern an. Sie strichen von einer Öffnung zur anderen, massierten, kosten, drangen ein, bis sie nicht mehr wusste, wo sie ihn haben wollte.

Eine Brise wehte über ihren Körper, sie strich wie eine hauchdünne Feder über sie hinweg. Es war so sinnlich, es im Freien zu tun, Fee fühlte sich viel lebendiger, verbunden mit der Natur, wo es keine Hemmungen gibt.

Ihr Körper reagierte, ohne dass ihr Gehirn sich einschalten konnte.

Sie tastete nach seiner Erektion, drehte sich herum und leckte mit der Zunge darüber. Es war nicht die stattlichste, die sie je gesehen hatte, aber sie war hart wie ein Diamantenschneider. Sie saugte den Tautropfen auf, umkreiste die Eichel mit der Zunge, besonders die Unterseite, und leckte den nächsten Tropfen auf.

Graham gab keinen Laut von sich, aber sie spürte, wie sich sein ganzer Körper spannte. Sie stülpte den Mund über ihn und nahm ihn ganz in sich auf, während sie gleichzeitig gegen die Wurzel drückte.

Nach einer Weile hob er ihren Kopf und sagte: »So

gern ich das noch länger genießen möchte … mir schwebt was anderes vor.«

Fee warf wieder einen Blick über den Rasen. Ganz weit hinten erkannte sie zwei Gestalten, die in ihrer Richtung unterwegs waren. »Wir erhalten Gesellschaft«, flüsterte sie.

Er hob den Blick. »Wir sind fertig, bevor sie bei uns sind.«

»Du bist aber sehr von dir überzeugt.«

Seine Antwort bestand darin, auf eine Weise in sie einzudringen, die ihr den Atmen nahm. Sie hob die Beine und schlang sie um seinen Rücken, wodurch er noch tiefer eindringen konnte. Der veränderte Winkel intensivierte den Reiz seiner stoßenden, reibenden Bewegungen. Er fachte das Feuer in ihr an, und sie glaubte, jeden Moment zu verglühen. Er hielt sich zurück, bis sie einen Schwall Luft einatmete und anhielt, und als es ihr kam, entwich die Luft prustend und keuchend, und genau in diesem Moment kam es ihm. Wie bei einer Explosion schoss es aus ihm heraus.

Sie blieben ein paar Sekunden aufeinander liegen und warteten darauf, dass sich ihr Atem wieder normalisierte, und als Saul Slick und seine Partnerin Joan bei ihnen waren, hatten sie sich längst wieder angekleidet, den Hinweis notiert und die Notizbücher eingesteckt.

»Hallo«, sagte Saul. »Legt ihr eine Pause ein? Es ist so ein schöner Tag, da haben Joan und ich gedacht, wie sollten ihn zu einem Spaziergang nutzen.« Sein Blick biss sich an Fees Ausschnitt fest. Fee wurde bewusst, dass sie die Bluse falsch geknöpft hatte, deshalb war mehr zu sehen, als sie beabsichtigt hatte. Sie war sich unschlüssig, ob sie sich umdrehen und das richten oder es mit einer gewissen Unverfrorenheit ignorieren sollte. Sie ignorierte es. Dann fiel ihr auf, dass Grahams Hosenstall offen stand.

Noch etwas wurde ihr bewusst: Saul und Joan waren nicht hier, weil sie einen Hinweis aufspüren wollten, denn sie ahnten gar nicht, dass es hier einen Hinweis gab. Sie waren wirklich zu einem Spaziergang unterwegs. Sie stellte sich unauffällig vor die Statue, wandte ihr aber den Rücken zu. Sie spürte die Spitze des Steinpenis an ihrem Po.

»Ich muss ein wenig ausruhen«, sagte Joan und begab sich zu einer der Steinbänke. Gleich hinter ihr lag das benutzte Kondom.

Plötzlich war der feine knirschende Mechanismus zu hören, und dann spürte Fee, wie sich Pans Penis wieder zurückzog.

Joan zuckte zusammen und sprang auf.

»Was, um Gottes willen, war das?«, fragte Saul.

Graham und Fee sahen sich an, hoben die Schultern und brachen auf. Als sie schon ein Stück gegangen waren, konnten sie Joans klare Stimme hören. »Sie hätten wenigstens hinter sich aufräumen können.«

Über dem Mittagessen studierte Fee den Hinweis, genau wie Graham und Grace am Nebentisch. Ab und zu blinzelte sie hinüber, sah den Kopf, leicht zur Seite geneigt, und den nun vertrauten Körper. Verdammt, so ging es nicht, sie musste sich konzentrieren.

Verirrt im ungemütlichen Chelmsford? Unter den Bäumen parken. (3, 4).

Das ist mit Sicherheit ein Lösungswort aus einem Kreuzworträtsel, dachte Fee. Es gibt keinen Hinweis auf ein Anagramm. Womit ist die Definition gemeint? Sie zuckte die Achseln und wandte sich dem nächsten Absatz zu.

Hört sich an wie zwei für Tee am Hintertor. Ein Date mit Diana sollte ihre E-Mail-Adresse bringen. Dann – Zimmer acht.

Welches Hintertor? Irgendwo auf dem Grundstück musste es eins geben. Vielleicht würde sie es leichter finden, wenn sie den ersten Teil des Hinweises gelöst hatte.

Summers betrat das Restaurant, ging quer durch den Raum und setzte sich ans Fenster. Fee sah, wie er das Notizbuch zog. Er legte es so hin, dass er beim Essen darin lesen konnte. Dann breitete er die Landkarte auf dem Tisch aus.

Unmöglich, dass er noch das Viadukt sucht, dachte Fee. Dann erinnerte sie sich daran, dass das entscheidende Blumenbuch aus der Bibliothek verschwunden war. Wenn Summers die Sprache der Blumen noch nicht gelöst hatte, konnte er *Graffiti* auch noch nicht gefunden haben. Das Scrabblespiel danach wäre für ihn kein Problem gewesen. Ihr fiel ein, dass sie ihm schon lange nicht mehr über den Weg gelaufen war.

Sie starrte wieder auf ihr Blatt. Verirrt im ungemütlichen Chelmsford. Unter den Bäumen parken. Vielleicht wurde der Name eines Parks gesucht. Sie brauchte unbedingt eine Landkarte und sah hinüber zu Summers, aber er war schon wieder verschwunden.

Gavin Smythe kam herein. Fee ging zu ihm und bat ihn um eine Landkarte. »Was weißt du über den Preis, Gavin?«

»Nichts. Die Lieblingstheorie scheint zu sein, dass es eine Antiquität sein könnte. Aber ein paar Monate vor seinem Tod ist bei Alfred Hicks eingebrochen worden, und er hat fast alles verloren. Er hat einen hohen Scheck von der Versicherung erhalten, aber viel ist ihm von seiner Sammlung nicht geblieben. Wirklich, ich weiß nicht mehr als du.«

Fee ging in die Bibliothek, kuschelte sich in einen Ledersessel und studierte die neue Karte. Aber die Frage nach dem Preis ging ihr nicht aus dem Kopf. Was würde sie damit tun, wenn es sich um einen Geldpreis handelte? Bisher war ihr dieser Gedanke nie gekommen, weil sie nicht daran gedacht hätte, überhaupt eine Chance zu haben. Eine exotische Reise? Würde sie sich einen eigenen Blumenladen leisten können? Oder würde sie sich dafür entscheiden, sich weiterzubilden? Das würde ihr Mutter umhauen.

William kam herein. Er sah sie nicht, ging zu den Regalen, nahm ein Buch aus seiner Tasche, stellte es zurück ins Regal und ging wieder. Fee stand auf und sah sich das Buch an. *Die Sprache der Blumen*. Du Bastard. Du bist unfair zu deinen Mitspielern.

Sie ging zurück zu ihrem Sessel und studierte wieder die Landkarte. Ihre Geduld wurde schließlich belohnt – sie sah ein lang gestrecktes Gebäude mit einer gewundenen Zufahrt. Das Gelände um das Haus herum hieß *The Elms* – die Ulmen. Elms war auch im Ortsnamen Chelmsford enthalten. Vielleicht konnte man unter den Ulmen sogar parken. Ausgezeichnet.

Hört sich an wie zwei für Tee am Hintertor. Das Date mit Diana sollte ihre E-Mail-Adresse bringen. Dann Zimmer acht. Also gut. Eine Diana finden und um ein Treffen bitten. Das wollte sie sofort angehen. The Elms lag höchstens eine halbe Meile entfernt, es war ein schöner Tag, und sie konnte zu Fuß hingehen.

Es gab ein großes geschlossenes Tor, und an einer Seite befand sich ein Telefon. Sie drückte auf den Knopf.

»Hallo?« Eine krächzende Frauenstimme.

»Diana?«

»Nein, hier ist Laura. Wer ist denn da?«

Fee wusste nicht, was sie sagen sollte.

»Hier gibt es keine Diana. Tut mir Leid.« Das Krächzen brach ab, Laura hatte aufgelegt.

Verdammt, dachte Fee. Dann fiel ihr wieder das Hintertor ein. Dies hier konnte unmöglich das Hintertor sein. Sie sah sich um. Es gab einen schmalen Fußweg, der offenbar das Areal teilte. Spontan beschloss sie, dem Weg zu folgen. Rechts verlief eine hohe Mauer, die den Blick auf *The Elms* verwehrte. Oben auf der Mauer waren Glasscherben einzementiert. Links lag eine Wiese, auf der Schafe grasten.

Ab und an sah sie die Baumgipfel hinter der Mauer, und nach etwa hundert Schritten sah sie die Dachspitze eines Hauses. Grauer Stein, lang gestreckt. Fee hörte Stimmen und den Schlag gegen einen Tennisball, dann Planschen und Lachen. Nach weiteren hundert Schritten erreichte sie ein Holztor, das in die Mauer eingelassen war. Daneben gab es eine Scheibe mit Ziffern von Null bis Neun.

Sie musste einen Code eingeben, um durch das Tor gehen zu können. Aber was für ein Code, verdammt? Wie viele Ziffern? In welcher Reihenfolge? Was war das für ein Gebäude? Es sah nach einem Freizeitpark für den Geheimdienst aus, dachte Fee. Sie setzte sich auf den Rasen und starrte wieder auf den Hinweis.

Zwei für Tee am Hintertor. Nicht Tee für zwei. Sie sang das Lied. *Two for tea.* Wenn man es schnell aussprach, hörte es sich wie *two forty* an, zwei vierzig. Wie elektrisiert sprang sie hoch und tippte die Zahl ein. Das Tor schwang auf!

Sie hatte das Rätsel gelöst! Eine riesige Freude überwältigte sie. Noch nie hatte sie sich so sehr über etwas gefreut. Vielleicht hatte sie sich nie die Chance gegeben, sich so zu fühlen. Sie war zu oft dem Beispiel ihres Vaters gefolgt – versuche es erst gar nicht, dann kannst du auch nicht scheitern.

Fee drückte das Tor vorsichtig weiter auf. Sie sah nichts außer dichtes Laubwerk. Als sie durch die Öffnung schlüpfen konnte und durch das Laub brach, fand sie sich in einem Landschaftspark wieder. Sie folgte einem schmalen Pfad zwischen Blumenbeeten entlang und stand dann auf einem Rasen, der von Bäumen gesäumt wurde. Zwei weiße Liegen und ein niedriger Tisch standen auf dem Rasen.

Sie trat unter die Bäume und fand auf der anderen Seite wieder eine breite Rasenfläche, auf der ebenso zwei Liegen und ein Tisch standen. Dahinter war ein Rosengarten angelegt, dazu einige Beete mit ungewöhnlichen Blumen sowie ein kleiner Fischteich. Überall duftete es stark, und das Summen der Bienen lag in der Luft.

Es herrschte eine angenehme, aber auch geheimnisvolle Atmosphäre. Fee ging am Tennisplatz vorbei. Das Spiel war beendet, zwei Schläger und ein paar Bälle lagen verstreut auf dem Asphalt. Dahinter sah sie den Swimmingpool. Jemand schwamm darin, und wenn der Bürstenhaarschnitt nicht trog, war es ein Mann. Jenseits des Beckens erstreckte sich ein weiteres langes Rasenstück mit einem Brunnen in der Mitte.

Das Gelände stieg zum Haus hin sanft an. Es war die Rückseite des Hauses, und einige Treppen führten zu den Türen. Während Fee sich alles ansah, öffnete sich eine Tür, und viele Leute kamen heraus.

Alle nackt.

Fees Kiefer klappte nach unten. Nackte Haut in dieser Fülle hatte sie bisher nur auf dem Bildschirm gesehen. Sie hörte Lachen und ausgelassenes Rufen. Einige trugen Tore und Schläger für Krocket, andere trugen Kaffeetassen oder hatten Zeitungen und Badetücher dabei. Ein Klub für Freikörperkultur, dachte Fee. Kein Wunder, dass sie so eine hohe Mauer um ihr Areal gebaut haben. Offenbar haben sie sich zur nachmittäglichen Teestunde getroffen. Bei den vielen Nackten würde sie in ihren Kleidern sofort auffallen.

Es gab nur eine Möglichkeit, nicht aufzufallen. Traue ich mich? Ja, verdammt. Sie ging zurück und versteckte sich hinter einem dichten Gebüsch. Sie zog sich aus und ließ die Kleider unter dem Gebüsch. Bewaffnet mit Bleistift und Notizbuch ging sie in Richtung Haus. Sie erwiderte das Lächeln der Leute, die ihr begegneten. Bald hatte sie sich an ihre Nacktheit gewohnt.

Am Beckenrand stand ein Mann, und es sah so aus, als wollte er ins Wasser tauchen. Er war mittleren Alters, hatte den Ansatz eines Bierbauchs, einen Bart und starken Haarwuchs auf dem Körper. Er war nicht groß und sah auch nicht besonders gut aus, aber irgendwas an seiner Figur imponierte Fee. Er war nahtlos gebräunt, und seine absolute Nacktheit – keine Uhr, keine Ringe - strahlte einen primitiven Reiz aus. Ein Männerkörper wie aus der Urzeit.

Er sprang ins Wasser, und Fee ging weiter. Sie erinnerte sich plötzlich an einen Familienurlaub im Ausland. Sie war dreizehn gewesen, und sie waren stundenlang gegangen, bis sie einen geeigneten Picknickplatz gefunden hatten. Ihre Mutter bereitete das Essen zu, und der Vater und ihre Brüder lauschten im Radio einem Kricketspiel.

Fee hatte sich vom Picknick entfernt und wollte die Gegend erforschen. Plötzlich stand ein Mann vor ihr – nackt. Fee hatte noch nie einen Mann ohne Kleider gesehen, und sie starrte fasziniert auf die bestimmte Stelle. Der Anblick löste irgendwas in ihr aus. Sie fragte sich, wie sich der Körper eines Mannes anfühlte. Dann hörte sie die schrille Stimme ihrer Mutter. »Fiona! Fiona!«

Sie war zurückgelaufen, und ihre Mutter hatte alles wieder eingepackt, während ihre Brüder breit gegrinst hatten. »Wir gehen!«, hatte ihre Mutter verkündet.

Erst Jahre später hatte sie begriffen, dass sie sich zum Picknick in einer Nudistenkolonie niedergelassen hatten. »Ich werde nie wieder in Frankreich Urlaub machen«, hatte ihre Mutter auf dem Rückweg geschworen. »Die Leute sind ja alle so unzivilisiert.«

Diana. Gab es hier eine Diana, obwohl Laura am Telefon gesagt hatte, es gäbe keine? Vielleicht war es angebracht, mal einen Blick in die Anwesenheits- oder Mitgliederliste des Klubs zu werfen. Falls so etwas frei herumlag. Also auf ins Haus.

Sie atmete tief durch, ging die Treppe hoch und befand sich in einem großen Raum. Ein älteres Paar saß Kaffee trinkend auf dem Sofa. Es war, als würden ihre Augen von dem Paar angezogen wie ein Magnet. Sie hatte noch nie den nackten Körper eines älteren Menschen gesehen. Ihre Mutter hatte sich immer eingepackt wie ein Weihnachtsgeschenk. Einmal an einem kalten Wintermorgen, als Fee extra früh aufgestanden war, um Hausaufgaben zu machen, die sie am Abend vergessen hatte, war sie in die Küche gestürmt, aber ihre Mutter hatte ihr die Tür vor der Nase zugeknallt und geschrien: »Ich wasche mich hier, weil das der wärmste Platz im Haus ist! Komm nicht rein, ich bin ganz schrecklich und nackt.«

Die Worte *schrecklich* und *nackt* hatten sie ihr Leben lang verfolgt – so würde sie später auch einmal sein. Das Paar auf dem Sofa unterhielt sich und achtete nicht auf Fee, deren Blicke die beiden alten Körper abtasteten.

Die Frau hatte eine sehr weiße Haut, und das Fleisch hing loser um die Knochen als bei einem jüngeren Menschen. Aber Fees Vorstellung war viel, viel schlimmer gewesen, diese Frau hatte keine Speckrollen, keine Krampfadern oder dicke Altersflecken. Der Mann hatte eine attraktive Ganzkörperbräune mit ein paar Narben von früheren Operationen. Ein Knie war bandagiert. Als Fee mit ihren Betrachtungen gerade abgeschlossen hatte, blickte der Mann hoch.

Himmel, dachte Fee, ich muss irgendwas sagen. Sie wandte sich an die Frau. »Gibt es hier eine Diana?«

»Ich bin Christine. Warum fragst du nicht am Empfang nach? Laura ist die Einzige, die alle Namen kennt. Es gibt immer wieder neue Gesichter. Deins, zum Beispiel.«

»Ja. Es ist großartig hier.« Fee bewegte sich unauffällig zur Tür. »Ich werde bestimmt öfter kommen.«

»Nun, das ist auch ratsam bei dem hohen Mitgliedsbeitrag«, sagte die Frau lachend.

Oh, pass besser auf, schalt sich Fee. »Eh, ich weiß gar nicht, wie hoch der Beitrag ist, mein Freund hat ihn mir geschenkt.«

»Dann halt ihn gut fest, wenn er so großzügige Geschenke macht«, riet Christine.

Fee lächelte brav und floh. Das Haus war verschlungen wie ein Kaninchenbau. Korridore und Räume mit dunklen Wandpaneelen. An einigen Türen waren Schilder angebracht. Sauna. Tischtennisraum. Gymnastik. An anderen Türen klebten Zahlen. Tiefe Teppiche, Gemälde an den Wänden, ein schwarzes Brett, goldgerahmte Spiegel.

Sie studierte die Nachrichten am schwarzen Brett. Eine Liste mit den Paarungen des Tischtennisturniers. Keine Diana dabei.

In der Ferne klingelte ein Telefon. Sie hörte, wie sich eine Frau meldete. Wahrscheinlich Laura. Ohne das Krächzen in der Leitung konnte Fee die Stimmen nicht vergleichen. Sie ging der Stimme entgegen und traf auf eine Tür am Ende eines weiteren Korridors. Sie blinzelte durch eine kleine Scheibe in der Tür. Eine grauhaarige Frau saß nackt hinter dem Empfangstisch. Sie sprach ins Telefon. Vor ihr auf dem Tisch lag ein dickes Buch.

Das muss mein Glückstag sein, dachte Fee. Ich muss nur warten, bis die Frau mal weg ist.

Sie blieb im Korridor stehen und betrachtete die Gemälde an der Wand. Ein paar Leute kamen an ihr vorbei, aber niemand sprach sie an. Sie lugte wieder durch die Glasscheibe und sah, dass Laura aufgestanden war, aber zu Fees Entsetzen schritt sie auf die Tür zu, hinter der Fee sich versteckte.

Gehetzt sah sie sich im Flur um. Es gingen viele Türen zu beiden Seiten ab, aber ihr blieb nur Zeit, die nächste Tür zu erreichen. Sie war unbeschriftet, und als Fee sie öffnete, war es dahinter stockfinster. Wahrscheinlich ein Schrank oder eine Abstellkammer. Sie zog die Tür zu und tastete nach einem Lichtschalter. An den üblichen Stellen fand sie ihn nicht. Mit angehaltenem Atem lauschte sie auf Lauras Schritte.

Sie hörte keine Schritte. Fee erinnerte sich an die dicken Teppiche. Kein Wunder, darauf war absolut nichts zu hören, nicht einmal eine Elefantenherde.

Erneut tastete sie nach dem Lichtschalter, aber sie bekam nur einen Stoff zu fassen. Sie nahm den Stoff zwischen Daumen und Zeigefinger. Leinen. Sie tastete weiter und wusste, dass sie im Wäscheschrank gelandet war. Sie lauschte immer noch auf irgendwelche Geräusche. Ja, sie hörte was … das Atmen eines anderen. Es war ein leises Atmen, aber es war jemand in diesem Schrank.

Sie erstarrte. Die andere Person muss sie genau gesehen haben, als sie die Tür geöffnet und eingetreten war. Warum hatte er oder sie nichts gesagt? Und warum saß diese Person hier in der Dunkelheit? Ihr Herz schlug wie verrückt, und sie spürte, wie ihre Haut auf dem Rücken und zwischen den Brüsten unangenehm klamm wurde.

Das Schweigen blieb, es zerrte an den Nerven. Sie wusste nicht, was sie tun sollte. Die andere Person musste begriffen haben, dass sie bemerkt worden war, denn sie atmete jetzt ein wenig befreiter und lauter, als käme es ihr nicht mehr darauf an, die Anwesenheit zu verschleiern.

Vielleicht ist es eine Katze, dachte Fee, und ich führe mich auf wie ein kleines Kind. Katzen lieben Wäschekammern. Aber es hörte sich nicht an wie das Atmen einer Katze. Es hörte sich eher nach einem Mann an, der sich größte Mühe gab, nicht laut aufzulachen.

Innerhalb von wenigen Sekunden wandelte sich

ihre Furcht zu Zorn. Sie hatte sich wirklich fast zu Tode erschrocken, und dieser miese Typ musste das wissen und fand es auch noch zum Lachen. Sie streckte beide Hände aus und tastete die Wand an der Tür ab. Zu beiden Seiten des engen Raums waren Regale angebracht, auf denen die Wäsche abgelegt war. Und dann stießen ihre Finger endlich auf den Lichtschalter.

Der Finger wollte den Schalter schon drücken, aber im letzten Moment zögerte sie. Wer müsste seine Anwesenheit in der Wäschekammer erklären – sie oder die andere Person? In dieser Anlage liefen bestimmt viele Sicherheitsleute herum, die den Klub und seine Mitglieder vor Spannern schützen wollten. Dieser Kerl da war bestimmt einer von den Spannern.

Ja, er würde sich erklären müssen, das stand fest. Dass es sich um einen Mann handelte, stand für sie fest – der Atem klang so männlich, oder?

Fee hielt die Luft an und drückte auf den Lichtschalter.

Es war Eric Summers – und er war wie sie splitternackt.

Siebtes Kapitel

»Wo liegt Rarotonga?«, fragte Rachel, als sie und Peverall vor dem Bildschirm saßen.

»Rarotonga ist die Hauptstadt der Cook-Inseln.«

Der Monitor wurde dunkel, wurde gleich danach aber wieder hell. Ein Mädchen mit Blumen in den Haaren ging über einen steinigen Weg und trieb eine Gans vor sich her. Leise Musik im Hintergrund.

»Ich hab's«, sagte Peverall.

Rachel sah ihn an und lächelte. »Intelligenzbestie«, sagte sie. »Was ist es denn?«

»Cook. Die Köchin im ersten Film. Die Cook-Inseln. Und das Mädchen im Wald war auch eine Köchin, die Pilze fürs Essen sammelte.«

»Und die Gans war auch zum Kochen da«, sagte Rachel. Sie lehnte sich zu ihm und küsste ihn auf die Stirn. »Ich liebe dich.«

»Wirklich?«

»Was?«

»Liebst du mich wirklich?«

Oh, verdammt, dachte Rachel, jetzt geht er aber ran. »Ah, das sagt man so in gewissen Situationen, Peverall. Woher soll ich wissen, ob ich dich wirklich liebe, wenn ich nicht einmal weiß, welche Zahnpasta du benutzt.»

Er sagte es ihr. Und welche Seife er verwendete, welches Spülmittel. »Aber du brauchst dich nicht zu beunruhigen«, sagte er. »Ich habe Zeit und kann warten, bis ich herausgefunden habe, welche Marken du benutzt. Wenn du es mir überhaupt sagen willst. Ich bin geduldig.«

Und sehr clever, dachte Rachel. Hat schon mal jemand eine Liebeserklärung über die Benutzung von Reinigungsmitteln erhalten?

»Ich dachte schon, Peverall und Rachel würden nie fertig«, sagte Beatrice, als sie und William endlich vor dem Bildschirm saßen und zuschauten, wie die Köchin die Küchenmagd züchtigte. Sie sah ihn von der Seite an. »Schreibst du auf oder ich?«

»Was?« William wandte widerwillig den Blick von der Szene. »Ich dachte, du notierst alles, was wichtig ist.«

»Tu ich ja auch«, antwortete sie leicht verärgert. »Aber dir könnte was auffallen, was mir entgangen ist.«

William nahm seinen Stift, und am Ende der vier Filme verglichen sie ihre Notizen.

»Gurke, Küchenmagd, Köchin, Holzlöffel«, las William vor.

»Gut«, sagte Beatrice. »Satyr, Pfifferlinge, Trüffel, Bäume.«

»Hm«, machte William. »Meer, Sand, Vibrator, Wegweiser.«

»Rarotonga«, sagte Beatrice. »Hauptstadt der Cook-Inseln.«

»Bist du sicher?«

»Ich bin Geographin.«

»Irgendwo auf dem Grundstück steht eine Statue von Captain Cook«, sagte William.

Beatrice bedachte ihn mit einem ihrer seltenen

Lächeln, das sie sich sonst nur bei besonders interessanten Wadis oder einer gelungenen Definition eines Kreuzworträtselbegriffs gestattete. Es gab kaum Grund zu lächeln, wenn man allein lebte, aber so wollte sie es haben.

Einsamkeit war eine Vertraute für sie. Sie war ein Einzelkind gewesen, das seine Freizeit zwischen Büchern und dem Sammeln seltener Steine aufteilte, und die Zeit auf der Uni hatte daran wenig geändert. Sie schrieb ihre Doktorarbeit und blieb im akademischen Leben. Sie mochte es, wenn man sie Schwarze Witwe nannte, das gab ihr ein anderes Ich. Ihr Alter ego konnte Hemmungen ablegen, die echte Beatrice konnte das nicht.

»Warum, glaubst du, gibt es hier eine Statue von Captain Cook?«, fragte Rachel vor der imposanten Figur mit der Frisur des achtzehnten Jahrhunderts – streng nach hinten gekämmt und wurstähnliche waagerechte Locken unterhalb der Ohren.

»Man erzählt sich, dass er ein paar Mädchen aus Tahiti von einer Reise zurückgebracht hat«, sagte Peverall. »Er soll sie in diesem Haus gehalten haben. Ich glaube nicht, dass die Geschichte stimmt, aber deshalb steht die Statue hier.«

»Er hat was in seiner Tasche«, sagte Rachel.

Peverall stieg auf den Sockel und sah nach. »*Eureka!*«, rief er. »Gib mir mal mein Notizbuch, Darling. Wir sind auf dem richtigen Weg.«

Rachel wusste nicht genau, ob es ihr gefiel, Darling genannt zu werden. Noch nie hatte sie jemand so genannt. Sie reichte ihm das Notizbuch, und er schrieb, was auf dem Zettel stand, der mit einer Folie belegt war, an Captain Cooks Handgelenk mit einer kleinen Kette befestigt.

Er sprang hinunter, nahm Rachels Hände und tanzte mit ihr im Kreis.

»Hör auf!«, rief sie lachend.

»Glückseligkeit«, sagte Peverall. »Ein plötzlicher Gefühlsausbruch. Ich bin glücklich, ich weiß es, und das Gefühl geht nicht vorbei, wenn ich es ausgesprochen habe.«

»Peverall«, sagte Rachel ernst, »am Ende der Woche gehen wir alle wieder nach Hause.«

»Hm, ja«, erwiderte er, »aber wenn ich meine Karten richtig spiele, kommst du mit mir.«

»Du weißt überhaupt nichts von mir«, sagte Rachel. »Ich lasse Haare im Waschbecken liegen, und ich vergesse, das Bad zu reinigen.«

»Ich stehe schon mit dem Scheuermittel hinter dir.«

»Du bist unmöglich«, sagte Rachel und gab ihm einen Klaps auf seine muskulöse Brust. »Lass mich den Hinweis sehen.«

Peverall sah zum Haus. »Nicht hier«, sagte er. William und Beatrice kamen ihnen entgegen. »Im Auto. Ich habe das Rätsel schon gelöst.«

»Haben wir Zeit, noch irgendwohin zu gehen? Wir müssen erst in einer halben Stunde im Haus sein.«

»Ich glaube, wir haben gewonnen«, meinte Peverall. »Falls das stimmt, spielt die Zeit keine Rolle mehr für uns.«

Sie winkten dem anderen Paar fröhlich zu und schlenderten zu Peveralls Mercedes. Er fuhr rückwärts aus der Parklücke, während Rachel sich den Hinweis anschaute und dann laut vorlas.

»Benutze einen ernsten Akzent, wenn du nach viel Ale fragst, suche ein totes Glas und nimm die Stufen, um Gold zu gewinnen.«

Rachel sah Peverall verständnislos an, aber ihre grauen Augen leuchteten. »Gold«, sagte sie. »Tritt aufs Gas, Darling, wir müssen vor Beatrice und William da sein.«

»*Graveyard*«, sagte Beatrice. »Wir suchen einen Friedhof. Ernster Akzent ist *grave accent*, und viel Ale ist ein *Yard Ale. Suche totes Glas* … jemand mit dem Namen Glas.«

»Wir haben noch zwanzig Minuten«, sagte William. »Zehn Minuten bis zur St. Anne's Chapel, zehn Minuten zurück. Rachel und Peverall sind dicht vor uns. Wenn die Lösung nicht sofort sichtbar ist, werden sie pünktlich im Haus sein wollen – und das ist unsere Chance.«

»Aber wenn wir durch irgendwas aufgehalten werden, droht uns die Disqualifikation«, wandte Beatrice ein.

»Was kann uns schon aufhalten?«, meinte William. »Aber nur für den Fall – wir könnten uns aufteilen.«

»Wie denn?«

»Ich gehe zum Friedhof, und du gehst zurück ins Haus und lässt dich sehen. Erzähle den anderen, dass ich Kopfschmerzen habe und mich hingelegt habe. Es gibt ein Tor auf der Rückseite des Hauses. Du musst es für mich entriegeln. Sagen wir – so gegen neun. Das gibt mir ein paar Stunden zusätzliche Zeit.«

»Streng genommen ist das nicht fair«, wandte Beatrice ein.

»Streng? Willst du, dass ich dir streng komme?«

Beatrices dunkle Augen verengten sich. »Wie streng?«

»Ah, ich glaube, ich muss dich fesseln.« Bevor sie etwas sagen konnte, sagte er: »Ich muss weg. Sei um neun am Tor. Neun Uhr.«

Er lief zu seinem Auto, und Beatrice hätte mit ihm nicht Schritt halten können, auch wenn sie es gewollt hätte. Sie sah ihm nach, wie er abfuhr, dann ging sie auf ihr Zimmer. Sie zog die Kordel aus den Schlaufen des Bademantels und suchte einen Gürtel. Es sah so aus, als wäre die Schwarze Witwe auf den Geschmack gekommen.

»Wir suchen etwas mit Stufen«, sagte Peverall. »Eine monumentale Gedenkstätte. Es gibt einige auf diesem Friedhof, aber sie liegen verstreut. Du fängst an einem Ende an, ich am anderen.«

Sie gingen an den Grabmälern vorbei, lasen die Namen und begegneten sich, wenn sich die Wege kreuzten.

»Hier!«, rief Peverall, und Rachel lief zu ihm.

Es handelte sich um eine Krypta, die letzte Ruhestätte von Angehörigen der Familie Glas. Hinter einem verzierten gusseisernen Tor führte eine Treppe abwärts.

Rachel deutete auf das Vorhängeschloss. »Wir haben keinen Schlüssel.«

Peverall zog am Bügel, das Schloss öffnete sich, und das Tor schwang auf. Er drückte auf den Knopf seiner Taschenlampe.

»Uns bleiben noch fünfzehn Minuten«, sagte Rachel, als sie ihm die Treppe hinunter folgte.

»Schau an, schau an«, murmelte Eric Summers. Er saß auf dem Boden auf einem Kissen aus Decken, die er irgendwo gefunden hatte.

»Ist es dein Hobby, Leute zu erschrecken?«

»Weiß der Teufel, was du dir alles ausgemalt hast, wer sich warum hier versteckt hat«, sagte Summers.

Fee wusste nicht, wohin sie schauen sollte. Den Blick zu senken war ihr zu sehr Ausdruck von Scham oder Demut, und ihn anzusehen schien ihr zu unanständig. Sie entschied, sich ganz normal zu verhalten, als wenn sie beide bekleidet wären.

»Hast du Diana schon gefunden?« Sein Blick ging nicht tiefer als ihr Kinn.

»Nein.«

»Du willst in der Mitgliederliste nachschauen, was?«

»Ja.«

»Die Mühe kannst du dir sparen«, sagte er. »Es gibt keine Diana.«

»Oh.« Wie immer, wenn sie nachdachte, senkte sie den Blick und starrte ins Nichts. Aber diesmal war es Summers' Schwanz, auf den sie starrte. Er zeigte Anzeichen, dass er sich vergrößern wollte.

»Jeder Mann, der in einer so engen Kammer mit einer nackten Frau eingesperrt ist, würde eine Erektion bekommen«, sagte er irritiert. »Das ist ein Reflex, sonst nichts. Wie spät ist es eigentlich?«

»Ich weiß es nicht«, antwortete Fee und fühlte sich so attraktiv wie eine Waschmaschine. »Ich habe meine Uhr unter einem Busch zurückgelassen.«

Es entstand ein langes Schweigen, als würde er sie wegen ihres Mangels an Vorausdenken am liebsten geißeln. Schließlich meinte er: »Ich glaube, wir befinden uns auf einer falschen Fährte.«

»Wieso?«

»Ich nehme an, dass Alfred Hicks in den Filmchen absichtlich mehrere Spuren gelegt hat.«

»Absichtlich?«

»Natürlich. Es gibt bestimmt noch mehr Sackgassen, denen wir bisher zum Glück nicht gefolgt sind.«

»Wo aber haben wir uns geirrt?«

»Das weiß ich noch nicht. Ich muss mir die letzten Hinweise noch einmal ansehen, aber sie befinden sich in meiner Hosentasche.«

»Und wo ist sie?«

»In meiner Hose.«

Fee funkelte ihn wütend an.

»Hast du dich schon mit Angus zusammengetan?«

»Nein. Graham Steel sagte, er würde mir helfen, wenn man für eine Lösung zwei Leute benötigen sollte.«

Er lachte. »Du suchst dir immer die besten Leute aus, was?«

»Was soll das denn heißen?«

»Graham Steel hat auch noch nie bei einer solchen Jagd mitgemacht.«

»Er ist trotzdem sehr gut.«

»Nein, ist er nicht. Er betrügt.«

Fee starrte ihn an. »Wie?«

»Er hat sein Handy nicht abgegeben.«

»Woher weißt du das?«

»Ich habe es im Flur piepsen gehört. Er unterhielt sich gerade mit Scarab, aber sie schien es nicht zu bemerken. Eigentlich seltsam, denn Scarab ist ein pfiffiges Mädchen.«

Fee fühlte sich hintergangen – falls es stimmte. Aber warum sollte Summers sie anlügen?

»Und du hast Gavin nichts davon gesagt?«

»Nein.«

»Warum nicht?«

Er hob die Schultern.

»Du hast geglaubt, du würdest ihn trotzdem besiegen, nicht wahr? Handy oder nicht Handy. Wirklich, deine Arroganz kennt keine Grenzen.«

Sein Gesicht spannte sich. »Und dass du dir die Lösungen erschläfst, ist moralisch überlegen?«

»Ich habe von Graham keine einzige Information erhalten! Deshalb habe ich nicht …« Sie brach ab.

»Du hast also mit ihm geschlafen«, murmelte Summers. »Ich habe es mir gedacht.«

»Oh, jetzt verstehe ich«, sagte Fee mit gehobener Stimme. »Du glaubst, es sei völlig unmöglich, dass ich es bis hierhin ohne Hilfe geschafft habe, was? Nun, ich habe es geschafft. Ich ganz allein.«

»Pst.«

»Ach, halt den Mund.«

»Ich glaube, wir sollten uns lieber um unsere Flucht bemühen«, sagte er. »Sonst werden wir nicht rechtzeitig im Landhaus sein.«

Sie bewegten sich beide gleichzeitig zur Tür und stießen dort zusammen. Fee spürte die Wärme seines weichen Körpers, der sich so anders anfühlte als Grahams sehniger Leib. Sie zuckten beide zurück und entschuldigten sich gleichzeitig. Summers hielt ihr die Tür auf, und sie trat in den Korridor, der zum Glück menschenleer war.

»Und jetzt?«, fragte sie.

»Bis später.«

Nein, dachte sie. Ich habe keine Lust, den Weg zu Fuß zu gehen. »Als Paar sehen wir weniger verdächtig aus.«

»Ich glaube nicht, dass wir als Paar überzeugend wirken«, gab er zurück, »aber wenn es sein muss, helfe ich dir aus deiner Unsicherheit heraus.«

»Es war nur ein Vorschlag«, verteidigte sie sich.

»Na, gut«, sagte er und drehte sich um.

Fee lief ihm nach. »Also gut«, sagte sie, »es war eine Bitte.«

»Wenn das so ist«, sagte er sadistisch, »dann sollten wir Händchen halten.«

Sie legte ihre Hand in seine. Sie war nicht kalt oder klamm oder fleischig, die Haut war trocken und ein wenig wärmer als ihre. Sein Griff war nicht zu fest, nicht zu locker. Genau richtig. Angenehm. Sie gingen den Korridor entlang und durch den großen Raum, der nach draußen führte. Das ältere Paar saß noch auf dem Sofa. Die Frau erkannte Fee und fragte: »Hast du Diana gefunden?«

»Nein«, antwortete Fee, »aber das spielt jetzt keine Rolle mehr.«

»Das sehe ich«, sagte die Frau lächelnd und sah Summers an.

»Wir sind nur gute Freunde«, wehrte er ab und zog Fee hinaus in den Garten. Die Sonne stand schon tief, und die meisten Leute drängten ins Haus. Das Licht im Brunnen war eingeschaltet worden, und die Statue in der Mitte leuchtete golden.

»Ich wette, die Mitgliedschaft in diesem Klub kostet ein Vermögen«, sagte Fee.

»Chacun à son goût«, sagte Summers.

Peverall suchte mit dem Schein der Taschenlampe die Grabstätte ab. Rachel erschauerte. Es war erstaunlich kalt hier unten – und so grau. Alles war grau, der Flintstein, das Dämmerlicht, das von der Treppe hereinfiel, der Staub auf den beiden Särgen mitten in der Kammer, das Spinngewebe.

»Mr. und Mrs. Edward Glas«, sagte Peverall. »Viktorianische Geschäftsleute, schätze ich, dem Kitsch mit den Engeln und den weltlichen Gütern nach zu urteilen.«

»Aber hier drinnen ist doch nichts, mal abgesehen von denen da.« Sie zeigte auf die Särge.

»Die Siegel sind nicht aufgebrochen«, stellte Peverall fest. »Deshalb enthalten sie nichts außer noch mehr Staub.«

Rachel fühlte sich erleichtert und folgte ihm in die nächste Kammer, in der vier kleinere Sarkophage standen, Kinder im Alter zwischen achtzehn Monaten und drei Jahren. Seitlich davon befand sich die letzte Kammer, in dem Glas' ältester Sohn und dessen Frau beigesetzt waren.

»Das war wohl das Ende der Familiendynastie«, murmelte Peverall.

»Sieh mal drüben«, sagte Rachel.

Ein schmaler Alkoven war in die Mauer eingelassen. Wenn man die Kammer betrat, konnte man ihn nicht sehen. Sie gingen darauf zu und sahen eine Holztruhe in der Größe eines Koffers in der Nische stehen.

Peverall hob den Deckel.

Gold glitzerte im Schein der Taschenlampe. Große und kleine Stücke, Klumpen, Brocken. Rachel hielt die Luft an und presste eine Hand vor den Mund. Was für ein Fund! Da konnte sie nur so theatralisch reagieren.

»Ich glaube, das ist für mich bestimmt«, sagte William hinter ihnen.

Rachel fuhr herum. Dabei fiel ihr auf, dass Peverall lächelte. Sie fand das eine eigenartige Reaktion, aber es blieb keine Zeit, darüber nachzudenken, denn William drängte sich an ihnen vorbei und griff mit einer Hand zur Truhe, während er die andere Hand in seiner Tasche hielt.

»Du darfst das nicht zulassen!«, rief Rachel entsetzt. »Du kannst ihn doch das Gold nicht stehlen lassen!« Wieso war Peverall so ein Weichei?

»Ich glaube, Peverall weiß, was gut für ihn ist«, sagte William.

Seine Stimme klang schnarrend, und Rachel lief es eiskalt über den Rücken. Vielleicht handelte Peverall richtig. William ist bestimmt bewaffnet. Messer? Revolver? Offenbar hatte Peverall das von Anfang an gewusst.

William untersuchte lächelnd den Inhalt der Truhe. Aber dann schwand das Lächeln so langsam, dass man es zunächst gar nicht bemerken konnte. Die dunklen Brauen furchten sich zusammen. Er sah hinüber zu Peverall.

»Ja, stimmt«, sagte Peverall. »Das ist Pyrit. Falsches Gold. Völlig wertlos.«

William hob die Truhe auf und kippte sie über Mrs. Glas' Sarg um. Es klirrte wie Schritte auf Kieselsteinen, als die Pyrite über die schwere Eiche kullerten. Als Letztes fiel eine mit Folie überzogene Karte aus der Truhe und flatterte wie eine Feder zu Boden. Es stand nichts Schriftliches auf der Karte, nur die Zeichnung eines rötlichen Fischs. Ein roter Hering, das Symbol einer Finte.

»Komm«, drängte Fee und nahm zwei Treppenstufen auf einmal. »Wir werden uns verspäten.«

»Wir sind schon zu spät«, stellte Summers klar. »Ich habe eine Uhr im Korridor gesehen. Vor einer halben Stunde wurde das Abendessen serviert.« Sie schritten über den Rasen der Anlage von *The Elms*, obwohl sie am liebsten gerannt wären.

»Wer ist die Statue mitten im Brunnen?«, fragte Fee im Vorbeigehen.

Summers blieb wie auf Kommando stehen, drehte sich langsam um die eigene Achse und starrte auf die weiße Marmorgestalt mit Pfeil und Bogen. »Artemis«, sagte er. »Bei den Römern heißt sie Diana. Du nimmst die eine Seite, ich die andere.«

Ohne darüber nachzudenken, arbeiteten sie wieder zusammen. »Ich hab's«, sagte Fee, und Summers stellte sich neben sie. Eine kleine bronzene Plakette mit dem Datum, an dem die Statue aufgestellt worden war: 27. 11. 57. Fee notierte die Ziffern.

»Fein«, sagte Summers. »Gehen wir.«

Sie gingen quer über den Rasen auf den Tennisplatz zu. Es wurde rasch dunkel, und es wurde kühl. Fee schüttelte sich.

»Meine Kleider liegen gleich hinter dem Tor«, sagte Summers.

»Meine liegen ein bisschen näher, aber nicht viel.«

Summers legte einen Arm um sie. Sie war so überrascht, dass sie kaum weitergehen konnte.

»Dir ist kalt«, sagte er. Sie sollte wissen, dass es kein anderes Motiv gab. Er wollte sie nur wärmen.

Als sie endlich ihre Kleider fand, war sie dankbar, dass er sie gewärmt hatte. Ihre Finger waren so steif, dass sie kaum mit den Knöpfen fertig wurden. Summers musste ihr helfen. »Ist dir denn nicht kalt?«, fragte sie zähneklappernd.

»Ich war im Internat. Durch das offene Fenster fegte der Schnee über die Bettdecke, und von den Zisternen bei den Toiletten hingen Eiszapfen. Jeden Morgen vorm Frühstück mussten wir im See schwimmen.«

Sie sah ihn an. »Du nimmst mich auf den Arm.«

»Nur ein bisschen.«

Dann erreichten sie das Tor, und er zog seine Sachen an. Er öffnete das Tor, und sie schlüpften hindurch.

»Was tun wir jetzt?«, fragte Fee, während sie den Fußweg zurückgingen.

»Wir versuchen, uns von hinten ins Landhaus zu schleichen.«

»Ist das nicht gemogelt?«

Er sah sie strafend an. »Wir sind ohne eigene Schuld aufgehalten worden. Es ist nicht so, dass wir absichtlich noch nach Spuren gesucht hätten.«

»Ja, ich glaube, das kann ich mit meinem Gewissen vereinbaren.«

»Du bringst dich wirklich ganz in diese Schatzsuche ein, nicht wahr?«

»Ja.«

»Ich begreife jetzt, warum du nicht mit Angus ein Team gebildet hast«, sagte er. »Er ist eine Belastung, keine Hilfe. Aber Graham Steel …«

»Er hat Grace«, sagte Fee. »Außerdem hat er mich nicht gefragt.«

»Und wenn er dich fragt?«

»Du meinst, falls Grace aus irgendeinem Grund ausfällt?« Eine Nummer mit Graham war alles andere als genug, und Fee grübelte, wie sie eine Wiederholung einfädeln könnte. Wenn sie seine Partnerin wäre, böten sich eine Menge Möglichkeiten für eine Wiederholung. Auf der anderen Seite – wollte sie einen Partner, der betrog? Falls er betrog. Irgendwie schien es nicht zu seiner Persönlichkeit zu passen. Vielleicht hatte sich Summers geirrt, was das Handy anging.

»Nein«, sagte sie schließlich, »ich werde nicht seine Partnerin. Ich will nicht Arbeit und Vergnügen vermischen.«

Summers sah sie nachdenklich an. »Ich nehme an, du hast gelernt, deinen Mund zu halten, sonst wärst du nicht so weit gekommen.« Sie erreichten die Hauptstraße, auf der er seinen Wagen geparkt hatte. Er hielt Fee die Tür auf. »Sollen wir uns wieder zusammentun?«, fragte er wie nebenbei, aber Fee spürte eine heimliche Freude.

»Okay«, sagte sie ebenso lässig. Es bereitete mehr Spaß, die Hinweise zusammen zu lösen, und sie arbeitete gern mit Summers zusammen. Es war schade, dass er so … ja, wie denn? Wie war er? Sie konnte es nicht genau ausdrücken.

Er parkte sein Auto so gewissenhaft wie immer, dann gingen sie in einem weiten Bogen um das Landhaus herum. Bald standen sie vor dem Tor.

»Ich glaube nicht daran, dass sie vergessen haben, es abzuschließen«, sagte Summers. »Aber wir können es wenigstens versuchen.« Zu ihrer großen Überraschung ließ sich das Tor öffnen.

»Endlich«, sagte eine Stimme. »Ich dachte schon, du wärst abgehauen, William.«

Das Tor schwang ganz auf, und Fee sah Beatrice von einem Baumstumpf aufstehen und einen Schritt nach vorn gehen – ehe sie wie angewurzelt stehen blieb.

»Eric«, sagte sie verdutzt.

»Beatrice. Ich glaube, ich bin so erstaunt wie du.«

»Hör zu«, sagte Beatrice. »Du vergisst, dass du mich gesehen hast, okay? Und ich vergesse, dass ich dich gesehen habe.«

»Fairer Handel«, antwortete Summers. Er sah so

aus, als wollte er noch etwas sagen, aber dann überlegte er es sich anders. Er und Fee ließen Beatrice zurück und gingen mit raschen Schritten dem Haus entgegen.

»Was wolltest du ihr noch sagen?«, fragte Fee.

»Ich wollte sie vor William warnen, aber es ist sinnlos, sie ist geradezu besessen von ihm.«

»So sieht sie aber nicht aus.«

»Du kennst Beatrice nicht. Sie muss sich Hals über Kopf in ihn verknallt haben, sonst würde sie wegen ihm nicht die Regeln brechen.«

Durch eine der Gartentüren betraten sie das Haus. »Wir sollten jetzt zum Puzzleabend gehen«, riet Summers. »Uns den anderen zeigen.«

Fee nickte. »Aber ich sterbe vor Hunger«, sagte sie, als sie hinter ihm das Spielzimmer betrat.

»In der Pause gehst du in die Küche, da liegt immer etwas Essbares herum.«

Rachel und Peverall hatten sich schließlich nur um drei Minuten verspätet, und Gavin drückte ein Auge zu. Sie nahmen am Abendessen teil, dann zogen sie sich auf Peveralls Zimmer zurück.

»Was hältst du denn davon, wie William sich in der Krypta aufgeführt hat?«, fragte Rachel.

»Ich glaube nicht, dass er bei dieser Woche mitmacht, weil er es liebt, Rätsel zu lösen. Er ist hier, um den Preis zu gewinnen. Ganz egal wie. Vielleicht ist er ein Vermögen wert. Und Angus ist sein Gehilfe.«

»Wir sollten es Gavin sagen.«

»Was sollen wir ihm denn sagen? Der Vorfall in der Krypta war noch kein Verstoß – es sei denn, wir könnten beweisen, dass er eine Waffe in der Tasche hatte. Er wollte, dass ich das glaubte, aber ob er wirklich eine gehabt hat, wissen wir nicht.«

»Ich habe die ganze Zeit an den letzten Hinweisen gezweifelt – beziehungsweise an den Lösungen.«

»Warum?«

»Sie hatten nichts mit Sex zu tun. Captain Cook, Friedhof. Ganz anders als die vorangegangenen Hinweise.«

»Stimmt. Sex gefällt mir besser«, murmelte Peverall.

»Das kann ich unterschreiben«, sagte Rachel, ging zu ihm und begann sein Hemd aufzuknöpfen. »Ich glaube, ein Abend hier oben ist einem Abend da unten vorzuziehen. Irgendwas, was du immer schon mal ausprobieren wolltest?«

Er sah sie lange an, wandte dann aber in gespielter Scheu den Blick.

»Was?«

»Hast du schon mal von einer Körper-auf-Körper Massage gehört?«

Rachel grinste. »Ja. Ich war mal mit jemandem zusammen, der lange in Thailand gelebt hat. Das wünschst du dir?«

Er nickte begeistert, und seine Augen leuchteten wie die eines kleinen Jungen in einem Süßigkeitenladen.

»Also gut. Wir brauchen einen gefliesten Boden. Der im Bad ist ideal. Und warmes Seifenwasser. Vielleicht auch Massageöl. Ich habe welches dabei. Das große Problem ist die Luftmatratze.«

»Ich wette, es gibt eine im Schuppen beim Pool. Ich glaube, ich habe sie auch schon gesehen.«

»Ich sehe, was sich machen lässt.« Rachel fand das Massageöl und ein paar Räucherstäbchen auf ihrem

Zimmer, dann lief sie durch eine der Hintertüren hinaus zum Pool. Die Tür zum Schuppen war nicht abgeschlossen, und es lagen mehrere Luftmatratzen gestapelt da.

Sie hastete zurück und klopfte an Peveralls Tür. Als er öffnete, sah sie, dass er Schlafzimmer und Bad verwandelt hatte. In ihrer Abwesenheit hatte er viele Kerzen angezündet, das Licht ausgeschaltet, orientalische Musik aufgelegt und irgendwo einen Eiskübel, Champagner und Gläser aufgetrieben.

»Willkommen in Madame Sins Etablissement«, sagte er, drückte hinter ihr die Tür zu, nahm die Räucherstäbchen und zündete sie an. Er öffnete die Champagnerflasche und schenkte ein.

Sie ließen die Gläser klingen. »Auf uns«, sagte er. »Nein, sage nichts. Ich werde dich freien, Rachel, aber wenn ich nach einer intensiven Werbungskampagne verlieren sollte, dann verspreche ich hiermit, nicht zu schmollen und mich nicht wie eine Klette an dich zu hängen. Einverstanden?«

»Ja, Darling.« Eine Großzügigkeit hatte die andere verdient. Peverall blies die Luftmatratze auf und brachte sie ins Bad.

Nach zwei Glas Champagner war Rachel in der richtigen Stimmung. Sie legte ihn aufs Bett, schnürte seine bequemen Schuhe auf und streifte sie ab. Er trug zwei verschiedene Socken, eine schwarz, die andere grau. Sie lachte, er verzog das Gesicht. Rachel zog ihm die Socken aus und fuhr fort, sein Hemd aufzuknöpfen. Sie zog es aus und bewunderte seinen schönen nackten Torso, die glatte, makellose Haut mit der sanften Bräune, die ausgeprägten Muskeln darunter.

Sie schnallte seinen Gürtel auf, öffnete den Reißverschluss der Hose und zog sie aus. Sofort sprang ihr sein Schaft entgegen, stolz und zitternd, dick und lang und gerade, und sie beugte sich über ihn und küsste ihn. Es war kein erotischer Kuss, sondern ein Kuss aus wahrer Zuneigung.

Was ist eigentlich los mit mir?, dachte Rachel. Ich bin dabei, mich in den Kerl zu verlieben. Er ist unerfahren, er ist eine Nervensäge mit seinen Fremdworten, er ist kahl wie eine Billardkugel, und er ist ein Schatz. Und er ist auch ganz gut betucht, fügte eine Stimme in ihrem Kopf hinzu.

Sie gingen ins Bad, rollten Handtücher zu Würsten zusammen und dichteten die Tür damit ab, damit kein Wasser ins Schlafzimmer laufen konnte. Rachel füllte das Waschbecken mit warmem Wasser und legte ein Stück Seife hinein, trieb es hin und her und wartete, bis das Wasser milchig wurde und schäumte. Dann zog sie sich aus und kippte die Seifenlauge mit dem Zahnbecher über die Luftmatratze.

»Lege dich auf den Bauch«, wies sie Peverall an. »Wir fangen mit der Rückseite an.«

Der süße Duft der Räucherstäbchen vermischte sich mit dem Parfum der Seife, als sie ihn und sich damit beträufelte, dazu erklang die sinnliche Musik aus dem Zimmer nebenan. Rachel hatte noch den Geschmack des Champagners auf den Lippen.

Sie legte sich auf ihn, Kopf an Kopf. Sie hielt sich an den Seiten der Matratze fest und glitt über seinen Rücken. Ihre Brüste pressten sich zuerst gegen seine Schulterblätter, dann über Rücken, Po und Oberschenkel. Peverall seufzte. Sie rutschte wieder hoch. Er schloss die Augen. Sie sah das Lächeln, weil es kleine Grübchen im Mundwinkel hervorrief. Sie glitt hinauf und hinunter und liebte das Gefühl seiner Haut gegen ihre.

Sie ließ mehr Seifenlauge über ihren Körper rinnen und fuhr mit einem Nippel durch die Kerbe zwischen den Backen. »Quetsch sie mal zusammen«, flüsterte sie. Er gehorchte, und sie spürte das Anspannen und Entspannen seiner Muskeln. Sie hörte, wie er tief einatmete. Mit jedem Anspannen musste er auch einen Energieschub in seinem Schwanz spüren. Er wurde unruhiger, sie nahm an, dass seine Erektion ihm dringende Botschaften zurief.

Sie wechselte die Taktik und begann ihn mit Brüsten und Händen gleichzeitig zu massieren; die Brüste strichen zart über die glitschige Haut, während die Hände seine Schultern, das Rückgrat und die Backen kneteten, dann schüttete sie wieder Wasser über ihre beiden Körper, bis sie schlüpfrig wie Aale waren. Ihr Unterleib rutschte über seine Schenkel, und sie spürte einen kurzen Moment den Kontakt seiner Muskeln mit ihrer Klitoris. Das Verlangen in ihr wurde stärker.

Normalerweise dachte sie in einer solchen Situation zuerst an sich – sie will ihn in sich spüren, also holt sie sich das, was sie braucht. Aber diesmal wollte sie länger durchhalten.

Sie fuhr fort, ihn zu massieren, und ab und zu verstärkte sie den Druck ihres Schoßes gegen seinen Schenkel. Das leichte Reiben gegen den Kitzler erregte sie immer mehr.

Sie schimpfte lautlos über sich. Dies war Peveralls Fantasie, und ihn zu befriedigen war erregender, als selbst befriedigt zu werden. Sie drehte sich um und legte sich auf den Rücken. Po auf Po. Sie benutzte ihren Körper, um seinen zu polieren, sie kam sich wie ein weiches Leder vor. Rauf und runter, rauf und runter. Die Bewegungen hatten was Hypnotisches an sich, dazu der Geruch des Weihrauchs, das Zupfen der Sitar, die Berührungen von Haut auf Haut.

»Dreh dich um«, sagte sie.

Seine Erektion war steinhart und gewaltig. Sie wiederholte ihre Körpermassage. Ihr Schoß rutschte über seinen Brustkorb, dann ihre Brüste. Sie glitt tiefer, über seinen Bauch, seinen zuckenden Schaft, seine Schenkel. Dann wieder hoch, bis ihre Pussy auf seinen Lippen lag.

Er kämpfte um seine Kontrolle, und er drohte zu verlieren. Sie stieg von ihm und trocknete ihn ab, ehe sie sich selbst trocken rubbelte. Danach schraubte sie den Verschluss von der Ölflasche und träufelte kleine Pfützen auf ihre Handfläche. Rachel wartete ein wenig, bis das Öl die Wärme ihrer Hand angenommen hatte, dann rieb sie seinen Schaft damit ein, bis er glänzte. Sie ließ dann Öl auf ihre Brüste tropfen und verrieb es ausgiebig. Sie stand so, dass er sie beobachten konnte, und er verfolgte die Bewegungen ihrer Hände auf den Brüsten und das Anschwellen ihrer Warzen mit heißen Blicken.

»Jetzt gehen wir ein bisschen direkter vor«, sagte sie, nahm ihn in die Hand und fuhr an seinem Schaft auf und ab.

Er schloss die Augen und hielt die Luft an. Sie begann ihn rhythmisch zu reiben, die eingeölten Finger wurden immer glitschiger. Allmählich verstärkte sie den Druck ihrer Hand. Er stieß den angehaltenen Atem aus. Vorsicht, mahnte sie sich, sonst kommt er zu früh. Sie gab ihn frei.

Er riss die Augen auf, als wäre er aus einem schönen Traum aufgewacht.

»Alles zu seiner Zeit«, sagte sie, dann beugte sie sich tiefer über ihn und nahm den Schaft zwischen ihre Brüste. Sie massierte ihn damit. »Du kannst jetzt kommen, wann immer du willst – und wo du willst«, ermutigte sie ihn.

Zu ihrer Überraschung bemerkte sie, dass das Reiben ihrer Brüste an seinem harten Schaft ungeheuer erregend war. Ihre Nippel wurden superempfindlich, und die Reize wurden wie in einer Welle durch ihren Körper geleitet, und in ihrem Schoß ergoss sich die Welle. Ich werde es sein, die zuerst kommt, dachte sie. Ich glaube nicht, dass ich auf diese Weise schon mal einen Orgasmus gehabt habe.

Es waren nicht nur die Reibung und das sinnliche Massieren, das es ihr brachte, es war auch der Ausdruck seines Gesichts, die Lust, die Sehnsucht, die Gier. Sie rieb ein bisschen schneller, und beim nächsten Luftholen wurde er geschüttelt, ehe es mit einem gepressten Schrei aus ihm herausschoss. Er besprühte ihren ganzen Körper. Sie presste die Muskeln in ihrem Unterleib und rieb ihren Schoß an seinem Schenkel, und es dauerte nur Sekunden, bis es ihr auch kam. Es war nicht der intensivste Höhepunkt ihres Lebens, aber er hielt an und an, bis sie sich wie ausgepumpt vorkam.

»Gradu diverso, via una«, keuchte Peverall.

»Derselbe Weg, aber andere Schritte«, übersetzte Rachel.

»Und ich werde dafür sorgen, dass es keine Einbahnstraße ist«, sagte Peverall. Er küsste sie auf die Schulter. »Also gut – wie viele Kinder willst du?«

Rachel sah ihn sprachlos an.

Er lachte. »Das sollte ein Witz sein.«

»Schon besser. Aber von nun an werde ich die Kondome genau überprüfen.«

Achtes Kapitel

Summers gewann das erste Spiel und das folgende auch. Später tauchte William im Spielzimmer auf, gefolgt von einer verschlossenen Beatrice. Von Rachel und Peverall war nichts zu sehen. Graham Steel saß wie immer mit Grace zusammen, und Angus unterhielt sich mit Scarab. Fee ging in die Küche und belegte eine Toastscheibe mit Käse. Sie kaute gerade auf der zweiten Scheibe, als Graham in die Küche kam. Sie spürte sofort die Reaktion ihres Körpers.

»Hattest du einen guten Tag?«

»Ja, zum Schluss ist er noch gut geworden«, antwortete Fee. »Summers und ich haben unsere Differenzen beigelegt und sind wieder ein Team.«

»Das freut mich zu hören.« Er sah so aus, als freute es ihn wirklich.

Fee bedauerte seine Reaktion ein wenig. Es wäre ihr lieber gewesen, er hätte sich enttäuscht gezeigt. Oder dass er gesagt hätte, wie gern er mit ihr zusammengearbeitet hätte. Hatte ihm dieses eine Mal schon genügt? Sie hoffte nicht, schließlich hatte es ihm so gut gefallen wie ihr.

Er war ein unterkühlter Zeitgenosse, ganz cool, und das gefiel ihr an ihm. Für sie war es eine Herausforderung, diese dünne Eisschicht zum Schmelzen zu bringen.

Er sah auf seine Uhr. »Ich sollte noch ein paar Spiele mit Grace machen«, sagte er. »Aber danach bin ich frei wie ein Vogel, und wenn du mit mir fliegen möchtest … Zimmer einunddreißig.«

»Ich werde da sein«, sagte Fee. Sie gingen zurück und spielten weiter. Saul Slick gewann das erste Spiel nach der Pause, Summers das zweite. Fee konnte sich nicht konzentrieren, deshalb ging sie auf ihr Zimmer und unter die Dusche. Während sie die Haare trocknete, kam Rachel herein.

»Ich möchte mich entschuldigen«, sagte Fee, noch bevor Rachel ein Wort herausbringen konnte. »Ich hätte diese Bemerkung über Glatzköpfe nicht aussprechen dürfen.«

Rachel hob die Schultern.

»Ich bin wieder mit Summers zusammen«, fuhr Fee fort.

Rachel sah sie überrascht an. »Ich wusste gar nicht, dass ihr euch getrennt hattet.«

Fee hatte keine Lust, in die Einzelheiten zu gehen, deshalb fragte sie: »Wie kommt ihr mit der Suche zurecht?«

Rachels Gesicht überzog sich mit einer Röte der Aufregung. »Oh, Mann, ich habe einiges erlebt. Peverall und ich dachten schon, wir hätten gewonnen, aber nur ein paar Sekunden lang.« Sie setzte sich aufs Bett und berichtete vom Geschehen in der Krypta. »William hielt den Schmuck für echt und sah sich schon als Millionär«, schloss sie. »Er will um jeden Preis gewinnen. Er ist ein mieser Typ.«

»Du hattest auch Recht, was Angus angeht«, gab Fee zu. »Er hat mich immer klein geredet. Ich bin zu Graham Steel gewechselt.«

Zu Fees Erstaunen stieß Rachel einen Entsetzensschrei aus. »Graham Steel? Der Eismann persönlich? Oh, Himmel, Fee, lernst du denn nie dazu?«

»Ich dachte, es würde dich freuen.«

»Ein weiteres Beispiel dafür, dass du mehr auf die Verpackung achtest als auf den Inhalt.«

Fee biss sich auf die Unterlippe. »Ich muss immer daran denken, was die Leute sagen, wenn ich mit einem Mann ankomme, der nicht gut aussieht. Ist das alles, was sie an Land ziehen kann?«

»Und du glaubst, die Leute denken das von mir?«

»Nein«, rief Fee verzweifelt. »Jeder weiß doch, dass Peverall ein netter Kerl ist.«

»Aber du meinst, in der großen weiten Welt schauen die Leute auf ihn und fällen dann ihr Urteil über mich? Leute! Welche Leute? Leute, auf die es ankommt? Die uns etwas bedeuten? Nein, das glaube ich nicht.«

Fee stellte sich vor, sie hätte Peverall mit nach Hause gebracht. Ihre Mutter würde die erste Gelegenheit genutzt haben, sie beiseite zu ziehen. *Ehrlich, Fiona, Eierköpfe sind ja in Ordnung, aber mit dem da schießt du den Vogel ab.* Leute, auf die es ankommt, hatte Rachel gesagt, Leute, die uns was bedeuten. Wie stellte man es an, dass die Mutter nicht zu den Leuten gehörte, auf die es ankam und die einem was bedeuteten? Sollte ihr die Mutter egal sein? Oder gab es einen anderen Weg?

Rachel wandte sich ab. »Geh und lass dich vögeln. Mit solchen Typen ist es wie mit einem chinesischen Essen. Schmackhaft, aber nicht sehr füllend.«

»Ich dachte, wir beide mögen es, verschiedene Küchen auszuprobieren?«

»Ich vermute, dein Menü bereitet mir Sodbrennen«, antwortete Rachel.

Fee begab sich auf den Weg zu Zimmer 31.

Graham öffnete die Tür und ließ Fee eintreten. Er trug nur seine Jeans, blanker Oberkörper, nackte Füße. Die muskulösen Arme und die sehnigen Gelenke stachen ihr in die Augen. An einem Handgelenk prangte eine goldene Uhr.

»Was zu trinken?« Auf der Tisch stand eine Flasche Chardonnay.

»Ja, bitte.«

Er zog den Korken und schenkte in zwei Gläser ein. Fee sah sich im Zimmer um. Viele Sachbücher lagen auf dem Tisch verstreut, und viele einzelne Papiere verdeckten etwas darunter, es konnte sich um eine Aktentasche handeln. Oder um einen Laptop. Über einem Stuhl hing eine schwarze Lederjacke. Die Tür zum Bad stand auf, und Fee sah ein nasses Badetuch über dem Halter liegen. Es roch ein bisschen nach Chlor. Er war wieder im Pool gewesen. Sie nippte am Wein.

»Was machst du eigentlich beruflich, Graham?«

»Ich bin im Bergungsdienst.«

Das hörte sich so langweilig an wie Lexikograph oder Redakteur einer Zeitschrift für Erfinder. Gab es hier keinen mit einem aufregenden Beruf? Sie wollte den Stier bei den Hörnern packen und fragte: »Und dafür braucht man ein Handy?«

»Was?«

»Summers hat es im Flur piepen gehört, als du dich mit Scarab unterhalten hast.«

Er lachte. »Ach so, ja. Du wirst herausfinden, dass es Scarabs Handy war.«

Er begann sie zu küssen, und sie erinnerte sich wieder, wie gut es mit ihm gewesen war. Sie schlang die Arme um seinen Körper, während er den Reißverschluss ihres Kleids auf dem Rücken nach unten zog und an ihren Lippen sog. Er öffnete ihren Büstenhalter, der wie das Kleid auf dem Boden landete. Fee fummelte mit den Knöpfen seiner Jeans. Er schob sie über die Schenkel und stieg aus den Hosenbeinen heraus.

Er legte Fee aufs Bett und öffnete ihre Schenkel, dann kniete er sich auf den Boden und erforschte sie auf delikate Weise mit den Fingern. Sie lag mit geschlossenen Augen da und liebte jede Sekunde seines Kosens und Streichelns. Sie spürte die weichen Bürsten seiner kurz geschorenen Haare. Als sie die ersten zügigen Striche seiner Zunge spürte, ging ein Ruck durch ihren Körper. Sie wollte sich hin und her werfen, aber sie wollte vermeiden, dass er irgendwas veränderte, er sollte so weitermachen wie bisher.

Nach einer Weile schob er zwei Finger in sie hinein. Er tastete nach ihrem G-Punkt, und als er ihn gefunden hatte, massierte er ihn zärtlich, was sie zu einer neuen Ebene der Lust katapultierte. Die Zunge konzentrierte sich nun auf ihre Klitoris, strich darüber, stieß sie an, wischte hin und her.

Ihr Körper spannte sich, als stünde sie vor der Hochsprunglatte und müsste unbedingt darüber. Die Spannung zehrte an ihren Nerven. Jeder Muskel zog sich zusammen, und dann kam es ihr mit einer wunderbaren, primitiven Gewalt.

Später, als er sie sehr einfühlsam genommen hatte, zuerst langsam, dann mit tiefen, immer schnelleren Stößen, und sie erneut zum Höhepunkt gebracht hatte, bevor er sich in ihr ergoss, wurde Fee aus ihren süßen Träumen des Nachglühens gerissen, als das Telefon neben dem Bett klingelte.

Graham beugte sich über sie und nahm den Hörer ab. Fee fragte sich, wer ihn anrief – Telefongespräche von draußen wurden nur durchgestellt, wenn es sich um einen Notfall handelte.

Er lauschte eine Weile. »Hm. Hm.« Wieder eine Pause. »Ja, gut. Bye.« Er legte den Hörer wieder auf die Gabel.

»Alles in Ordnung?«, fragte Fee.

Er zögerte.

»Bestimmt deine Frau, was?«

Sie hatte es scherzend gemeint, aber nach einigem Überlegen sagte er: »Ja.«

Ihr Mund klappte auf. Sie sah sich kurz im Spiegel. Wie ein Fisch an Land. Rasch klappte sie den Mund zu.

»Du hast mich nicht gefragt, und ich habe nichts gesagt«, erklärte er. »Du könntest auch verheiratet sein.«

Fee zeigte ihm ihre unberingten Finger.

»Das bedeutet heutzutage gar nichts.«

»Kinder?«

»Zwei.«

»Wie heißen sie?«

»John. Und Sandra.«

Er lügt, dachte Fee. Ich wüsste gern, wer wirklich am Telefon war.

»Sandra spielt Flöte im dritten Jahr. Ich habe meine Frau gebeten, mich anzurufen, wenn Sandra die Prüfung besteht, um den Aufstieg in die nächste Gruppe zu schaffen.«

»Und das ist ein Notfall?«

»Ja«, sagte er. »Ich muss ein Geschenk mit nach Hause bringen.«

»Ja, okay.« Sie erhob sich. »Es war ein schöner Abend.«

»Hör zu«, sagte er, »dir hat es so gut gefallen wie mir. Es gibt keinen Grund, warum wir nicht bis zum Ende der Woche zusammenbleiben können.«

Fee murmelte irgendwas Belangloses. Sie wollte darüber nachdenken. Bisher hatte sie verheiratete Männer gemieden wie die Pest, besonders Männer mit Kindern. Falls er überhaupt verheiratet war, denn sie nahm eher an, dass er sie belogen hatte. Sie zog sich an und ging zur Tür.

»Wir sehen uns morgen«, sagte sie. Dann fiel ihr noch etwas ein. »Ich spiele auch Flöte. Und Jack? Spielt er auch ein Instrument?«

»Nein«, antwortete Graham. »Er ist erst fünf.«

Ich habe dich überführt, dachte Fee. Jack war eben noch John. Aber sie ließ sich nichts anmerken.

Fee und Summers warteten vor der Tür zu Zimmer acht, als Gavin sie aufschloss. Im Flur hatte sich eine Schlange von anderen Leuten gebildet, sie standen für die Zimmer fünf und sechs an. Sie lächelten sich alle zu, sprachen vom schönen Wetter, vom ausgiebigen Frühstück und von den Spielen gestern Abend. Nicht ein einziges Wort über die Schatzsuche selbst.

Zimmer acht war genau so eingerichtet wie Zimmer fünf – ein Computer auf dem Schreibtisch, davor zwei Stühle. Summers tippte die E-Mailadresse ein, dann schrieb er: *Diana hat uns diese Nummer gegeben, deshalb haben wir uns den nächsten Hinweis verdient.* Er öffnete ein Fenster zu einem Chatroom und schickte seine Nachricht ab. Nach ein paar Momenten kam die Antwort.

Wer bist du?

Summers tippte: Eric Summers.

Kurze Wartezeit, dann: *Nett, von dir zu hören, Darling. Ich habe einen neuen Hinweis für dich, aber du musst ihn dir verdienen.*

Summers tippte: Wer bist du?

Rose, mein Lieber. Du warst derjenige, der an Analsex interessiert war, nicht wahr?

Nur am Preis dafür, schrieb Summers. Wie kann ich mir den Hinweis verdienen?

Rede schmutzig mit mir. Wenn du es schaffst, mich anzumachen, erhältst du den nächsten Hinweis.

Summers richtete den Blick zur Decke und seufzte. »Genau, was ich gleich nach dem Frühstück brauche«, murmelte er. »Also gut.« Er schrieb: Würde es dir Spaß bringen, mich wegen meiner Unverschämtheiten zu züchtigen?

Nicht unbedingt. Ich möchte, dass du mir Dinge erzählst, die du gern mit mir machen würdest. Fang mit meinen Titten an.

Summers dachte einen Moment nach. Ich möchte sie mit meinen Händen berühren, will die Fülle unter meinen Fingern spüren. Ich nehme einen Nippel in den Mund und sauge ihn wie eine saftige Weintraube.

Nicht schlecht, aber viel zu zurückhaltend. Komm, Schatz, geh runter an mir.

Summers wandte sich an Fee. »Es gibt keinen Grund, warum du das nicht erledigen kannst«, sagte er säuerlich. »Sie kann nicht sehen, wer auf die Tasten drückt.«

»Ich kann das unmöglich«, lehnte Fee ab. »Frauen mit drallen Busen bringen mir nichts. Meinen Texten würde der Hauch von Authentizität fehlen.«

Er starrte sie wütend an: »Rose bringt mir auch nichts.«

»Dann musst du eben deine Fantasie spielen lassen.

Das war doch schon ganz gut, was du mit ihren Brüsten angestellt hast.«

»Ich habe mir eine andere Frau vorgestellt«, murmelte er und wandte sich wieder dem Bildschirm zu.

Da stand eine neue Nachricht: *Nun beeile dich schon, sonst verlierst du die Pluspunkte, die du mit meinen Titten gemacht hast.*

Er grunzte, dann setzte er sein Denkgesicht auf und begann zu tippen.

Ich möchte deinen Körper erforschen, die Schwellung deiner Brüste, die Kurven deiner Hüften, die sanften Hügel deines Hintern. Ich würde mit einer Hand zwischen deine Schenkel greifen und mit einem Finger leicht über deine Lippen streichen. Da würde ich so lange verweilen, bis ich eine Reaktion bei dir spürte, und erst dann würde ich meinen Finger auf die Reise in dein Innerstes schicken. Deine Klitoris berühre ich nur mit federleichten Tupfern, während der Mittelfinger tief in dich eindringt und rhythmisch ein und aus fährt. Ah, diese warme Nässe in deiner Möse. Jetzt weiß ich, dass du für meinen Schwanz bereit bist.

Nicht schlecht, dachte Fee.

Die neue Nachricht lautete: *Eine ausgezeichnete Darstellung, Eric. Du hast dir den nächsten Hinweis verdient. Hier ist er: Aunt Dolly's befuddled; in this shop the remedy's UTC (6, 4).*

Summers schrieb den Text in sein Notizbuch. Nach einer Weile wurde der Bildschirm schwarz. Summers wedelte die Seite durch die Luft, damit die Tinte trocknete, dann steckte er das Notizbuch in die Tasche, und gemeinsam gingen sie aus dem Zimmer.

Sie setzten sich in die Bibliothek. »*Aunt Dolly's* ist ein Anagramm«, sagte Fee.

»Sehr gut. Und was ist die Definition?«

»Was ist UTC?«

»OTC heißt *over the counter,* deshalb muss UTC *under the counter* sein. Dinge, die man über der Ladentheke verkauft, und andere Dinge, die man unter der Ladentheke versteckt hat. Sehen wir uns das Anagramm noch einmal an.«

»Aunt Dolly's ... Lloyd's Aunt? Untold lays? Lady no slut?«

»Adults only«, sagte Summers. »Nur für Erwachsene. So heißt der Sexshop in der Stadt.«

»Oh, ja.« Fee erinnerte sich, ihn gesehen zu haben. »Was tun wir da?«

»Ich schätze, wir fragen nach etwas, was sie unter der Ladentheke aufbewahren. Und diesmal bist du dran.«

»Ja, das ist fair«, stimmte Fee zu. »Nachdem du so viel Herzblut in den letzten Hinweis hineingelegt hast.«

Er sah sie tadelnd an.

Sie gingen zu seinem Auto. Arnold und Elsie stiegen gerade aus seinem Auto. Fee sah, wie Arnold die Enden seines Schurrbarts zwirbelte, dann hörte sie ihn sagen: »Du brauchst nur einmal mein Gast zu sein, Elsie. Ich bin jetzt ein ordentliches Mitglied, denn ich habe den vollen Beitrag bezahlt. Es sind viele Leute in unserem Alter da, und du hast eine gute frauliche Figur, du brauchst dich hinter niemandem zu verstecken. Ich kaufe dir auch eine Schachtel Suchard.«

Fee grinste. Arnold wollte sich nicht durch das Hintertor von The Elms schleichen, er hatte sich für die frontale Attacke entschieden.

»Aber nur dieses eine Mal«, sagte Elsie. »Ich habe noch nie einem Mann widerstehen können, der sich mit Schokolade auskennt.«

Summers wollte ein anständiges Mittagessen haben, ehe sie zum Adults only Laden aufbrachen. Sie fanden ein kleines Restaurant und bestellten sich Meeresfrüchtesalat und eine Flasche Wein.

Sie redeten eine Weile über ihre Arbeit und dann über sich selbst. Summers' Kindheit und Jugend hörte sich trist an. Er war Einzelkind, und mit sieben Jahren hatte er seinen Vater verloren. Die Mutter hatte lange gebraucht, um darüber hinwegzukommen, und schickte den Jungen ins Internat. Er sprach in hohen Tönen von einer Tante, die er regelmäßig in den Ferien besuchte, aber es hörte sich so an, als wäre er schon früh auf sich allein gestellt gewesen. Die Uni war auch eine Enttäuschung, was Mädchen und Freundschaften anging. Mädchen waren ihm so fremd wie Marsmenschen, und nach ein paar kläglich gescheiterten Versuchen hatte er sich hinter seinen Büchern vergraben. Er machte sein Diplom, aber verließ die Universität so unerfahren und so voll unerfüllter Lust, wie er sie begonnen hatte.

»Du hast gesagt, dass du mal verheiratet warst«, sagte Fee. Drei Glas Wein hatten sie mutiger werden lassen.

»Habe ich das gesagt?« Er sah überrascht aus. »Ja, stimmt. Fünf Jahre.«

»Was ist geschehen?«

»Sie hat die Zahnpasta in der Mitte aus der Tube gedrückt und das Badezimmer mandarinenfarbig gestrichen. Wir haben uns in aller Freundschaft getrennt. Was ist mit deiner dreijährigen Beziehung geschehen?«

Es überraschte sie, dass er sich daran erinnerte. »Ich habe ein Händchen dafür, mir den falschen Mann auszusuchen.«

»Und wie ist der falsche Mann?«

»Ich glaube, es ist derjenige, der mir den schnellen Kick bringt.« Es war der Wein, der sie so brutal ehrlich werden ließ. Als sie darüber nachdachte, was sie eben gesagt hatte, war sie selbst erstaunt. Es stimmte, es war fast immer sie, die eine Beziehung beendete. Weder sie noch Rachel wollten eine dauerhafte Beziehung – das war die größte Gemeinsamkeit zwischen ihnen. Sie waren von einem Mann zum nächsten gezogen, hatten verglichen und gelacht. Erst in den letzten Tagen hatte Rachel das Muster offenbar durchbrochen.

»Der Blick auf gebräunte Bizeps und der Anblick schierer Lust in blauen Augen?«

Fee lachte. »Ja, so ungefähr.«

»Was ist denn so angsteinflößend daran, ein bisschen mehr zu wollen?«

»Ich will nicht mehr. Nein, das stimmt nicht ganz. Ich will nicht, dass *er* mehr will, wer auch immer er zu diesem Zeitpunkt gerade ist. Ach, ich weiß es nicht.« Fee wurde gerade bewusst, dass Summers nur ein Glas getrunken hatte, schließlich war er der Fahrer. Die Flasche war leer, also hatte sie den Rest getrunken.

Er lächelte. »Ja, trink dir Mut an, wenn du nachher nach dem Artikel fragst, den sie unter der Theke halten. Aber zurück zum Thema. Was ist es, was Mr. X nicht über dich herausfinden soll? Ist das der Grund, warum du sie alle verlässt, bevor sie dich verlassen könnten?«

Fees Augen füllten sich mit Tränen. *Niemand wird dich vor den Altar führen,* hörte sie die Stimme ihrer Mutter. Und sie hörte ihre eigene Antwort: *Dann führe ich mich eben selbst.* Und die Mutter: *Werde bloß nicht frech, so was kannst du dir nicht erlauben.* Eine Träne rann aus jedem Auge die Wangen hinunter. Verdammt.

»Es tut mir Leid«, sagte Summers und legte eine Hand auf ihren Arm. »Das war unverfroren von mir.«

Das machte es noch schlimmer. Sie schnäuzte in ihr Taschentuch, steckte es weg und sagte: »Schon gut.«

Summers forderte die Rechnung dann. »Das Beste, was wir tun können, ist die Schatzsuche zu gewinnen. Das wird deinem Ego gewaltig gut tun.«

»Du kommst eine Stunde später zurück, als du gesagt hast«, klagte Beatrice, und ihr Kinn hob sich wieder ein wenig. »Du bleibst den ganzen Abend im Spielzimmer, so dass wir keine Gelegenheit zum Reden haben, und dann verabschiedest du dich und sagst: Wir sehen uns morgen früh. Und jetzt ist es Nachmittag, und hier in meinem Zimmer sind wir das erste Mal allein.«

»Willst du Krach?«

»Ja, verdammt«, fauchte Beatrice. »Also, was ist geschehen? Ich nehme mal an, wir sind nicht stinkreich?«

»Falsche Fährte«, sagte William. »Eine Truhe voll von Eisenkies. Ich war gleichzeitig mit Peverall und Rachel da, und wir haben alle lachen müssen.«

Lachen müssen?, dachte Beatrice. Das glaube ich nicht. William ist zu versessen, um über eine falsche Fährte lachen zu können. Ich wüsste gern, was wirklich geschehen ist. Sie sah ihm in die Augen, und sie wusste, dass er ihr etwas verheimlichte. Aber das verärgerte sie nicht, im Gegenteil, das machte ihn attraktiver. Sie selbst liebte Geheimnisse, und sie mochte Menschen, die etwas für sich behalten konnten.

»Mich wurmt nicht nur, dass wir in der Schatzsuche zurückfallen«, sagte sie mit eisiger Stimme, »sondern mehr noch, dass du dich nicht an dein Versprechen gehalten hast.«

»Welches Versprechen?«

Beatrice sah kurz in eine Ecke des Zimmers. Da lagen Kordeln, Schals und Gürtel auf dem Frisiertisch.

»Oh«, sagte William, »das.«

Mit zwei Schritten hatte er das Zimmer durchquert. Er packte Beatrice an den Handgelenken und warf sie aufs Bett, dann riss er ihr die Kleider vom Leib. Die Knöpfe ihrer Bluse flogen durchs Zimmer. Er nahm die Kordel vom Bademantel und band damit ihre Handgelenke an die Bettpfosten.

Das Gefühl, grob behandelt zu werden und sich nur noch eingeschränkt bewegen zu können, brandete heiß durch ihren Körper und ließ sie erschöpft zurückfallen. Jetzt band er auch ihre Fußgelenke an die unteren Bettpfosten. Sie lag da, die Beine weit auseinander, vollkommen hilflos.

Langsam zog er seine eigenen Kleider aus und warf sie achtlos auf den Boden. Als er den Gürtel von seiner Hose zog, ließ er ihn spielerisch durch die Finger gleiten. Oh, wie sexy das aussah! Dann legte er ihn behutsam auf das Kissen neben ihren Kopf. Ihre Erregung war fast unerträglich. Sie hatte sich noch nie so entblößt gefühlt.

Er sah einen Moment lang auf sie hinab. Ihre Haut prickelte vor Erwartung. Die Schwarze Spinne war in ihrem eigenen Netz gefangen. Er konnte alles mit ihr machen. Als er keine Anstalten traf, sie zu berühren, fragte sie sich, ob er ihr nur eine Lektion erteilen wollte. Sollte sie ihn anflehen? Leicht würde ihr das nicht fallen. Sie versuchte, in seinem Gesicht zu lesen, aber das war unmöglich. Er betrachtete sie wie einen Gegenstand, wie einen neu errungenen Besitz, den man wieder zurückgeben konnte, wenn er nicht einwandfrei war.

Nie in ihrem Leben hatte sie so sehr danach gelechzt, berührt zu werden. Als er sie endlich anfasste, bebte sie unter seinen Fingern. Er stieß den Daumen in sie hinein, bewegte ihn kurz und zog ihn wieder heraus. Sie erschauerte. Dann fuhr er mit seinem Schaft über ihre Brüste und hinterließ eine feuchte Spur. Sie wollte die Hüften anheben, aber ihr blieb nicht viel Spielraum.

Er trat vom Bett zurück, nahm den Penis in seine Hand und begann ihn zu reiben.

»Nicht«, sagte sie. »Komm zu mir.«

»Nein. Ich komme über deinen ganzen Körper.«

»Das ist nicht fair«, jammerte sie.

»Ich weiß.« Sie sahen sich in die Augen.

Beatrice überwand ihre Scheu zu flehen. »Bitte«, presste sie heraus, »komm, besorg's mir.«

»Magst du Bananen?«, fragte William. Seine Hand rieb weiter.

»Was?«

Er holte ein Kondom mit Bananengeschmack aus der Schublade seines Nachttischs, zog es über sein Glied und trat dicht vor ihr Gesicht. »Probier mal«, wies er sie an.

Sie fuhr mit der Zunge über die Eichel und nahm sie in den Mund. Im nächsten Augenblick zog er sich aus ihr heraus, legte sich zwischen ihre Schenkel und drang in sie ein. Ohne Rücksicht auf sie, nur auf das eigene Vergnügen aus. Sie bäumte sich unter ihm auf, bockte ihm entgegen und spürte, wie ihre Lust wuchs. Sie sah diesen Ausdruck auf seinem Gesicht, das wie aus einer anderen Welt kam, männliche, animalische Lust. Der Anblick genügte, um sie zum Höhepunkt zu bringen.

Bevor er ihre Fesseln löste, sagte William: »Wir werden diese Suche zusammen gewinnen, Beatrice. Denn du willst mehr von dem hier, was? Du wirst alles tun, was ich dir sage. Wir müssen alles tun, was erforderlich ist, den Preis zu gewinnen. Ganz egal wie.«

Beatrice nickte. Postkoitale Absprachen waren ihr Ding, nicht Schokolade und Schmusen. Er löste die Kordel und die Gürtel, dann startete Beatrice einen Versuchsballon. »Ich weiß, dass du weißt, was der Preis ist. Es ist ein Gegenstand aus Gold.«

»Es sind Statuen aus purem Gold«, sagte er. »Indische Götter, die Sex in allen möglichen Stellungen haben. Sie sind eine Menge Geld wert.«

»Woher weißt du das?«

»Sie sind verschwunden«, antwortete er. »Ich kann nicht sagen, woher ich meine Informationen habe, aber ich bin sicher, dass sie auf diesem Weg versteckt worden sind, um die Versicherung zu betrügen.«

»Bist du Polizist?«

»Nein. Ich habe mit Bergungen und Wiederbeschaffungen zu tun – für eine Versicherungsgesellschaft.«

»Oh«, sagte Beatrice.

»Ich bin wahrscheinlich nicht der Einzige, der unter einem Vorwand dabei ist«, meinte William.

»Wer sonst noch?«

»Der Dieb. Der die Beute gestohlen und herausgefunden hat, dass die Statuen im Safe nur Fälschungen waren. Wer auch immer es war, will noch einmal zuschlagen. Mehr weiß ich nicht. Sei also auf der Hut.«

Beatrice war hin und her gerissen zwischen ihrem

angeborenen Sinn für Fairness und dem unglaublichen Empfinden, das William in ihr auslösen konnte. William gewann. »Dann begeben wir uns am besten wieder an die Arbeit. Zurück zu den Filmen. Wir müssen auf eine andere Beziehung der einzelnen Filme achten.«

»Hör auf, mich herumzukommandieren«, sagte er, »sonst muss ich wieder meine ganze Strenge zeigen.«

Beatrice spürte, wie ihre Knie weich wurden.

Fee und Summers standen vor dem Sexshop Adults Only. Fee fragte sich, warum jemand seine Holzläden in einem so schmutzigen Braun streichen konnte. Summers hielt ihr die Tür auf, so dass sie eintreten musste.

Es war wie Aladdins Höhle an wundersamen sexuellen Möglichkeiten. Kondome hingen wie Luftballons von einem Regal herab, Regale mit Massageölen, mit Körperfarbe aus Schokolade. Vibratoren in allen Formen und Farben, die man sich nur denken konnte. Eine Buchabteilung vom Kama Sutra bis zu französischen Züchtigungen. Masken, Peitschen, Stiefel, Dinge aus Feder, Gummi und Leder. Geräte, deren Sinn man auch nach einigem Nachdenken nicht erraten konnte. Videos, CDs, Computerprogramme. Rote Betttücher und Kopfkissen aus Satin, Dienstmädchentrachten, Mieder, Korsetts.

Fee und Summers waren nicht die einzigen Kunden. Ein paar Männer betrachteten die Auslage, aber keiner trug einen weiten Regenmantel. Es gab auch ein paar Pärchen, hetero- und homosexuelle. Sie redeten flüsternd miteinander und kicherten oder lachten laut auf. Ein Mann mit einer Sammlung bizarrer Tätowierungen ging zum Verkäufer, der hinter der Ladentheke stand. Fee hörte ein paar Sätze der Unterhaltung. Es ging um Bodypiercing und um die verstärkten Empfindungen der Vorhaut.

»Nun?«, fragte Summers.

»Ich warte, bis er frei ist«, sagte Fee. Sie wollte das Gespräch nicht unterbrechen. Sie selbst hatte es nicht einmal ertragen können, sich ein Loch ins Ohr bohren zu lassen, ganz zu schweigen von anderen Stellen.

»Okay.« Summers interessierte sich für die Buchabteilung. Nach einer Weile schien er sich auf ein Buch zu konzentrieren. Fee schlenderte zu ihm und versuchte zu sehen, was ihn faszinierte. Er bemerkte sie und hob das aufgeschlagene Buch hoch. Es war ein Wörterbuch ausgefallener erotischer Ausdrücke. Typisch.

Schließlich ging der Mann mit den Tätowierungen. Fee nahm einen tiefen Atemzug und ging zu dem Verkäufer. »Man hat mir gesagt, ich soll nach was fragen, was unter der Theke liegt.«

Er sah sie verdutzt an, dann bückte er sich, und als er sich wieder aufrichtete, drückte er ihr ein braunes Päckchen in die Hand. »Das macht achtzig Pfund.«

Ihre Augen weiteten sich. »Was?«

»Achtzig Pfund«, wiederholte der Mann. »Solche Fotos kosten eine Stange Geld.«

»Fotos?« Fee starrte auf das Päckchen. Es war versiegelt.

»Warten Sie mal«, sagte der Mann, »wir reden doch von derselben Sache, oder? Schafe, Schweine, Esel, Hamster …«

»Hamster?«

Er nahm ihr das Päckchen schnell aus der Hand. »Das muss ein Missverständnis sein«, murmelte er.

»Ich mache bei einer Schatzsuche mit«, sagte Fee.

»Oh, verdammt. Das tut mir Leid. Die Sache hatte ich völlig vergessen. Soweit ich weiß, sind Sie die Erste – obwohl Freddy am Vormittag Dienst hatte.« Er bückte sich wieder, und diesmal kam er mit einem kleineren braunen Umschlag wieder hoch. »Das ist es, was Sie suchen.«

Fee öffnete den Umschlag sofort. Sobald sie den Namen Alfred Hicks sah, atmete sie erleichtert auf. Den Rest las sie nicht, dies war nicht der Ort und nicht die Zeit. Sie wandte sich Summers zu.

»Warte mal«, sagte er, holte eine Kreditkarte heraus und bezahlte damit das Buch, in dem er geblättert hatte. Sie verließen das Geschäft, und er las auf dem Weg zum Auto. Zweimal schrammte er haarscharf an Laternenpfosten vorbei.

Sie fuhren zurück zum Landhaus und setzten sich in eine Ecke der Bibliothek. Summers nahm den Hinweis aus dem Umschlag.

Graham und Grace saßen in einer anderen Ecke. Plötzlich fand Fee ihn nicht mehr so attraktiv. Seine Lippen waren gepresst und bildeten einen schmalen Strich, sie teilten das Gesicht auf eine unangenehm geometrische Weise. Grace sah empört aus.

Auf dem Tisch zwischen ihnen hatten sie irgendwas ausgelegt. Grace schob die einzelnen Teile zusammen. »Ich mag mir das nicht ansehen«, hörte Fee sie sagen. »Bisher hat alles wenigstens ein bisschen Spaß gemacht. Frivol, aber nicht abscheulich. Ich kann nicht glauben, dass Hicks so krank im Kopf war. Und ich habe absolut keine Ahnung, was der nächste Hinweis sein soll. Und was hast du dafür gezahlt?«

»Achtzig Pfund.«

Fee und Summers schauten sich an.

»Wir liegen vorn«, raunte Summers Fee zu.

»Aber wir haben nur einen hauchdünnen Vorsprung.«

»In einer halben Stunde müssen wieder alle im Haus sein. Es bleibt ihnen kaum Zeit, zurück zum Sexshop zu fahren und rechtzeitig wieder hier zu sein.«

»Vielleicht machen sie es wie William und Beatrice. Grace wartet am Tor, und Graham lässt ihn später am Abend herein.«

»William mag so eine Dummheit begehen, aber Graham traue ich sie nicht zu.«

»Ich habe wirklich geglaubt, wir wären vor ihm in The Elms gewesen … oh …«

»Was ist?«

»Als ich gestern Abend … als wir …«

»Als ihr es wie die Karnickel getrieben habt – ich weiß schon. Weiter.«

Er erleichterte es ihr. Lachen gestand sie: »Okay, ich habe mit ihm geschlafen.«

»Gebräunte Bizeps und blaue Augen?«

»Ja, so ungefähr. Wie auch immer – da hing ein nasses Badetuch, und es roch nach Chlor. Ich dachte, er wäre hier im Pool gewesen, aber jetzt fällt mir ein, dass ich einen Mann im Pool der Anlage gesehen habe. Ein Mann mir sehr kurz geschorenen Haaren.«

»Ideales Versteck«, kommentierte Summers. »Im Pool warten, bis die Luft rein ist. Hast du eine Ahnung, was er beruflich macht?«

»Er sagte, er wäre im Bergungsdienst.«

»Das spricht für eine Menge Tricks.«

»Ich habe ihn auf das Handy angesprochen, aber er behauptet, es wäre Scarabs Handy gewesen.«

Summers sah sie skeptisch an.

»Während ich bei ihm war, klingelte das Telefon neben seinem Bett. Er sagte nach dem kurzen Gespräch, es wäre seine Frau gewesen, aber das glaube ich nicht. Ich habe seinen Sohn erwähnt und absichtlich den falschen Namen genannt – Jack statt John.«

Summers hob die Augenbrauen.

»Wieso gibt sich ein Mann als verheiratet aus, wenn er es nicht ist? Meistens ist es genau umgekehrt.«

Summers schwieg.

»Ja, okay, es gibt Fälle, wo es so ist. Wenn der Mann an einer längeren Affäre nicht interessiert ist.«

»Dann passt ihr doch zusammen.«

»Ich stehe nicht auf verheiratete Männern«, sagte Fee.

»Und was willst du jetzt tun?«

»Ich glaube nicht, dass er verheiratet ist«, beharrte Fee. »Über den Inhalt des Telefongesprächs hat er mich belogen. Es war zu kurz, zu abgehackt. Er hat keine einzige Frage gestellt.«

»Vielleicht können sie sich nicht ausstehen.«

»Ich glaube immer noch, dass meine Vermutung zutrifft.«

»Das glaube ich auch. Sehr gut, Fee. Du entwickelst Vertrauen in deine eigenen Fähigkeiten.«

Fee starrte ihn an. »Du glaubst, ich habe Recht?«

»Darauf wette ich. An dieser Schatzsuche ist irgendwas anders als sonst. Ich habe schon an vielen teilgenommen, aber diese hier ist verdreht, verrückt. Es liegt nicht nur am Sex-Motto. Es gibt auch so viele neue Gesichter. Ein paar Neue sind immer dabei, aber nicht so viele. William, Angus, Graham, Heather, Patrick …« Er nannte noch ein paar Namen.

»Der Grund muss der Schatz selbst sein«, fuhr er

fort. »Es scheint, dass manche Leute mehr wissen als ich.«

Sie beugten sich über den Hinweis, den sie im Sexshop erhalten hatten.

Neuntes Kapitel

»Wie ist es dir ergangen?«, wurde Angus von William gefragt.

»Ganz gut.« Er hatte Scarab gut zureden müssen, ehe sie bereit gewesen war, mit ihm ein Team zu bilden, aber weil verlangt wurde, dass der Fragebogen abwechselnd beantwortet werden musste, war ihr nichts anderes übrig geblieben. Angus hatte keine Bedenken, die Fragen ein zweites Mal zu beantworten, und es war erheblich unterhaltsamer gewesen als mit Beatrice.

»Schade, dass dir deine andere Informationsquelle abhanden gekommen ist«, sagte William.

»Fee?«

»Sie ist wieder bei Summers.«

»Ach? Soll ich sie denn noch mal kitzeln?«

»Könnte schwierig werden. Sie schläft jetzt mit Steel.«

Angus zog ein saures Gesicht.

»Ich glaube, es ist Steel, der uns gefährlich werden könnte«, sagte William leise.

»Weißt du was über ihn?«

William schüttelte den Kopf. »Aber ich wette, Fee weiß was.«

»Ich sehe, was sich machen lässt«, sagte Angus.

»Die erste Zeile ist die Definition eines Kreuzworträtselbegriffs«, sagte Fee, während sie auf den Zettel auf dem Kaffeetisch schaute.

Bam! Thud! Splatterd in runny clay! (3, 4).

Dann hieß es weiter:

Ask for the above and at the following exalted location – Dearest Cornelia; Peace, Prosperity, Orangeade and Summer Sunshine Pour toi.

Summers schloss die Augen, und sein Gesicht war wieder so glatt wie immer, wenn er nachdachte.

Die Tür zur Bibliothek öffnete sich, und Scarab trat ein. Sie trug einen sehr engen Lederrock, und die rechte Tasche wurde stark ausgebeult. Sie ging zu einem der Buchregale und fuhr mit den Finger über die einzelnen Buchrücken. Fee konzentrierte sich auf den schwarzen Lederhintern und versuchte zu ergründen, was in der rechten Tasche stecken konnte. Scarab nahm ein Buch heraus, dann versteifte sich ihr Körper plötzlich, sie drehte sich um und rannte zur Tür. Fee blickte wieder auf die Tasche, sie wurde von innen leicht gerüttelt. Die Tür schlug zu, und Fee stieß Summers an. Er schlug die Augen auf.

»Scarab hat ein Handy«, sagte sie. »Ich habe gesehen, wie es vibriert hat.«

Summers schüttelte den Kopf, als wollte er sagen: Wer verstößt als Nächster gegen die Regeln? Fee wandte sich wieder dem Text zu.

Peace. Orangeade. Übermütige Freude stieg in Fee hoch. »Den zweiten Teil habe ich gelöst«, sagte sie.

Summers sah sie überrascht an. »Den ersten Teil

habe ich, aber danach kann ich kein Muster finden, keine Verbindungen, obwohl mich die großen Anfangsbuchstaben verwundern.« Er wartete, dass Fee weitersprach.

»Das sind alles Namen.«

»Ja, darauf bin ich auch wegen der Großbuchstaben gekommen. Ich weiß nur nicht, ob Orangeade ein Ort in den Superloaf Candy Mountains ist oder nicht.«

»Es sind Namen von Rosen. Dearest ist eine Rose. Cornelia, Peace, Prosperity, Orangeade – alles Rosen. Auch Summer Sunshine und Pour toi.«

»Brillant«, sagte Summers. »Wir gehen also zu Rose, um herauszufinden, was sie uns über die Antwort des ersten Teils sagen kann. Dann löse den auch noch.«

Sie blinzelte ihn an. »Was?«

»Du sollst das ganze Rätsel lösen.«

Er erwartet, dass ich es kann, dachte Fee. Seltsam. Keiner hat bisher von mir erwartet, dass ich so eine knifflige Frage lösen kann. Also gut. »*Splattered,* damit ist meist das Herumspritzen mit Wasser gemeint, *bam* und *thud,* das sind eher Ausrufe aus der Comicsprache, einmal drei und einmal vier Buchstaben … *runny clay* … flüssiger Matsch … Schlamm – eh, sie meinen ein Schlammbad, oder?«

»Sehr gut.«

Ein wärmendes Glühen umfing sie. Lob war ihr wenig vertraut und deshalb verführerisch, einerseits fühlte sie sich verlegen, aber andererseits fühlte sie sich umschlungen und gekuschelt.

»Wir sollten Rose anrufen und einen Termin absprechen«, sagte er. »Uns bleibt keine Zeit mehr, heute zu ihr zu gehen.«

Sie gingen zum Telefon in der Halle, und Summers

tippte die Nummer ein. »Hallo, Rose«, sagte er. »Hier spricht Eric Summers. Ich glaube, du hast ein Schlammbad, an dem wir sehr interessiert sind.«

»Oh, gut«, antwortete Rose, »ihr macht große Fortschritte, was? Morgen um Punkt elf?«

»Wunderbar«, sagte Summers.

»Ich muss in dieser Sache absolut fair sein«, sagte Rose. »Das steht in meinem Vertrag. Ich nehme die Leute genau in der Reihenfolge, in der sie bei mir anrufen, und jeder Besuch wird mit Tag und Uhrzeit registriert. Du arbeitest doch noch mit einer Partnerin zusammen?«

»Ja.«

»Das ist gut, denn du kommst morgen schneller auf die Antwort, wenn ihr zu zweit seid. Ich setze mein Geld auf dich, dass du gewinnst, Eric Summers. Du versuchst nicht zu mogeln, und du hast dich gestern gekonnt mit meinen Titten beschäftigt.«

»Wie mogeln die anderen denn?«

»Oh, sie rufen hier an, wenn abends die offizielle Suche vorbei ist. Aber wenn sie das tun, haben sie es bald bereut. Oder sie senden mir mit ihrem Laptop eine E-Mail, weil es schon zu spät ist, um den Computer in Zimmer acht zu benutzen. Das ist sehr unanständig und wird entsprechend bestraft. So, jetzt muss ich aber aufhören, da will jemand meine Peitsche spüren. Bis morgen.«

Summers legte auf, ein Lächeln auf dem Gesicht. »Ich mag Rose«, sagte er. »Ich wüsste mal gern, wie viel Geld sie für ihre Arbeit erhält.«

»Wahrscheinlich hat sie einen höheren Stundenlohn als in ihrer sonstigen Beschäftigung.«

»Ich glaube, Rose ist keine gewöhnliche Hure«, sagte er nachdenklich. »Sie ist sehr clever, sie ist schlagfertig und hat Sinn für Humor. Und sie kann schauspielern – vielleicht ist sie ein alterndes Pornomodell.«

»Wenigstens haben wir Diana rasch gefunden«, sagte William zu Beatrice, unterwegs zu Zimmer acht.

»Uns bleiben nur ein paar Minuten«, gab Beatrice zurück. Sie öffnete die Tür und ging hinein. William schickte die Nachricht ab: Ich brauche den nächsten Hinweis für die Schatzsuche.

Sag bitte, lautete die Antwort.

Bitte, tippte William.

Das ist mir zu salopp. Bitte, darf ich ...

William knirschte mit den Zähnen und tippte: Bitte, darf ich den nächsten Hinweis haben?

Wer bist du?

Bevor William noch etwas eingeben konnte, öffnete sich die Tür. Gavin Smythe stand da, Schlüsselbund in der Hand. »Tut mir Leid«, sagte er. »Die Zeit für heute ist vorbei.«

Williams Gesicht verfärbte sich vor Ärger. »Kann ich nicht wenigstens noch ein paar Minuten länger ...?«

»Tut mir Leid«, unterbrach Gavin ihn, ging zum Computer und schaltete ihn aus.

William schnellte vom Stuhl hoch, als wollte er sich auf Gavin stürzen, aber er hielt sich nur mühsam beherrscht zurück. Seine Lippen waren schmal vor Zorn, und Beatrice sah, dass die Knöchel weiß hervorstanden. Aber dann entspannte sich sein Gesicht. »Ja klar«, sagte er. »Komm, Beatrice.«

Sie folgte ihm nach draußen. Sie gingen den Flur entlang, und William murmelte: »Wir brauchen jemanden mit einem Laptop und einem Handy.«

»Jeder hat sein Handy abgegeben.«

»Scarab nicht«, sagte William. »Und Graham Steel auch nicht. Ich glaube, er hat auch einen Laptop. Während des Essens werde ich auf sein Zimmer gehen.«

»Wie willst du das denn schaffen?«

»Über den Balkon.«

»Ich komme mit«, sagte Beatrice.

»Okay, aber ich klettere und lasse dich durch die Tür herein, wenn ich oben bin.«

Er brauchte nicht lange. Beatrice war beeindruckt. Einige überraschende Ereignisse der letzten Tage beeindruckten sie, es war, als hätte der hemmungslose Sex mit William einige Bremsen gelockert, die sie bisher gehindert hatten, Regeln und Gebote zu brechen, denen sie seit Kindheitstagen gefolgt war.

Ja, Graham besaß einen Laptop und ein Handy. William fummelte auf der Tastatur herum, bis es ihm gelungen war, das Passwort für den Laptop zu umgehen. Dann schrieb er: »Entschuldige, dass wir eben unterbrochen wurden. Darf ich jetzt bitte den nächsten Hinweis haben?«

Wer bist du?

William Dacre. Wer bist du?

Rose, mein Darling.

Es entstand eine kurze Pause, dann schrieb William: Darf ich bitte den nächsten Hinweis haben?

Ich bin nicht sicher, ob du ihn verdient hast. Du musst dafür arbeiten.

Natürlich, schrieb William.

Ich glaube, ich muss dich züchtigen.

William sah Beatrice an, als wollte er sagen: Die Frau ist verrückt.

Und du wirst mir sagen, wie es sich anfühlt.

Okay, gab William ein.

Ist deine Partnerin bei dir?

Ja.

Wenn du dich entschließt, die Züchtigung auszuleben, gibt die Inspiration dir die Wörter, die du brauchst, um alles genau zu beschreiben. Aber das überlasse ich dir. Zieh jetzt deine Hose aus, wenn du es ausleben willst.

William blieb wie erstarrt sitzen.

»Wenn wir dadurch schneller fertig sind, sollten wir es tun«, meinte Beatrice.

Lege dich über den Stuhl, den Arsch hochgereckt. Dein rechter Arm muss beweglich sein, damit du die Tastatur bedienen kannst.

»Fang schon an, verdammt«, sagte Beatrice ungeduldig und machte sich an Williams Gürtel zu schaffen.

William stand auf. Beatrice zog ihm die Hose auf die Knie. »Du wirst schreiben, als wärst du von der Muse geküsst«, sagte sie und gab ihm einen Stoß, dass er zurück auf den Stuhl fiel. »Dreh dich um.«

Zögernd und widerwillig gehorchte er.

Klatsch auf seine rechte Backe.

Beatrice schlug mit der flachen Hand zu.

Härter.

Beatrice gehorchte. Sie sah eine kleine Rötung auf der Haut.

Wie fühlt es sich an, William?

Warm, schrieb er.

Das ist ja armselig. Ich hätte ein bisschen Leidenschaft erwartet. Beatrice, klatsch jetzt auf die rechte Backe.

Beatrice schlug wieder fest mit der flachen Hand zu. Es war ein gutes Gefühl, dachte sie. Das Fleisch gab nach unter der Wucht ihrer Hand. Seine Haut war kühler als ihre gewesen, aber jetzt erwärmte sie sich rasch.

Mach weiter, bis er so weit ist, wirklich überzeugend seine Gefühle zu beschreiben.

Beatrice schlug weiter zu. William biss sich auf die Lippe und presste dann hervor: »Okay, okay, das reicht.«

Er setzte sich hin und legte die Finger über die Tastatur. Es war, als streichelte mich jemand mit einem feurigen Lappen, der mich jedes Mal ein bisschen mehr verbrannte. Die ersten Schläge erhitzten nur die Haut, ich spürte ein Kribbeln, dann ein Prickeln, das sich mit jedem Schlag verstärkte. Ich fühlte mich hilflos und gleichzeitig seltsam erregt. Ein exquisites Gefühl, auf den nächsten Schlag zu warten. Ebbe und Flut aus Sehnsucht und Erfüllung. Der Schmerz verband sich mit der Lust. Ich wollte es beenden, und doch wollte ich nicht, dass es jemals aufhörte.

William sah Beatrice mit gehobenen Augenbrauen an. Sie nickte. Er schickte seinen Text ab.

Ja, das reicht. Überraschend poetisch. Hast du es irgendwo abgeschrieben? Du hast dich schon vorher sehr unfair verhalten, nicht wahr? Du kommunizierst von einem Laptop mit mir, und auch noch zu einer Zeit, in der die Teilnehmer nicht mehr mit der Außenwelt in Verbindung treten dürfen. Ich fürchte, deshalb kann ich dir den nächsten Hinweis erst morgen Nachmittag geben. Es sind nämlich Strafen für ungebührliches Benehmen vorgesehen. Bis morgen.

Einen Moment lang glaubte Beatrice, William würde den Laptop durchs Fenster werfen. »Verdammtes Luder«, stieß er schließlich hervor.

»Mir hat es gefallen«, sagte Beatrice und wusste, dass sie ihn damit noch mehr reizte.

»Ach, wirklich? Dann lass uns doch mal herausfinden, ob es dir umgekehrt auch gefällt.«

Er streifte seine Schuhe und die Hose ab, packte den Saum von Beatrices Kleid und hob es bis zur Taille. Dann stieß er sie über den Stuhl und schob ihr Höschen hinunter. Sie lag flach auf dem Bauch, die Beine ausgestreckt, und hielt sich an den Stuhlbeinen fest.

Er ließ seine Hand so oft auf ihre Backen klatschen, wie sie zugeschlagen hatte. Wie ein feuriger Lappen, der mich immer ein bisschen mehr verbrennt, hatte William geschrieben. Ja, genauso fühlte es sich an. Und sie fühlte sich auch hilflos und seltsam erregt. Sie hatte die Kontrolle abgegeben und empfand eine gewaltige Befreiung.

»Ich glaube, das gefällt dir ein wenig zu gut«, sagte William. Den letzten Schlag führte er härter aus, er brannte wie Salzwasser auf einer Wunde. Dann spreizte er ihre Schenkel und drang von hinten in sie ein.

Beatrice hörte sich vor Lust seufzen. Er griff an ihre Brüste. Seine Finger massierten die Seide der Bluse gegen ihre Nippel. Er sprang grob mit ihr um, ein Mann, der wusste, was er wollte, ganz egal, was die Frau davon hielt. Sie war sein Spielzeug, mit dem er alles anstellen konnte, was seiner Lust diente. Und sie würde ihn bitten, nicht damit aufzuhören. Sie konnte nicht genug von ihm kriegen.

Ihr Orgasmus kam mit seinem, sie hörte ihn röhren und grunzen, und Beatrice war es, als wäre der Blitz in sie eingeschlagen.

William zog sich aus ihr zurück, und Beatrice erhob sich langsam aus ihrer unbequemen Lage, und in diesem Moment hörten sie Graham Steels Schlüssel, der sich im Schloss drehte.

Beatrice hob ihr Höschen hoch, und der Rock fiel

ihr wieder bis auf die Knie. Sie war erhitzt und zerzaust, aber sie war angezogen. William versuchte erst gar nicht, sich anzuziehen – er war zum Laptop gesprungen und klappte ihn zu. Als Graham eintrat, stand William wieder neben Beatrice. Seine Hose lag auf dem Boden.

»Was soll das denn?«

»Oh, verdammt«, sagte William zerknirscht. »Entschuldige.« Er gab ein überzeugendes Bild des verlegenen erwischten Mannes ab. »Angus versucht, Scarab in das Zimmer zu locken, das ich mit ihm teile, und Beatrices Zimmergenossin räumt ihr Bett nicht. Ich dachte, wir würden fertig, bevor du gegessen hättest. Dann hättest du nie etwas gewusst.«

»Wie seid ihr hereingekommen?«

»Die Tür war nicht abgeschlossen.«

Beatrice sah, dass Graham ziemlich sicher war, dass er die Tür abgeschlossen hatte. Er sah sich im Zimmer um. Sein Blick blieb am Laptop hängen. Er schien was zu überlegen, aber er sagte nichts.

William zog die Hose an und schnürte die Schuhe. »Du weißt ja, wie das ist«, sagte er. »Wir Ehemänner müssen Heu machen, wenn die Sonne scheint.«

Beatrice legte die Stirn in Falten.

»Wer hat gesagt, dass ich verheiratet bin?«

»Niemand«, antwortete William, »aber du bist es doch, oder? Und du schläfst mit Fee.«

»Hat sie was gesagt?«

»Nein. Aber du bist nicht verknallt in sie, nicht wahr? Ich habe gesehen, wie du sie angeschaut hast – wie eine Katze die Maus anschaut.«

»Verschwindet«, sagte Graham. »Ich werde das melden.«

»Das glaube ich nicht«, sagte William. »Nicht, wenn

du dein Handy behalten willst.« Er schob Beatrice durch die Tür.

»Du bist also verheiratet«, stellte Beatrice fest.

William lachte. »Ich habe eine Rolle gespielt. Ich bin kein Typ zum Heiraten.«

»Ich auch nicht«, sagte Beatrice. Was auch stimmte. Sex war eine Sache – Verpflichtung eine ganz andere.

Nach dem Abendessen hatten sich Rachel und Peverall schnell verdrückt. Sie nahmen zwei Stufen auf einmal, als sie die Treppe hinaufliefen. Diesmal war er es, der sie mehrere Stunden lang verwöhnte, sie einölte, massierte, die Zehen saugte.

Es war ein Fest der Liebe für sie beide, und nachdem sie sich erholt hatten, fragte sie grinsend: »Wie war es für dich?«

»Ich bin noch zu platt, um einen klaren Gedanken fassen zu können«, antwortete er. »Aber in ein paar Minuten stehe ich dir wieder zur Verfügung.«

Und als er kurz darauf erholt war, erwischte er sie auf dem falschen Fuß.

»Warum ziehst du nicht zu mir?«, fragte er, ohne sie anzusehen. »Ich bin sicher, dass Fee ihr Zimmer gern für sich haben würde.«

Oh, verdammt, dachte Rachel. »Ich reiße das Oberbett nachts an mich.«

»Ich brauche keins.«

»Ich bin unausstehlich, bevor ich meinen ersten Kaffee getrunken habe.«

»Kaffee aus Costa Rica oder Kenia?«

Sie konnte sich kaum ernst halten. »Ich lese *The Guardian*, verdammt.«

»Gutes Kreuzworträtsel.«

»Wenn ich meine Tage habe, werfe ich mit allem um mich, was mir in die Hände fällt.«

»Sie schwärmen im Trinity College noch von meinen Qualitäten als Fänger.«

»Oh, du bist unmöglich!«, rief Rachel, und dann dachte sie: Warum eigentlich nicht? Also sagte sie: »Na gut.«

Peverall sah sie nur an. Dann begann sich langsam ein Lächeln auf seinem Gesicht auszubreiten. Nach einem Moment sagte er: »Dann erzähle es Fee und hole deine Sachen.«

Rachel zog sich an und ging. Ich bin verrückt, dachte sie auf dem Weg über den Flur. Er ist nicht mein Typ. Was tue ich überhaupt? Aber die Vorstellung, die nächsten Nächte mit ihm zu verbringen, war alles andere als unangenehm. Er hatte was Beschützendes an sich. Sie würde in seinen Armen aufwachen, und er würde im ersten Licht des neuen Tages Liebe mit ihr machen und ihr zuflüstern, wie schön sie sei.

Sie bog um die Ecke und sah, wie sich die Tür von Williams Zimmer öffnete. Beatrice stürmte heraus und lief in die andere Richtung, ohne Rachel zu bemerken. Rachel trat ein paar Schritte zurück und lugte um die Ecke. William brauste auf den Flur und knallte die Tür hinter sich zu. Sie schlug mit solcher Wucht ins Schloss, dass die ganze Wand vibrierte und die Tür wieder aufsprang.

Das schreit geradezu nach ein bisschen Detektivarbeit, dachte Rachel. Aus dem Gedanken entsprang der Wunsch, dem Wunsch entsprang die Tat. Rachel schlüpfte in Williams Zimmer. Sie schaute sich um. Sie war natürlich schon mal hier gewesen, aber da hatte sie sich auf andere Sachen konzentriert.

Sie wusste nicht, was sie suchte. Ein Handy? Einen

Computer? Sie sah weder das eine noch das andere. Die Schränke waren leer, im Kleiderschrank hingen nur Jacketts und Hosen. Auf dem Tisch lagen Papiere, aber sie schienen nichts mit der Schatzsuche zu tun zu haben. Auch im Bad fand sie nichts.

Im Nachttisch lag ein Buch, groß, steifer Deckel, dicke knisternde Blätter, von denen einige zusammenzukleben schienen. Es war ein selbst gemachter Katalog. Rachel schlug eine Seite auf. Fotos und Zeichnungen von Antiquitäten, nummeriert und mit Daten versehen, darunter ein paar handschriftliche Anmerkungen. Afrikanische Masken, Skulpturen, Vasen. Tibetanische vergoldete Bronzen, chinesische Porzellanschüssel, Gemälde, Stiche.

Rachel ging zurück zur ersten Seite. Da stand der Name Alfred Hicks. Sie starrte auf den Namen und versuchte, zwei und zwei zusammenzuzählen. Sie ging die einzelnen Seiten noch einmal durch, obwohl ihr bewusst wurde, dass ihr die Zeit unter den Finger zerrann. Das musste der Katalog von Hicks' Sammlung sein. Die Hälfte bestand aus Erotika. Nur wenige von diesen hätten im Museum gezeigt werden können. Da waren Ziegen und Elefanten und Hühner, und auf den Vasen wurden alle Sexualakte abgebildet, die man sich nur denken konnte. Ein Blatt war durch ein Eselsohr gekennzeichnet. Eine Federzeichnung von zwei orientalischen Paaren, erotisch miteinander verbunden. Darunter stand: *Pures Gold, erworben am 16. 4. 1979 von Sanjay Patel.*

Rachel hörte ein Geräusch auf dem Flur. Sie schlüpfte ins Bad und hielt die Luft an. Die Schritte gingen vorbei. Es ist zu gefährlich, dachte sie, ich sollte lieber Leine ziehen. Sie schloss Williams Tür hinter sich und ging zurück zu Peverall.

Er sah auf ihre leeren Hände und konnte seine Enttäuschung nur schlecht verbergen. »Hast du deine Meinung geändert?«

Rachel sah ihn düpiert an. »Über was?«

»Du wolltest deine Sachen holen.«

»Oh.« Sie hatte völlig vergessen, warum sie unterwegs gewesen war, als sie Williams offene Tür gesehen hatte. »Nein, nein, ich hole sie noch. Ich habe nur etwas sehr Rätselhaftes entdeckt.«

Sie berichtete Peverall von dem Katalog. Als sie geendet hatte, sagte er: »Ich nehme an, du hast ein Bild vom Schatz gesehen. Ich sollte mit dir zum Einkaufen in die Stadt fahren, denn wir haben was zu feiern.«

Graham Steel hielt Fee auf, als sie aus dem Spielzimmer ging. Er trug ein blassblaues Seidenhemd, was gut zu seiner Augenfarbe passte. Er hatte die Ärmel aufgerollt und ließ seine gebräunten Bizeps sehen. Summers musste lächeln und zog sich zurück.

Graham legte einen Arm um Fees Schultern. »Möchtest du einen Schlummertrunk? Ich habe dich heute so gut wie nicht gesehen.«

»Du bist verheiratet«, sagte Fee. »Ich will nichts mit verheirateten Männern zu tun haben.«

»Meine Frau versteht mich nicht«, sagte er melodramatisch und fuhr mit den Fingerspitzen über ihren Nacken.

Lass die Finger von meinem Nacken, dachte Fee, sonst werde ich wieder schwach. »Du hast Kinder«, sagte sie, obwohl es ihr Mühe bereitete, ihrer Stimme die nötige Strenge zu geben.

Er hob die Schultern, als wollte er sagen: So ist es nun mal.

»Jack und Sarah«, fuhr Fee fort. »Sarah hat gerade ihr Flötenexamen bestanden. Du bist offenbar ein sehr engagierter Vater.«

Er hatte die Unverschämtheit, sie stolz anzuschauen.

»Du hörst zu, wenn sie dir die Tonleiter und die Arpeggios vorspielt?«

Er nickte.

»C-Moll ist verdammt tückisch, nicht wahr?«

»Fee, mein häusliches Leben ist bescheiden. Können wir nicht das Thema wechseln?«

»Was für ein häusliches Leben? In Sarahs Stufe wird noch kein C-Moll geübt. Ich weiß das, weil ich die Flöte im Jugendorchester gespielt habe.«

»Beide?«

»Was?«

»Auch die stumme Flöte, die rosa Oboe?«

»Oh, Himmel!«, schimpfte sie, als sie begriffen hatte, worauf er anspielte. »Diesmal kannst du mich mit Sex nicht mehr ablenken. Gestern hießen deine Kinder John und Sandra, und heute heißen sie Jack und Sarah. Und ich wette, du warst es, der Saul Slicks Auto auf dem Parkplatz der St. Anne's Chapel angebumst hat.«

Er sah sie verdutzt an, als würde ihm plötzlich bewusst, dass er sie falsch eingeschätzt hatte. Dann sagte er: »Ich glaube, wir sollten miteinander reden. Auf meinem Zimmer, wenn es dir recht ist. Ich muss dir einiges von mir erzählen.«

Na, gut, dachte Fee. Ich will mir anhören, was du zu sagen hast. Sie folgte ihm die Treppe hoch. Als sie vor seiner Tür standen, öffnete er sie nicht sofort. Stattdessen kniete er nieder und sah auf das Schloss. Dann nickte er zufrieden, richtete sich auf und steckte den Schlüssel ins Schloss.

»Was soll das denn?«, fragte Fee.

»Jemand ist in mein Zimmer eingebrochen.«

Fee riss die Augen weit auf. »Deshalb hast du ein Haar zwischen Tür und Rahmen gesteckt, um sicher zu sein, dass die Tür nicht wieder geöffnet wurde?«

»Ja.« Wieder bedachte er sie mit einem verdutzten Blick.

»Und es ist noch da.«

»Ja.«

»Hat jemand versucht, an deine Lösungen zu gelangen?« Sie schüttelte den Kopf. »Geht das nicht ein bisschen weit auf einer Schatzsuche, die der Entspannung dienen soll?«

»Bei dieser Schatzsuche geht es um mehr als nur um den Schatz.« Er öffnete die Tür, und sie gingen hinein.

Zehntes Kapitel

Der Laptop lag auf dem Tisch, zusammen mit einigen Papieren. »Du hast schon Nerven«, sagte Fee, »regst dich über unfaire Methoden anderer auf und nimmst selbst Hilfe von draußen in Anspruch. Darum ging es auch bei dem Anruf deiner angeblichen Ehefrau, nicht wahr?«

»Ich gebe es zu«, gestand er. »Viele dieser Hinweise sind einfach zu hoch für mich. Zum Glück ist Grace ganz gut. Ich bin kein Rätsellöser. Ich habe Archäologie studiert.«

»Archäologie?«

»Dadurch bin ich auch an meinen Job im Bergungs- und Wiederbeschaffungsdienst gekommen. Ich jage gestohlenen Antiquitäten hinterher. Darum geht es bei dieser Schatzsuche. Möchtest du was trinken?«

Fee nickte, und er schenkte ihr ein Glas Wein ein. Dann suchte er was unter den Papieren auf seinem Tisch. Er fand es und reichte es Fee.

Es war die Fotokopie einer Zeichnung von zwei Statuetten. Sie waren östlicher Herkunft und stellten jeweils eine Frau dar, die von irgendeinem Gott beglückt wurde. Er berührte jede ihrer Öffnungen mit einer Vielzahl von Händen. Unter den beiden kleinen Statuen stand in klarer Handschrift: *Pures Gold, erworben am 16. 4. 1979 von Sanjay Patel.*

Fee sah Graham Steel an. »Ist das der Schatz?«

Er nickte. »Für den Wert dieser Figuren kannst du dir ein Haus kaufen.«

»Und mit ihnen ist was faul?«

»Dies ist die Kopie einer Seite aus Alfred Hicks' Katalog seiner Sammlung. Der Originalkatalog wurde zusammen mit den Statuetten und den meisten Stücken der Sammlung gestohlen. Es war ein sehr professioneller Diebstahl; der Dieb hat zwei Alarmsysteme überwunden und den Safe geknackt. Natürlich war jedes Stück versichert, deshalb erhielt Alfred Hicks eine beträchtliche Summe. Bisher eine ganz gewöhnliche Geschichte. In meinem Job brauche ich eine Menge Kontakte zu zwielichtigen Gestalten. Einer von ihnen hat mir diese Kopie zugespielt, zusammen mit der Information, dass der Raub bei Hicks ein raffinierter Versicherungsbetrug wäre. Hicks selbst hätte den größten Teil seiner Sammlung verkauft. Den Einbruch und den Diebstahl hatte es nie gegeben.«

»Das heißt, er hat für seine Sammlung zweimal kassiert?«

»Ja. Die Ärzte hatten Hicks gesagt, dass er nur noch ein Jahr zu leben hat, deshalb beschloss er, dieses eine Jahr bis zur Neige auszukosten. Sein Mittelsmann hat alles verkaufen können – bis auf diese beiden Statuetten. Sie sind so bekannt, dass kein Händler sich daran vergreifen wollte. Hicks hätte sie nur einschmelzen können, aber einen solchen Frevel brachte er nicht übers Herz. Deshalb hat er sich was Ausgeklügeltes einfallen lassen – diese Schatzsuche. Die Statuetten sollten das Gold am Ende des Regenbogens sein. Natürlich gehören sie der Versicherungsgesellschaft, deshalb kann der Sieger sie nicht behalten – aber es gibt eine Belohnung. Und deshalb bin ich hier. Um die beiden Stücke der Versicherung auszuhändigen.«

»Ich verstehe.«

»Der Anruf gestern kam von einem Kollegen, und er bestätigte meinen Verdacht, dass Hicks' Mittelsmann von dieser Schatzsuche erfuhr und dabei ist. Er will natürlich um jeden Preis gewinnen.«

»Deshalb warst du auch so froh, als ich dir sagte, dass ich wieder mit Summers zusammen bin«, sagte Fee. »Damit du durch mich weiter von seinem Gehirn profitieren kannst.«

Er sagte nichts.

»Das ist auch der Grund, warum du dich an mich herangemacht hast.«

»Nein, Fee. Ich bin ganz verrückt nach dir.« Er fuhr mit einem Finger ihr Kinn entlang. »Du bist so schnell erregt. Ich brauche dich nur an den richtigen Stellen zu berühren, und schon reagierst du, ohne lange nachzudenken.«

Einen Moment lang war sie beleidigt: Drück die richtigen Knöpfe, und du hast das gewünschte Ergebnis. Automatisch. Sie war wieder eine Waschmaschine. Aber sein Finger hatte sich jetzt in den Nacken geschlichen und strich unter ihre Haare. Oh, Mann, dachte Fee, ich habe keine Kontrolle mehr, wenn er das macht.

Sie schlang ihre Arme um ihn, und er begann sie zu küssen. Jetzt war sie endgültig verloren. Er küsste so gut, dass sie sich nur bei Feuer oder Erdbeben von ihm lösen würde. Sie versuchte ihre Selbstvorwürfe zu unterdrücken. Er hatte ihr aus freien Stücken alles gestanden, und er war auch nicht verheiratet und … zur Hölle, warum brauchte sie noch einen weiteren Grund? Sie genoss es.

Während er sie küsste, begann er sie auszuziehen, dann streifte er sich selbst die Kleider ab. Sie wollte sich gerade aufs Bett legen, als er sagte: »Lass uns was anderes ausprobieren.«

Etwas anderes? Wie anders? Fee hob eine Augenbraue. Sie stand nicht auf SM.

Er grinste. »Ich habe ein paar Dinge im Schrank gefunden.«

»Was denn?«

Er öffnete die Schranktür. Sie sah ein Klappbett für Kinder, und auf dem obersten Regal lag das Bettzeug dazu. Er zog eine blaue Gummidecke hervor und legte sie aufs Bett.

Das habe ich noch nicht ausprobiert, dachte Fee. Wie fühlt sich so eine Gummidecke an?

»Und das hier. Passt sogar farblich dazu.« Er kam mit einem Staubwedel vom Schrank zurück. Er sah wie ein Miniaturbesen aus, weißer Holzstiel und ein Strauß blassblauer Federn. »Lege dich hin. Zuerst auf den Bauch.«

Neugierig legte sie sich aufs Bett. Er begann sie mit dem Wedel zu streicheln, die Arme auf und ab, über die Schultern, die Wirbelsäule hinunter. Dann an jedem Bein hinunter bis zur Fußsohle, und wieder hoch bis zum Nacken. Er verharrte dort eine Weile, weil er wusste, dass es ihre besonders reizbare Stelle war, und mit jeder Bewegung der Federn wurde die Stelle empfindlicher. Sie seufzte, ein lang gezogenes Murmeln der Zufriedenheit. Sie spürte, wie sie feucht wurde, und nicht nur zwischen den Beinen. Durch das Gummi schwitzte sie am ganzen Körper, der glitschig darüber glitt.

»Viele Menschen werden davon erregt«, raunte Graham. »Es hat was mit Kindheitserinnerungen zu tun. Das Gefühl von Geborgenheit.« Tatsächlich war es ein irgendwie vertrauter Geruch, den sie einatmete.

Er widmete sich jetzt ihren erogenen Zonen, Achselhöhlen, Kniekehlen, Ellenbogen. Pobacken. Und die Kerbe dazwischen. Jede Berührung der Federn elektrisierte sie, und gleichzeitig spürte sie die eigenartige Unterlage, auf der sie lag.

»Dreh dich um.«

Sie legte sich auf den Rücken. Er wischte sie mit einem Handtuch trocken und setzte dann wieder den Wedel ein. Graham sah wie eine ältliche Putzfrau aus. Sie mussten beide lachen. Er küsste ihre Fußsohlen. Er übte jetzt mehr Druck auf die Federn aus, als er mit langen Strichen über ihren Körper glitt. Jedes Mal berührte er ihre Nippel. Die Lust wurde immer stärker, und sie spürte den Schweiß auch auf dem Rücken.

»Öffne deine Schenkel.«

Sie spreizte die Beine so weit es ging. Er fuhr an den Innenseiten entlang und näherte sich der entscheidenden Stelle immer mehr. Dann zupfte er eine Feder aus dem Strauß, spreizte die Labien und kitzelte sie damit an der empfindlichsten Stelle ihres Körpers. Ein exquisites Gefühl. Sie wand sich auf dem glitschigen Gummituch hin und her. Sie brauchte jetzt mehr Druck, als der Wedel ihr geben konnte. Sie wollte kommen. Sie sah, dass er eine gewaltige Erektion aufwies, und es wäre eine Vergeudung gewesen, sie ihm zu lassen. Sie streckte eine Hand aus, umfasste seinen steifen Schaft und rieb die Hand mit kräftigen Zügen auf und ab.

»Ah«, stieß er hervor. »Aber jetzt kannst du mich bedienen.«

Fee grinste. Er will auch mal auf dem Gummituch liegen, dachte sie. Sie rutschte zur Seite, und als er lag, grätschte sie über ihn. Während sie sich langsam auf ihm pfählte, betrachtete sie sein Gesicht.

Seine harten Züge wurden weicher, je erregter er wurde. Er hatte die Augen geschlossen, aber kurz bevor es ihm kam, riss er sie auf und schaute sie an. Seinen Ausdruck konnte sie nicht deuten. Er pumpte in sie hinein, und sie rieb hektisch mit einer Hand über ihre Klitoris, vergaß alles um sich herum, nur auf den Höhepunkt konzentriert, den sie erleben wollte. Es dauerte nur wenige Sekunden, dann war sie da. Laut und gewaltig. Sie stieg ab und kuschelte sich an ihn.

»Fantastisch«, keuchte sie. Der Versuch einer Unterhaltung scheiterte, und danach fühlte sie sich seltsam platt. Als sich sein und ihr Atem wieder normalisiert hatte, gingen sie gemeinsam in die Dusche.

Er gab ihr zu verstehen, dass er nicht erwartete (aber auch nicht wollte), dass sie die Nacht über bei ihm blieb. Er brachte es nicht verletzend vor, meinte nur, wie müde er wäre. Fee begriff den Wink mit dem Zaunpfahl und ging. An der Tür gab sie ihm einen flüchtigen Kuss auf die Wange.

»Ich habe dich nie gefragt, wer Hicks' Mittelsmann ist. Du hast gesagt, dein Kollege hätte deine Vermutung bestätigt.«

Er schien verärgert, dass sie dieses Thema wieder anschnitt.

»Wer ist es?«, fragte Fee, verärgert über seine Verschwiegenheit und darüber, dass er die Nacht allein verbringen wollte.

»William.«

Es ergab sofort Sinn. »Ich glaube, ich habe es schon vorher gewusst«, sagte sie. »Gute Nacht.«

»Süße Träume.«

Auf dem Weg zu ihrem Zimmer rannte sie fast gegen Angus.

»Lauf nicht weg«, sagte er. »Ich habe dich schon seit einer Ewigkeit nicht mehr gesehen.«

Fee sah ihn an und fragte sich, ob er und William unter einer Decke steckten. Eigentlich war das logisch. Aber William war das Hirn.

Angus versuchte es mit einem sexy Lächeln. »Lust auf einen letzten Drink?«

»Hat Scarab dich sitzen lassen?«

»Ich mag sie nicht.«

»Ha, ha«, sagte Fee und dachte, dass er alles mochte, was das richtige Alter und das richtige Geschlecht hatte. »Was macht William eigentlich beruflich?«

»Eh … Versicherungen. Warum?«

»Irgendein Spezialgebiet? Jade? Porzellan? Fernöstliche Statuetten aus purem Gold?«

Angus erstarrte.

Genau in die Zwölf, dachte Fee. »Ich glaube, einer der Hinweise bezieht sich auf genaue Kenntnisse von Antiquitäten, da habt ihr beide dann einen Vorteil, was?«

Er legte eine Hand auf ihren Arm. »Erzähl mir mehr.«

»Keine Chance, mein Sonnenschein«, sagte Fee. »Schlaf gut.«

Am nächsten Morgen blieben ihnen noch zwei Stunden vor ihrem Termin bei Rose. Summers und Fee trafen sich in der Bibliothek. Er unterhielt sich mit Saul Slick, der wieder über seine Kinder erzählte. Nach einer Weile zupfte Fee an Summers Ärmel. »Ich muss dir unbedingt noch das Buch auf meinem Zimmer zeigen.«

Summers stand auf und entschuldigte sich. Auf ihrem Zimmer berichtete Fee von dem, was sie herausgefunden hatte. Er hörte interessiert zu, dann sagte er: »Ich selbst bin nicht so sicher, ob Graham die Wahrheit erzählt hat.«

»Wie meinst du das?«

»Warum sollte er nicht der Mittelsmann sein und William der Beauftragte von der Versicherung?«

Nein, dachte Fee. Gerade erst war Graham wieder der Gute. So schnell kann ich mich in Gedanken nicht umstellen.

»Das hörst du nicht gern, was?«, meinte Summers. Er sah auf die Uhr. »Wir sollten uns auf den Weg machen. Wir wollen Rose doch nicht warten lassen.«

»Eric! Der liebste meiner unanständigen Jungs«, sagte Rose, nachdem sie die Tür geöffnet hatte. Sie trug etwas Scheußliches in violetter Seide, das ihren Ausschnitt in all seiner geologischen Pracht zeigte. Fee sah sich neugierig um und lugte auch in ein paar Zimmer, als sie vorbeigingen. Die Ausstattung erinnerte sie an eine Kneipe, die schwere, dunkelrote Tapete täuschte Brokat vor, abgenutzte Ledermöbel, tiefe Teppiche. Rose führte sie nach oben. Das Treppenhaus hing voller Bilder, meist waren es Szenen von Züchtigungen. Rose nahm sie mit in ein Schlafzimmer.

»Ihr könnt euch hier ausziehen«, sagte sie. »Irgendwelche scharfe Juwelen oder verborgene Piercings, Fee?«

Sie schüttelte den Kopf.

»Ich glaube, dich muss ich danach nicht fragen, Eric, oder?«

Summers lachte. »Nein.«

»Also gut. Ihr zwei zieht euch hier aus, es sei denn, ihr wollt euch mit den Kleidern im Schlamm wälzen. Ihr habt keine Möglichkeit, die Kleider zu waschen. Dann geht ihr ins Zimmer nebenan, da warte ich auf euch.« Sie drehte sich auf dem Absatz herum und ließ einen Wirbel aus Rive Gauche, violetter Seide und Fleisch zurück.

»So ein abscheuliches Kleid habe ich noch nicht gesehen«, murmelte Summers, während er sein Hemd aufknöpfte.

»Ich fand, es hatte Stil«, neckte Fee.

»Es ist nicht der Stil, es ist die Farbe.« Er zog seine Hose aus und sagte grinsend: »Diese Szene ist ja nicht neu für uns.«

Er ging so selbstverständlich mit seiner Nacktheit um, dass auch Fee alle Scheu verlor. Sie sah ihn an. Kompakt, ziemlich behaart, sehr gute Körperproportionen. Richtig muskulös war er nicht, aber auch nicht schwammig.

»Fertig?«

Sie nickte.

Sie gingen ins nächste Zimmer. Mittendrin stand ein aufblasbarer Pool, in den man über eine kleine Küchenleiter gelangen konnte. Er war mit einer grauen, klebrigen Flüssigkeit gefüllt.

»Der nächste Hinweis liegt auf dem Boden des Pools«, sagte Rose. »Es ist wieder eine kleine Karte, die mit einer Folie überzogen ist. Der Schlamm ist zu tief, es genügt also nicht, dass ihr euch bückt und mit den Händen sucht. Ihr müsst die Aufgabe schon mit den Füßen erledigen. Es ist eine ziemlich wässrige Mischung, beileibe nicht das, was die meisten meiner Kunden bevorzugen, aber sie ist trotzdem dunkel genug, dass ihr nicht auf den Boden sehen könnt. Da drüben ist die Dusche, wenn ihr fertig seid. Ich lasse euch jetzt allein, aber ruft mich, wenn ihr was benötigt. Ich habe die Heizung aufgedreht, deshalb sollte die Temperatur ganz angenehm sein. Und das Zeug da drin soll gut für den Teint sein, habe ich mir sagen lassen.« Sie ging hinaus.

»Nach dir«, sagte Summers.

Fee ging die drei Stufen hoch und glitt in den Pool. Der Schlamm hatte die Konsistenz von Buttermilch und war auf Körpertemperatur aufgewärmt worden. Man konnte sich nur mühsam bewegen, und Fee kam es so vor, als schleppe sie sich in Zeitlupe voran. Summers kam herein, und Fee begann mit den Zehen den Boden abzutasten.

»Wir müssen methodisch vorgehen«, sagte Summers. »Ich fange an einem Ende an, du am anderen. Wir treffen uns in der Mitte.«

Es dauerte viel länger, als Fee gedacht hatte. Sie näherten sich, und dann spürte sie seinen Körper an ihrem. Schlammspritzer sogar im Gesicht, auch seine Haare waren mit grauen Tupfern verziert. Er sah völlig verändert aus. Sonst war alles an ihm adrett und korrekt, aber hier sah er wie … wie ein Mann aus.

»Ich hab's«, sagte er. »Unter meinem linken Fuß.«

»Kannst du es mit den Zehen aufheben?«

»Ja, aber ich glaube nicht, dass ich es bis zur Oberfläche schaffe, es ist sehr glitschig. Außerdem bin ich kein Akrobat, ich fürchte, das Gleichgewicht zu verlieren, wenn ich länger auf einem Bein stehen muss.«

»Ich halte dich fest.«

Sie legte einen Arm um seine Taille, aber es war schwer, ihn wirklich festzuhalten, denn ihr Arm glitt im Schlamm immer wieder ab. Er hob den Fuß und fuhr damit an ihrem Bein hoch. Sie konnte die Karte fühlen.

Ein paar Mal schwankten sie bedrohlich, aber langsam kam der Fuß höher, und als er ihr Knie erreicht hatte, rutschte die Karte aus dem Griff der Zehen, und sie mussten von vorn beginnen. Diesmal war es Fee, die sie fand.

Summers legte den Arm um sie. Jetzt klappte es besser. Sie brachte den Fuß bis zu seinem Knie, dann noch etwas höher, noch ein bisschen – sie konnte die Karte mit der Hand greifen. Er nahm seinen Arm nicht sofort weg, er sah sie lächelnd an und lobte: »Gut gemacht, Storch.«

»Wie sieht es aus?« Roses volles Gesicht lugte über den Rand des Pools.

»Wir haben die Karte gefunden«, antwortete Eric.

»Ich stelle die Dusche an«, sagte Rose. »Es dauert eine Minute, bis sie die richtige Temperatur hat. Wie gefällt euch der Schlamm, ihr kleinen Schweinchen?«

»Erstaunlich angenehm«, sagte Summers, ließ Fee los und versuchte, sich über den Rand zu schwingen. Er brauchte drei Anläufe. Fee schaffte es beim ersten Versuch.

»Der Schlamm stand dir gut«, sagte Fee, als Summers das Wasser aus den Haaren schüttelte.

»Danke.«

»Ich meine, du sahst nicht so pedantisch aus.«

»Pedantisch?«

»Ja. Du bist immer so förmlich angezogen, deine Frisur ist nie zerzaust, und dein Zimmer ist so aufgeräumt wie in einem Hotelprospekt.«

Er schien sprachlos und ein wenig verärgert zu sein. Dann sagte er: »Du hast was übersehen«, und fuhr mit einer Hand von der Schulter über ihre Brüste, um den Rest von Schlamm abzuwaschen. Sein Gesicht veränderte sich nicht. Er stellte die Dusche ab, trat hinaus und warf ihr ein Badetuch zu. Sie zogen sich an und gingen hinunter.

»Das ging aber schnell«, sagte Rose.

»Sind wir die Ersten, die diesen Hinweis haben?«, fragte Fee.

»Das kann ich dir nicht sagen. Aber eins kann ich euch sagen – ihr habt noch zwei Hinweise, die etwas mit mir zu tun haben.«

»Nähern wir uns denn dem Ende?«

»Das lässt sich daraus schließen, oder? Ich brauche die Karte noch für das nächste Pärchen.«

Summers holte sein Notizbuch und schrieb den Text ab. Dann schlug er das Buch zu und sagte: »Bis zum nächsten Wiedersehen.«

»Ich freue mich drauf, Darling.«

Sie saßen im Auto und lasen den Hinweis. Der erste Teil war in Gedichtform verfasst.

O dive into that fountain, for
Her temple's name. Then Babylon
And Egypt. You can swear by Zeus
And see the tomb of Mausolus.
The rest would give the phrase away –
Just take one word, the room to play
Is there; begin again, to free
The Latin; then you'll say I see.

Der zweite Teil war wieder eine Definition eines Kreuzworträtselbegriffs.

The fellow looses his head, though not his genes, screwing with stamina to the end (6).

»Ist das Grabmal des Mausolus nicht eines der sieben Weltwunder?«, fragte Fee.

»Ja, ist es. Und die meisten anderen werden auch erwähnt. Sieben ist auch die plausible Zimmernummer, wenn man bedenkt, dass wir die Zimmer fünf, sechs und acht schon betreten haben.«

»Was ist mit dem Rest des Gedichts? *Begin again* … womit sollen wir wieder beginnen?«

Summers zählte Synonyme auf: »Recommence, restart, restore …«

»Also wieder mit dem Gedicht beginnen?«

Summers lachte. »Ja, du hast Recht.«

»Wirklich?« Fee mochte es kaum glauben.

»O dive ist ein Anagramm.«

»Oh!«, quietschte Fee. »Video! Latein für ›ich sehe‹.«

»Du hast Latein in der Schule gehabt?«

»Ja, aber ich stand schlecht.«

»Aber du erinnerst dich daran, wenn es wichtig ist.«

Fee fragte sich, woran sie sich sonst noch erinnern würde, wenn es verlangt wurde. Bisher hatte sie nie einen Anlass gehabt, ihre Lateinkenntnisse anzubringen. »Wir müssen also Zimmer sieben aufsuchen, um uns da ein Video anzusehen. Gehen wir, Partner.«

»Nichts überstürzen«, mahnte Summers. »Ich will zuerst den Rest lösen. Der steht nicht zum Spaß da.«

»Warum können wir nicht einfach auf Zimmer sieben gehen, und während ich mir den Videofilm ansehe, arbeitest du an der Lösung des anderen Teils.«

Er antwortete nicht, saß nur da und starrte mit seinem Denkgesicht auf den Zettel.

»Ist *this fellow* dasselbe wie *this chap*?«, fragte Fee. »Im ersten Hinweis stand *this chap*, und damit war *ich* gemeint, also der Buchstabe I.«

»Ich weiß es nicht.«

Fee ging in die nächste Zeile. »Da steht *loses his head*. Verliert den Kopf. Meint er damit, das Wort verliert den ersten Buchstaben?«

»Ich weiß es nicht.« Summers war mit sich unzufrieden.

Fee sah auf die Straße. Graham Steel ging zu Roses Tür. Er war allein. Dann wird er länger brauchen, dachte sie. Aber wir müssen vor ihm in Zimmer sieben sein.

»Also gut«, sagte Summers, der ihrem Blick gefolgt war. »Wir fahren zum Landhaus zurück und sehen uns das Video mal an.« Er fuhr schneller als sonst, und als sie ihr Ziel erreichten, schwang er den Wagen in einem eleganten Bogen auf den Parkplatz. »Pedantisch«, murmelte er kopfschüttelnd.

»An einen solchen Laden habe ich nicht gedacht, als du gesagt hast, du würdest mit mir einkaufen gehen«, sagte Rachel zu Peverall. »Aber ich muss dich loben, weil du aus *Aunt Dolly's* den Namen des Sexshops *Adults Only* gemacht hast.«

Sie standen in der kurzen Schlange vor der Kasse. Saul Slick stand ganz vorn und sah verlegen aus.

»Achtzig Pfund?«, hörte Rachel ihn fassungslos sagen. »Ich bin sicher, dass da etwas nicht stimmt.«

»Merinos kosten eben«, sagte der Verkäufer leise, aber doch hörbar.

»Ein Video sich paarender Schafe?«, krächzte Saul Slick.

»Scheinen in letzter Zeit sehr populär zu sein.«

»Also, unter einer Schatzsuche stelle ich mir was anderes vor«, sagte Saul Slick, den Blick auf den Boden gerichtet.

»Haben Sie gerade was von Schatzsuche gesagt?«

»Ja.«

»Ah, dann wollen Sie bestimmt das hier haben.« Der Verkäufer griff wieder unter die Ladentheke und reichte Saul einen braunen Umschlag. »Kostet nichts«, sagte der Mann. »Der Nächste, bitte.«

Saul Slick schlich aus dem Sexshop, das Gesicht knallrot. Peverall und Rachel grinsten sich an.

»Hast du was gesehen, was du haben willst?«, fragte er.

»Es steht neben mir«, antwortete Rachel.

Er lächelte und drückte ihre Hand.

Während sie warteten, sah Rachel sich im Geschäft um. Da standen einige raffinierte Dildos in den Regalen, und das eine oder andere Wäschestück reizte sie auch. Ihr Blick blieb bei einer Dienstmädchentracht hängen, winziges Häubchen aus Spitze, dazu passende Schürze und ein sehr kurzes schwarzes Kleid.

Peverall sah das Objekt ihrer Begierde. »Welche Größe hast du?«, fragte er.

»Ich brauche Strümpfe und Strapse dazu. Schwarze Stilettos habe ich schon.«

Peverall kaufte und lehnte jede finanzielle Beteiligung Rachels ab. Er fragte den Verkäufer nach dem Hinweis für die Schatzsucher, der unter der Ladentheke lag und erhielt den braunen Umschlag. Danach gingen sie zum Juwelier und erwarben ein silbernes Teeservice. Sie entschieden sich für eins mit wunderbar verziertem Tablett, Teelöffel, Zuckerdose und Milchkännchen.

»Das ist übertrieben, Peverall«, sagte Rachel, aber sie liebte jede Minute des Einkaufs mit ihm.

»Wir müssen die richtigen Utensilien haben«, hielt

er dagegen. »Da fällt mir noch ein, mein Dienstmädchen trägt auch Schmuck.« Er deutete auf eine schlanke Goldkette mit einem smaragdenen Anhänger. Der Juwelier legte das Schmuckstück auf die Theke. Schlicht, aber klassisch.

»Nein, das will ich nicht«, wehrte sich Rachel. »Das kostet ein Vermögen.«

»Rachel«, sagte Peverall, »ich habe ein Haus in London, eine Wohnung in Paris und eine Yacht im Mittelmeer. Ich muss nicht Hunger leiden.«

»Oh«, sagte Rachel nur, und Peverall kaufte den Anhänger. Rachel schlug dann vor, dass er jetzt an sich denken sollte – er müsste neu eingekleidet werden. Er wehrte sich nicht und kaufte, was sie für ihn aussuchte. Anschließend lud er sie ins beste Restaurant der Stadt ein. Sie öffneten den braunen Umschlag und betrachteten den Hinweis.

»Bam! Thud! Splattered in runny clay!«, rief Rachel aus. »Zuerst drei Buchstaben, dann vier.«

»Mud Bath«, sagte Peverall. »Ein Schlammbad.«

Rachel lächelte ihn bewundernd an. Sie stellte fest, dass sie seine Fähigkeit, solche verschlüsselten Sätze zu lösen, äußerst sexy fand, was sie verwunderte. Sie nahm sich vor, das später zu analysieren. Sie las den zweiten Teil der Aufgabe. *»Ask for the above at the following location: Dearest Cornelia; peace, Prosperity, Orangeade Summer Sunshine, Pour toi.«*

»Das ist schon schwieriger«, gab Peverall zu. »Wir sollen nach dem Schlammbad am folgenden Ort fragen – und dann diese seltsamen Begriffe, die wirklich nicht zusammenpassen.«

»War Cornelia nicht die Tochter von König Lear?«

»Das war Cordelia. Wir müssen zurück in die Bibliothek, damit wir nachschlagen können.«

Summers öffnete die Tür von Zimmer sieben, und er und Fee traten ein. Das Zimmer war mit einer Vielzahl von elektrischen Geräten voll gestopft. Computer, Fernsehapparat, CD-Player, Tonbandgerät, Schallplattenspieler. Einige Geräte, die wie Handys aussehen, aber keine waren. In einer Ecke standen drei Spaten auf einem Zeitschriftenstapel. An den Wänden befanden sich Regale mit Schallplatten, Tonbändern, CDs, Videos und Computerspielen.

»Siehst du jetzt, warum ich den zweiten Fingerzeig auch herausfinden wollte? Durch den ersten Hinweis konnte man leicht auf Zimmer sieben kommen – aber man musste das Anagramm von *o dive* erkennen, um zu wissen, dass es um ein Video geht.«

Sie gingen beide zum Regal mit den Videokassetten und lasen die einzelnen Titel. Es lagen etwa vierzig Kassetten da – wenn man nicht wusste, wonach man suchte, war es schier unmöglich, die richtige auszuwählen. Unterhaltungsfilme, Dokumentarfilme über die Tierwelt, und andere trugen nur eine Nummer.

»Die sieben Weltwunder«, sagte Fee, öffnete die Kassette und legte das Band in den Videorecorder. Ein uralter Historiker erzählte vor dem Hintergrund vorbeiziehender Kamele von den Pyramiden.

Summers sah nicht zu, er dachte nach. *»This fellow loses his head, though not his genes«,* murmelte er, *»screwing with stamina almost to the end.«*

Der uralte Historiker stand vor der Öffnung eines Grabmals. »Die Ägypter liebten Rätselspiele«, sagte er. »Und sie liebten geheime Räume. Eine erforderliche Abschreckung für Grabräuber, denn jeder Pharao wurde mit einem Vermögen in Schätzen beigesetzt. Wenn man den geheimen Raum entdeckt hatte, war man ein gemachter Mann.«

Fee hielt das Band an, spulte es zurück und spielte es wieder ab. »Vielleicht gibt es irgendwo einen Geheimgang.«

»Möglich.« Er holte die Landkarte heraus und studierte die Vergrößerung in der unteren Ecke – das war der Plan des Landhauses. Da war eine winzige Pyramide abgebildet, und zwar befand sie sich im Flur zwischen Küche und Spielzimmer.

»Das muss es sein«, sagte Fee. »Da gibt es einen geheimen Raum.«

»Oder einen roten Hering.«

»Jetzt bist du bockig.«

Summers bedachte sie mit einem Blick, der besagte: Ich? Bockig? Nie im Leben. *»This fellow loses his head, though not his genes«,* wiederholte er. Dieser Bursche verliert seinen Kopf, aber nicht seine Gene.

»Charles I«, sagte Fee. »Er ist zwar enthauptet worden, aber sein Sohn verstreute großzügig seine Gene. Nell Gwyn, Barbara Castlemain ...« Sie ging zum Regal mit den Videos – ja, da lag eine Dokumentation über Charles I. Sie steckte sie in den Schlitz des Recorders, nachdem sie das andere Band herausgeholt hatte.

»Charles hat sieben Buchstaben, nicht sechs«, sagte Summers. »Aber es kann sein, dass *almost to the end* bedeutet, den letzten Buchstaben abzutrennen. Aber es gefällt mir nicht.«

Derselbe uralte Historiker erschien auf dem Bildschirm. Er stand vor einem Porträt Charles I. »Charles liebte seine Frau Henrietta Maria«, sagte er. »Er unterschied sich sehr von seinem Sohn, Charles II, der für seine zahlreichen Beziehungen berüchtigt war. Die Antwort dieses Rätsels summiert sich im Jahr 1660, als Charles II die Nacht seiner triumphalen Ankunft in Whitehall in den Armen von ...«

Fee hielt das Band an und spulte es zurück.

Summers beugte sich wieder über den Plan des Hauses. »Hm«, machte er. »Zimmer dreizehn liegt nahe der Hintertür. Es ist der Umkleideraum für die Gäste, die in den Pool wollen.«

»Zimmer dreizehn«, murmelte Fee. »Die Summe des Jahres 1660. Eins plus sechs plus sechs. Dreizehn. Sehr clever.«

»Aber wonach suchen wir?«, fragte Summers. Er drückte auf ›play‹ und sah sich den Rest des Videos an. Was allein noch relevant sein mochte, waren die Erwähnungen einiger Gemälde.

»Vielleicht hängt da ein Bild an der Wand«, meinte Fee.

»Hm.« Er war nicht zufrieden.

»Komm, wir sehen es uns mal an.«

»Okay.« Sie traten in den Flur und verfolgten den Weg zur Rückseite des Hauses. Der führte sie auch über den Flur zwischen Küche und Spielzimmer.

»Wo ist denn die Pyramide?«, fragte Fee.

»Ich glaube, auch die war ein roter He…«

»Oh«, sagte Fee und blieb wie angewurzelt stehen. In der Ecke eines Eichenpaneels hatte jemand eine winzige Pyramide geritzt. Sie strich mit einem Finger darüber, dann drückte sie gegen das Paneel. Es knarzte laut, dann hörte man die Bewegung eines Mechanismus. Das Paneel öffnete sich, und Fee konnte Stufen sehen, die in die Dunkelheit führten.

Elftes Kapitel

»Die Tudorrose war auch ein Symbol auf dem Plan, den wir erhalten haben«, sagte Rachel und drehte eine Haarlocke um ihren Zeigefinger. »Ich habe sie über der Bibliothek gesehen.«

Peverall blickte von seiner Enzyklopädie auf. »Ja, sie sollte uns zu dem Buch über die Sprache der Blumen führen.«

»Irgendwas reizt mich an diesem Buch.«

Peverall ging zu den Regalen, holte es heraus und reichte es Rachel. Sie blätterte darin, und bald schon fiel ihr Blick auf den Namen *Summer Sunshine.* Genau das hatte sie gereizt. Sie hatte den Namen schon einmal gelesen. Sie schaute auf die Zeichnung einer vollen gelben Teerose. Sie blätterte weiter, aber jetzt sprangen sie keine Namen mehr an. Sie starrte wieder auf den Hinweis. *Dearest Cornelia, Peace, Properity, Orangeade* und *Summer Sunshine, Pour toi. Peace.* Das ist doch auch der Name einer Rose, oder nicht? Sie legte das Buch zurück und griff eins über Gärtnern aus dem Regal. Es enthielt ein Kapitel über Rosen, und dort fand sie alle. Sogar *Dearest Cornelia* war eine Rose.

»Hier, schau mal«, sagte sie und reichte Peverall das Buch.

Er küsste ihre Haare. »Rosen. Rose besitzt also ein Schlammbad«, murmelte er. »Dann rufen wir sie mal an.«

Sie gingen zum Fernsprecher in der Halle, aber

Rose konnte ihnen erst am folgenden Morgen einen Termin geben.

»Im Augenblick habe ich viel zu tun, Darling«, sagte sie zu Peverall. »Aber ich kann dich morgen früh um zehn Uhr empfangen.« Rachel und Peverall hörten, wie im Hintergrund jemand laut stöhnte, dann hörten sie ein klatschendes Geräusch, das mittendrin abbrach, weil Rose aufgelegt hatte.

»Na gut«, sagte Peverall, »dann widmen wir uns jetzt dem Nachmittagstee.«

Rachel dachte an ihre Dienstmädchentracht und kicherte.

»Auf dem Zimmer gibt es einen Wasserkocher und Tassen. Ich habe guten Assam gekauft und frische Milch. Und natürlich Wiener Plätzchen.«

»Du denkst an alles«, sagte Rachel.

Sie gingen auf sein Zimmer. Rachel zog sich im Badezimmer um. Die Sachen waren ziemlich frivol. Das Kleid bedeckte kaum ihren Po. Sie türmte ihre vollen roten Haare hoch und befestigte das weiße Spitzenhäubchen darauf. Dann zog sie die Strümpfe aus und legte die Strapse an. Sie lugten über den Saum des Kleids hinaus, purpurne Spitze auf nackter Haut. Sie band sich die Schürze vor und ging zurück ins Zimmer.

Sie konnte Peveralls kahlen Kopf hinter dem Rücken des Sessels sehen, sonst aber nichts von ihm. Sie kochte Wasser, wärmte die silberne Teekanne und brühte Tee auf. Sie stellte alles auf das Silbertablett und trug es durchs Zimmer.

Peverall trug einen langen japanischen Seidenmantel und ein Paar Slipper – sonst nichts. Er sah wie eine Gestalt aus den Dreißigern aus, wie jemand, der gewohnt war, dass er von vorn und hinten bedient wurde. Er zeigte lässig auf den Kaffeetisch, und Rachel stellte das Tablett ab. Sie musste sich tief bücken, und Peverall sah, dass sie kein Höschen trug. Seine Hand streichelte über ihre Backen.

»Sie haben einen wunderschönen Hintern«, sagte Peverall. *»Les fesses incroyable.«*

»Merci, Monsieur.« Sie schenkte ihm eine Tasse Tee ein.

Er nippte einige Male am heißen Tee, dann stellte er die Tasse zurück auf den Tisch. Er aß ein Wiener Plätzchen, leckte den Zucker ab und biss langsam und sinnlich Stück für Stück ab, wobei er sie nicht aus den Augen ließ. Dann sagte er: *»Viens-ici, je vais te montrer quelque chose.«*

Rachel stellte sich, wie verlangt, näher an ihn heran. Peverall öffnete den Seidenmantel und entblößte eine stattliche Erektion.

»Oh, la, la.«

»Mademoiselle«, sagte er, »Sie sind es, die mich in diesen Zustand gebracht hat, und nur Sie können mich davon erleichtern.«

»Monsieur?«

»Ich möchte, dass Sie sich vor mich auf den Teppich knien und mich saugen.«

»Das kostet aber extra, *Monsieur*.«

Peverall griff zum smaragdenen Anhänger und legte ihn um ihren Hals. Sie spürte seine Finger, kühl und gewandt, die Öse und Häkchen miteinander verbanden. Dann glitt er mit den Händen über ihren Rücken, er packte ihre Backen und zog Rachel näher zu sich.

Sie stolperte und fiel über ihn, dann rutschte sie auf die Knie. Er schob sie zur Seite, so dass sie im rechten Winkel zu ihm kniete. Als sie den Kopf über seinen

Schoß beugte, begann er ihren Po zu streicheln. Sie nahm ihn in den Mund, nahm ihn so tief sie konnte, und kam dann wieder hoch, die Lippen fest um den Schaft gepresst.

Er stieß kleine lüsterne Laute aus, während er über die Strapse strich und dann wieder über ihre Haut. Rachel berührte jeden Millimeter seines Schaft mit der Zunge, badete ihn in ihrem Speichel. Er strich mit dem Zeigefinger vom Anus bis zur Klitoris. Ihre Zunge leckte über die empfindliche Unterseite des Schafts, während er einen Finger in sie hineinschob und sofort auf ihren G-Punkt traf.

Die Erregung baute sich viel zu schnell auf. Sie hob den Kopf und sagte: »*Monsieur*, ich muss es bequemer haben.« Ihr Rücken begann zu schmerzen, und auch Peverall musste sich verrenken, um ihren Po zu streicheln und in sie einzudringen.

»*D'accord*«, sagte er und lehnte sich zurück.

Rachel streckte sich und kehrte dann zu ihrer Aufgabe zurück. Peverall war hart wie selten zuvor, und es dauerte nicht mehr lange, bis sie ihn da hatte, wo er sein wollte – spuckend in ihrem Mund.

Er seufzte schwer, fuhr ihr durch die Haare, als wäre sie sein bevorzugter Labrador, und sagte: »Ich habe mein halbes Leben lang davon geträumt, dass mir das passiert. Jemand ohne Namen, ohne Gesicht. Aber die Fantasie war nichts im Vergleich zur Wirklichkeit.« Er legte eine Hand unter ihr Kinn, sah ihr tief in die Augen und sagte: »Ich habe mich Hals über Kopf in dich verliebt, Rachel Carpenter.«

»Oh, verdammt«, gab Rachel zurück. Sie fühlte sich schrecklich dabei und fügte hinzu: »Das Schlimme ist, ich mag dich auch immer mehr.« Noch schlimmer – es stimmte. Sie dachte darüber nach, warum sie seine

Klugheit, seine Belesenheit so sexy fand. Es war die alte Geschichte vom Alphatier. Ein Mann in der heutigen Zeit konnte die Frau am besten dadurch beschützen, dass er seinen Gegnern geistig überlegen war. Aber noch brachte sie es nicht fertig, ihm zu sagen, dass sie ihn liebte. Das bereitete ihr zu viel Angst.

»Ich an deiner Stelle würde nicht dagegen ankämpfen«, sagte Peverall.

William und Beatrice standen in Roses Haus unter der Dusche und wuschen sich den Schlamm ab. Rose hatte sich wortreich entschuldigt, als sie heute Morgen geklingelt hatten und sie gebeten, im Auto zu warten. Der Kunde vor ihnen hatte länger gebraucht, als sie einkalkuliert hatte. Schließlich war Graham Steel aus dem Haus getreten, und William und Beatrice hatten ihr Schlammbad genommen. William zog sich an, während Beatrice ihre Haare wusch. Er ging hinunter.

»Alles in Ordnung, Süßer?«, fragte Rose und schlang einen limonengrünen Umhang über ihren beträchtlichen Busen.

»Du bist eine Hauptperson in dieser Schatzsuche, nicht wahr?«, fragte William.

Rose betrachtete ihn nüchtern. »Ich werde gut bezahlt.«

»Du musst viele Dinge im Voraus gewusst haben.«

»Worauf willst du hinaus, William?«

»Ich weiß nicht, mit welchen Hinweisen du noch verbunden bist, aber du weißt es. Wieso beteiligst du dich nicht selbst an der Schatzsuche?«

Rose lachte. »Diese Rätsel könnte ich unmöglich lösen«, sagte sie. »Ich bin in Englisch durchgefallen.«

»Und Mathe?«

Sie sah ihn durchdringend an.

William nahm seine Brieftasche in die Hand und ging durch ein Bündel Scheine. »Wie viele davon brauchst du, um mir jetzt schon den letzten Hinweis zu geben, den du hast?«

Rose lächelte. »Fünf würden genügen.«

William zählte fünf Zehner ab. Rose ging zu einem Sideboard und reichte ihm eine andere Karte, ebenfalls mit Folie überzogen. William schrieb den Text ab. Als Beatrice die Treppe hinunterkam, saß er unschuldig neben Rose und nippte an einem Kräutertee.

Sie fuhren zurück zum Haus, und William gab Beatrice den Hinweis mit den sieben Weltwundern. Er ließ sie in der Bibliothek zurück, dann ging er wieder zu seinem Auto und fuhr davon.

Beatrice hatte den ersten Teil des Hinweises gelöst und suchte William. Sie fand ihn nirgendwo, deshalb beschloss sie, allein die Videos in Zimmer sieben anzusehen. Das Video mit dem Geheimraum ließ sie unbeeindruckt, aber Charles I … er und Henrietta Maria hatten sieben Kinder, und bis zum Ende waren sie ein liebendes Paar gewesen.

Sie nahm den Lageplan heraus und suchte Zimmer dreizehn – es war der Umkleideraum am Pool. Ausgezeichnet, dachte sie. William wird begeistert sein, wenn ich schon zwei Hinweise geknackt habe.

Sie nahm das Video über Charles I aus dem Recorder und stellte es zwischen *Die sieben Weltwunder* und einem Naturfilm über Insekten zurück ins Regal. Sie begab sich auf die Suche nach Zimmer dreizehn.

Sie wusste nicht genau, wonach sie suchte. Umkleideräume waren meist große leere Räume mit Lattenbänken und Eisenspinden. Was nicht hineingehörte, musste eigentlich recht auffällig sein. Sie öffnete die Tür und trat ein. Die Wände waren in einem kühlen hellen Grün gestrichen, und auf dem Boden lagen graue Fliesen. An einer Wand waren ein paar Haartrockner befestigt. Spinde, Bänke, ein Mop, ein Eimer, ein Spiegel. Beatrice warf einen Blick in den Spiegel. Gefurchte Brauen, die Augen hinter einer goldgerahmten Brille. Das spitze Kinn, das sie so sehr hasste. Sie war keine Schönheit, aber sie hatte eine gewisse Lebhaftigkeit entwickelt, seit William in ihr Leben getreten war.

Sie stellte sich in die Mitte des Raums und drehte sich langsam um. Es gab nichts, was nicht hierhin gehörte.

Sie ging die Wände ab, und dann sah sie es.

Zwischen zwei Spinden entdeckte sie es. Die Zeichnung eines Fischs. Eines roten Herings.

»Ich kann keinen Lichtschalter finden«, sagte Summers.

»Ich habe die kleine Taschenlampe bei mir«, sagte Fee und kramte in ihrer Tasche. Sie holte den dünnen Metallstab heraus und knipste ihn an. Ein Lichtstrahl holte die Treppe vor ihnen aus der Dunkelheit.

Summers nahm die Stufen sehr vorsichtig. Draußen hörte Fee verschiedene Stimmen. Sie wollte nicht, dass jemand bemerkte, wo sie waren, deshalb zog sie das Paneel zu. Es gab ein leichtes Klicken.

»Hast du gerade die Tür zugemacht?« Summers drehte sich um und hob einen Arm, um seine Augen vor dem dünnen Strahl ihrer Lampe zu schützen.

»Ich hörte Stimmen.«

»Gibt es einen Griff auf dieser Seite?«

Fee richtete den Lichtstrahl auf die Tür. Sie sah ein schweres Schloss, aber keinen Griff. Sie drückte auf einen vorstehenden Riegel, aber der ließ sich nicht bewegen. Sie spürte Panik in sich aufsteigen.

Summers stieg die Stufen wieder hoch, nahm die Taschenlampe an sich und besah sich das Schloss. Er drückte sein Ohr dagegen. »Es hat einen Zeitmechanismus«, murrte er.

»Du meinst, wir sind hier eingeschlossen, bis es von selbst wieder aufspringt?«

Er beäugte die Konstruktion genau, dann sagte er: »Zwei Stunden.«

Diesmal hatte sie ihm wieder was eingebrockt. Warum war er nicht sauer auf sie? »Kannst du den Zeitmechanismus anders einstellen?«

»Nein.«

»Dann haben wir Glück, dass wir wenigstens zum Abendessen wieder frei sind.«

»Vielleicht brauchen wir ja die Zeit, um den nächsten Hinweis zu entschlüsseln – wenn wir überhaupt einen finden.«

»Also gut, dann suchen wir«, murmelte Fee, das Gesicht rot vor Verlegenheit. Sie ging die Treppe hinunter, und Summers folgte ihr.

Er hat mich nicht beschimpft, dachte sie. Ich habe etwas sehr Dummes getan, und er hat mich nicht angeschrien oder irgendwas Sarkastisches gesagt. Nicht einmal geseufzt hat er. Wieso? Ich habe doch gerade bewiesen, dass ich ziemlich blöde bin.

Sie befanden sich in einem Keller, der in mehrere Räume aufgeteilt war. Es gab einen Lichtschalter, aber die Glühbirne, die an einem offenen Kabel hing, gab nur trübes Licht ab. In den ersten beiden Räumen waren alte Möbel verstaut. Der dritte Raum war leer, aber auf einer Wand prangte ein Fisch.

Ein roter Hering.

»Oh, verdammt«, sagte Fee und fühlte sich, als hätte ihr jemand eine Faust in die Magengrube gerammt.

»Ich wusste, dass mit unserer Lösung was nicht stimmte«, murmelte Summers.

»Wir haben den Umkleideraum noch nicht überprüft«, sagte Fee. »Zimmer dreizehn.«

»Ich glaube nicht, dass wir da mehr ernten als hier«, meinte Summers. »Wir haben zwei Stunden totzuschlagen, also sollten wir uns gemütlich einrichten.«

Im ersten Zimmer fanden sie ein Sofa, auf dem mehrere Stühle gestapelt waren. Sie räumten die Stühle ab und nahmen nebeneinander auf dem Sofa Platz. Fee atmete tief ein. »Warum bist du nicht sauer auf mich?«

»Weil ich vielleicht den nächsten Fehler mache«, antwortete Summers. Er schlug sein Notizbuch auf. »Zurück zum Anfang.« Sie betrachteten gemeinsam den Text. *This fellow loses his head, though not his genes, screwing with stamina almost to the end (6).*

»Ludwig XVI?«, probierte Fee. »Er starb unter der Guillotine und hat seinen Kopf verloren.«

»Und wenn *screwing* der Hinweis auf ein Anagramm ist?«, murmelte Summers.

»*Stamina* hat sieben Buchstaben.«

»Wir ziehen das letzte ›a‹ ab«, sagte er. »Matins …«

»Mantis!«, quietschte Fee.

Summers sah sie überrascht an. »Ich weiß nicht viel über Insekten.« Er las wieder den Text. *Screwing with stamina almost to the end.* Bumsen ausdauernd fast bis zum Ende. »Sind sie wild und ungezügelt?«

»Noch viel besser«, sagte Fee. »Wenn das Männchen sein Weibchen befruchtet hat, beißt sie ihm den Kopf ab, und sein Körper führt auch dann noch eine

Weile die kopulierenden Bewegungen aus. Danach frisst sie ihn auf. Und unter den Videos gab es eine Dokumentation über Insekten.«

»Siehst du?«, sagte Summers. »Du bist eine große Hilfe. Deine Lösung hört sich perfekt an.« Er schaute auf seine Uhr. »Das hat nicht lange gedauert. Was sollen wir jetzt tun?«

»Reden«, sagte Fee.

»Gut. Sage mir, wie sich das Verhältnis mit deiner Mutter nach dieser Woche entwickelt.«

»Himmel«, rief Fee. »Ich weiß es nicht. Ich schätze, ich werde mich bemühen, nicht mehr auf sie zu hören. Und dass es mir egal ist, was sie denkt.«

»Nein«, sagte er. »Das würde dich schwächen. Du musst die Dinge von ihrem Standpunkt aus sehen.«

Fee starrte ihn an.

»Sie mag vielleicht eifersüchtig auf dich sein.«

Fee schnaubte.

»Es hört sich so an, als hättest du ein besseres Verhältnis zu deinem Vater gehabt als sie.«

»Das war ihre Schuld.«

»Das weißt du nicht. Was sich in einer Ehe abspielt, teilt sich den Kindern nur selten mit. Sie hört sich wie eine Frau an, die auf vielen Ebenen enttäuscht wurde. Vielleicht wollte sie nicht, dass auch du enttäuscht wirst.«

»Warum stellst du dich auf ihre Seite?«

»Ich stelle mich nicht auf ihre Seite«, sagte er. »Aus dem, was du über sie erzählt hast, schließe ich, dass sie eine taktlose, kalte Frau ist. Aber Taktlosigkeit bedeutet nur die Unfähigkeit mitzufühlen, und Kälte ist ein Abwehrmechanismus. Hast du keine guten Erinnerungen an sie?«

Fee verzog das Gesicht. »Doch, ich glaube schon.«

»Lass nicht zu, dass die negativen Dinge dein Bild bestimmen«, sagte er. »Das ist eine Spirale, deren Ende nicht abzusehen ist. Man sucht geradezu nach den schlechten Dingen und vergisst die guten. Erzähle mir von ihren guten Seiten.«

Fee seufzte. »Sie hat viel mit mir gespielt. Spiele, die sie erfunden hat. Ich musste bestimmte Dinge suchen. Flüsse, Namen von Königen oder Königinnen, Hauptstädte.«

»Schulwissen. Das ist doch gut.«

»Sie hat es nur getan, damit sie eine Zeit lang ihre Ruhe hatte und weiter ihr Kreuzworträtsel lösen konnte.«

»Aber nur schlecht kann sie nicht sein.«

Fee hätte ihn am liebsten geohrfeigt.

»Wann hast du das letzte Mal mit ihr geredet?«

»Vor achtzehn Monaten.«

Er hob eine Augenbraue. »Hast du ihr eine Weihnachtskarte geschickt?«

»Nein.«

»Das ist kein guter Zug. Schick ihr eine Ansichtskarte. Du bist im Urlaub.«

»Erzähle mir mehr von dir«, sagte Fee, die unbedingt das Thema wechseln wollte. »Warum ist deine Ehe gescheitert?«

Er setzte sich zurück, legte die Hände hinter seinen Kopf und schloss die Augen. »Du weißt aus dem Fragebogen, dass ich bei meinem ersten Mal vierundzwanzig war. Übrigens in der Hochzeitsnacht.«

»Ich hätte dich nicht für so religiös gehalten.«

»Bin ich auch nicht«, sagte er. »Aber Clara war es. Oder ist es noch – ab und zu sehen wir uns. Eigentlich war es eine gute Verbindung. Sie ist Naturforscherin und spielt recht gut Cello, ein Instrument, das ich mag. Das und die Flöte.« Er lächelte. »Sie war eine technisch gute Spielerin, aber sie interpretierte nicht. In der Theorie war sie in vielen Dingen gut, aber für nichts zeigte sie Leidenschaft. Kein Feuer. Ich hoffte, das würde sich entwickeln, aber das geschah nicht. Es schien auch, dass ich Sex mehr mochte als sie, und Kinder wollte sie auch nicht, was sich später als Glück erwies. Als wir fünf Jahre verheiratet waren, erhielt sie ein Angebot aus den Staaten. Das war eine ideale Gelegenheit, wieder getrennte Wege zu gehen. Ich schätze, dass ich mehr gedrängt habe als sie – ich vermisste in der Ehe mehr als sie.«

»Und was geschah danach?«

»Ich schlug über die Stränge. Ich verkaufte das Haus und sah mir von dem Erlös die Welt an. Hier und da habe ich Leidenschaft gefunden. Zurück in England, suchte ich mir einen neuen Job, kaufte ein neues Haus, schrieb ein trockenes Buch und wanderte ziellos von einer Beziehung zur anderen.«

»Keine längere?«

»Einige hielten länger als andere. Und wie ist es bei dir?«

»Eine lange Kette von Fehlstarts. Ich schätze die Leute ganz spontan ein, und manchmal liege ich völlig daneben. Ziemlich oft sogar. Dann merke ich, dass ich mich gar nicht an diesen Typen binden will, und ich ziehe mich allmählich zurück. Mein längster Versuch war mit Dan. Er sah aus wie ein Filmstar, und seine Potenz machte den Mangel an Konversation wett.«

»Warst du ihm treu?«

»Wir vögelten beide durch die Gegend.«

»Dann hast du also keine richtige Beziehung gehabt.«

»Und du?«

»Ich habe es wenigstens versucht.«

»Einem Mann bin ich treu gewesen.«

»Wie lange?«

»Sechs Monate«, antwortete Fee und fühlte sich wie eine Schlampe.

Er lachte.

»Mir sind sechs Monate ungehemmte Leidenschaft lieber als fünf Jahre ohne Feuer«, fauchte sie ihn an.

»Mir auch«, sagte er ernst.

»Hast du das schon mal erlebt? Sechs Monate ungehemmte Leidenschaft?«

»Oh, ja.«

»Erzähle.«

»Sie hieß Lilian. Ich habe sie ein paar Jahre nach der Trennung von Clara kennen gelernt. Sie war ...« Er lächelte, und in seinen Augen funkelte es plötzlich. »Sie war eine Trapezkünstlerin.«

Das war das Letzte, womit Fee gerechnet hatte. »Ehrlich?«

»Ehrlich. Sie reiste viel, und ich fuhr ihr nach, wann immer ich es konnte. Ich habe Blut und Wasser geschwitzt, wenn ich sie da oben sah, aber es war auch sehr erregend. Sie war schön, athletisch und sexuell sehr abenteuerlich. Ich habe von Lilian mehr gelernt als von allen anderen zusammen. Schließlich hatte sie genug von mir, ich konnte mit ihrer Energie nicht Schritt halten. Aber fast ein Jahr lang war ich berauscht von ihr, ich konnte an nichts anderes denken als an unsere nächste Begegnung im Bett – wenn es ein Bett war. Einmal haben wir es auf den Eisenbahnschienen getrieben.« Er lachte. »Es war eine stillgelegte Strecke, aber trotzdem ...«

Fee schauderte. Es war kühl im Keller, und eine

klamme Feuchtigkeit kroch unter ihre Haut. Sie griff nach einem Kissen. Es roch modrig.

»Ist dir kalt?«

»Ja.«

Er rutschte übers Sofa zu ihr und legte einen Arm um ihre Schultern. Ihre Seiten berührten sich, und dieser Teil von ihr fühlte sich bald wärmer an. Sie schmiegte sich noch ein wenig enger an ihn, und er verstärkte den Druck seines Arms. Sie erinnerte sich, als er ihre Hand gehalten hatte. Als sie nackt durch den Park The Elms gelaufen waren. Auch damals hatte er sie gewärmt.

»Warum glaubst du, dass Leidenschaft so wichtig ist?«, fragte er plötzlich. »Viele Leute brauchen sie nicht.«

Fee dachte nach. »Vielleicht ist es unsere Sehnsucht, einfach dahinzuschmelzen. Sich selbst zu vergessen. Manche Leute sagen, das empfinden sie bei ihrer Arbeit. Ich erfahre es manchmal, wenn ich Flöte spiele. Aber Sex ist die beste Möglichkeit, es zu erleben.«

»Ja, so kann man es sehen«, murmelte er.

»Wie siehst du es denn?«

»In der Leidenschaft ist man am meisten sich selbst.«

»Da stimme ich nicht zu«, sagte sie. »Du kannst doch auch deine Fantasien ausleben, und in deinen Fantasien kannst du dir vorstellen, ein anderer zu sein. Hast du keine Fantasien?«

»Natürlich.«

»Worüber?«

»Deine sind bestimmt wilder als meine.«

»Was willst du schon von meinen Fantasien wissen?« Sie hob den Kopf, um sein Gesicht zu sehen. Er lächelte.

Er rezitierte ein Gedicht von Yeats. *Leda und der*

Schwan. Es war das sinnlichste Gedicht, das sie je gehört hatte. Sie schloss die Augen und legte den Kopf an seine Schulter. Ein paar Sekunden später war sie eingeschlafen.

Beatrice ging zurück zu Zimmer sieben und nahm sich noch einmal die Sammlung der Videos vor, um herauszufinden, welcher Film zu dem Fingerzeig *verliert seinen Kopf* passte. Sie legte verschiedene Kassetten ein und war sicher, dass der Hinweis schon zu Beginn des Films zu sehen oder zu hören war. Alfred Hicks war nicht der Mann, der Leute auf die Folter spannte, wenn sie auf dem richtigen Weg waren.

Als sie die Dokumentation über Insekten einlegte, versprach sie sich nicht viel davon. Aber die Videos, von denen sie sich die Lösung erhofft hatte, standen schon wieder im Regal. Auf dem Bildschirm hob ein grünes langbeiniges Ding den Kopf, und die beiden großen Augen starrten Beatrice an, als wäre sie die Beute. In der Vergrößerung wirkte das Insekt bedrohlich. Die Vorderbeine sahen wie Arme aus, und das dreieckige Gesicht erinnerte an intelligente Wesen aus dem All.

Die Kamera schwenkte zu einem anderen Insekt, ähnlich, aber kleiner. Es versteckte sich hinter ein paar Zweigen und lugte einige Male durch die Lücken. Nach einer Weile traute es sich aus seinem Versteck und näherte sich dem anderen Tier.

»Das Männchen der Mantis ist klug beraten, sich dem Weibchen mit aller Vorsicht zu nähern«, sagte eine Stimme. »Bei vielen Arten der Heuschrecken beißt das Weibchen den Kopf des Männchens während der Befruchtung ab; dadurch werden Hormone freigesetzt, die die Kopulation beschleunigen und verstärken, obwohl das Männchen zu diesem Zeitpunkt praktisch tot ist. Das Weibchen frisst das Männchen nach getaner Arbeit auf.«

Beatrice klatschte vor Begeisterung in die Hände. Sie hatte endlich den richtigen Film gefunden. Der Bildschirm wurde schwarz, dann leuchtete er wieder auf und zeigte diesen Text:

Make your deposit here, O man,
And bring your partner, if you can.
It's quicker as a joint account,
This place won't query the amount,
Lots or little, who's to know –
Apart from Maurice Bigelow?
Now, if you find Lacrosse, tick Done;
Don't shop around, you're near this one.

Beatrice übertrug den Hinweis in ihr Notizbuch, dann holte sie die Landkarte heraus und suchte nach Banken. Es gab drei in der Stadt. Eine lag dem Marquis of Queensberry gegenüber, die zweite lag neben einem Sportgeschäft, das sich Lacrosse nannte, und die dritte lag etwas weiter entfernt in unmittelbarer Nähe der Maitland Clinic.

Make your deposit here, O man, las Beatrice. Also soll der Mann mit Maurice Bigelow sprechen. William! Wo, zum Teufel, steckte er?

Sie begab sich auf die Suche.

William hatte den Hinweis auf der Karte, die Rose ihm für fünfzig Pfund gegeben hatte, rasch gelöst. Das Ergebnis war eine Adresse: Broad Street Nummer drei. Jetzt stand er vor der Haustür und klingelte. Er musste einige Zeit warten, bis die Tür aufschwang und den Blick auf eine junge Frau in einem billigen dunkelroten Kimono freigab. Sie hatte schmale Augen und eine goldfarbene Haut, und die lange blauschwarzen Haare fielen bis zur Taille.

»Ich gehöre zu den Schatzsuchern«, sagte William.

»Ach so.«

»Hast du einen neuen Hinweis für mich?«

»Hinweis? Ach so.« Die junge Frau zog die Tür weiter auf und ließ ihn eintreten. Die Einrichtung unterschied sich kaum von Roses Etablissement, nur hier und da angereichert durch fernöstliche Elemente. Auf einem Messingtisch lag eine Huka, eine Wasserpfeife, und an der Wand hing ein japanischer Kupferstich mit einem erotischen Motiv.

Die Frau führte ihn nach oben in ein Schlafzimmer. Seide hing an den Wänden, so dass man das Gefühl hatte, ein geräumiges Zelt zu betreten. In der Mitte des Zimmers stand ein Rundbett mit zerwühlten Satinlaken. Überall duftete es nach süßlichem Parfum, und überall standen Schachteln mit Papiertüchern. Der Abfalleimer in der Ecke quoll fast über.

»Ich Koko«, sagte die junge Frau und öffnete die Schärpe um den Kimono. »Und du?«

»William.«

Die Schärpe fiel auf den Boden, und der Kimono klaffte auf. Koko hatte einen sehr schönen Körper, fest, gut proportioniert und honigfarben.

»Hör zu«, sagte William, »muss ich irgendwas tun, bevor ich den nächsten Hinweis erhalte?«

»Du und ich«, sagte Koko, ließ den Kimono fallen und warf sich aufs Bett. »Du hier«, sie zeigte auf ihren Körper, »dann ich gebe schwedische Massage.« Der

Anblick ihrer gespreizten Beine spornte die meisten Männer an, und William war keine Ausnahme. Es sah zwar einen Moment so aus, als wollte er noch etwas sagen, aber dann ließ er die Hose fallen und legte sich auf Koko.

»Zuerst Hemd weg«, sagte Koko, »dann das überstreifen.« Sie reichte ihm ein Kondom.

Hastig befolgte William ihre Anweisungen.

Koko führte ihn ein, und er begann seine Bewegungen. Schade, dass es jemand wie er ist, dachte Koko. Ich glaube nicht, dass er Spaß versteht. Ich bin nur ein Gegenstand für ihn, ein Gefäß, in das er sich entleeren kann. Hoffentlich ist er nicht jähzornig. Sonst müsste ich ihn niederstrecken. Er wird es nicht verstehen, dass sich jemand über ihn lustig macht. Sie sah in seine Augen, aber da war nichts.

Vielleicht hatte er etwas in ihren Augen gesehen, denn er zog sich aus ihr zurück, drehte sie um, bis sie auf allen vieren lag und drang von hinten in sie ein. Er hielt sie an den Hüften fest, und seine Nägel gruben sich in ihre Haut. Er sprach kein Wort, sie auch nicht. Männer wie er ängstigten sie nicht, sie trug einen schwarzen Dan, und mit ihren Karatekenntnissen konnte sie fast jeden Mann bezwingen.

William beschleunigte, sein Schweißgeruch überlagerte den Duft des Parfums. Koko fand, es war an der Zeit für ein paar Geräusche, das wurde von den Freiern erwartet. Sie begann zu stöhnen.

»Halt den Mund«, befahl William.

Koko gehorchte und stellte in ihrem Kopf eine Einkaufsliste zusammen. Teebeutel, Gleitcreme, Bohnensprossen, Massageöl, Zwiebel ... Die Zeit verging schneller, wenn sie ihre Gedanken beschäftigte.

William brauchte noch ein paar Minuten, dann

stieß er einige Male hart zu und wurde fertig. Kein Laut, nicht einmal ein Grunzen. Er zog sich aus ihr zurück und lag heftig keuchend auf dem Bett.

Jetzt wird es lustig, dachte Koko. Sie kniete sich neben das Bett und zog einen Eimer darunter hervor. »Bitte dreh um für Massage«, sagte sie.

William legte sich auf den Bauch, und Koko rieb irgendeinen obskuren Gegenstand über seinen Rücken. Plötzlich roch es nicht mehr wie in einem Boudoir, sondern wie in einem Fischladen.

»Was ist das denn?« William rollte sich auf die Seite und sah, wie Koko einen Fisch in der Hand hielt.

»Fisch?« Williams Stimme überschlug sich fast. Er starrte ungläubig vom Fisch zu Koko. »Was soll das?«

»Mann, das ist ein Hering«, sagte Koko und vergaß ihren falschen japanischen Akzent. »Rose hat mir gesagt, ich soll ihn rot anmalen, aber die Arbeit habe ich mir nicht gemacht. Ist das wichtig?«

William wurde weiß vor Wut. Sein Kinn ruckte vor, seine Augen verzogen sich zu Schlitzen, und einen Moment lang ballten sich die Hände zu Fäusten. Koko bereitete sich auf einen geschmeidigen Tritt in seine Weichteile vor. Aber dann schien er zu sich zu kommen. Er zog sich an.

»Wieso bist du denn plötzlich so sauer?«, fragte Koko. »Du hast umsonst bumsen können. Rose sagte, sie würde mir fünfzig Pfund geben.«

»Fünfzig Pfund«, knurrte William. »Was für ein Luder.«

»Das ist schon vor einer Woche vorbereitet worden«, erzählte Koko. »Rose sagte, es könnten mehrere Freier kommen, vielleicht auch gar keiner. Heute Morgen hat sie mich angerufen, dass du kommst. Na, bist ja auch gekommen.« Sie grinste breit.

Fee fühlte sich warm und sicher. Sie kuschelte sich an die Wärmequelle und nahm vage wahr, dass es sich um einen anderen Körper handelte. Dann begriff sie, dass sie wach war und nicht genau wusste, wo sie sich befand. Und mit wem.

»Bist du wach?«

Summers. Er war die Wärmequelle. Sie hielt die Augen geschlossen und blieb an ihn gekuschelt.

»In zehn Minuten können wir gehen.«

»Gut.« Sie hatte Durst. Und sie musste zur Toilette.

»In einer halben Stunde gibt es Abendessen.«

»Zeit genug, um uns das Video mit den Mantis anzusehen«, sagte Fee. Sie schlug die Augen auf. Sie spürte seine Wange an ihrer Stirn, als er sie anschauen wollte.

Dann versteifte er sich. »Was ist das?«

»Was?«

»Pst.«

Sie lauschten. Die Tür knarzte. Sie sahen sich an, aber noch bevor sie aufstehen konnten, kam schon jemand die Treppe hinunter, und dann stand Graham Steel in der Tür, die Arme vor der Brust verschränkt, und starrte sie an.

Summers ließ seinen Arm um Fees Schultern. »Hast du die Tür offen gelassen?«

»Warum?«

»Das Schloss ist mit einer Zeituhr versehen. Wenn du sie zugezogen hast, sitzen wir noch einmal zwei Stunden hier unten.«

»Dann ist es gut, dass ich nicht so dumm war, sie zu schließen, nicht wahr?« Er sah sich um. Natürlich suchte auch er den entscheidenden Hinweis.

»Im hinteren Zimmer«, sagte Summers. »An der Wand.«

Steel ging hinüber, und Fee hörte ihn fluchen. Dann kam er wieder, offenbar gefasst. »Nun, ich schätze, wir liegen immer noch vorn. Vielleicht sollten wir uns für diesen Hinweis verbünden.«

Summers schüttelte den Kopf.

Sie gingen alle die Treppe hoch, Fee zuerst. Sie stieß gegen Beatrice, die breit lächelte. Sie sah eigenartig aus, wenn sie lächelte, als ob Freundlichkeit nicht zu diesen intensiven dunklen Augen passte.

»Wie lange stehst du schon da?«, wollte Fee wissen.

»Lange genug, um zu wissen, dass ihr alle den roten Hering gesehen habt.«

Zwölftes Kapitel

Graham Steel, Eric Summers und Fee trafen vor Zimmer sieben ein. Summers hielt eine Münze in der Hand. »Sie entscheidet, wer zuerst hineingeht.«

»Kopf«, sagte Graham, und sie landete mit dem Kopf nach oben. Er lächelte eisig und verschwand hinter der Tür.

»Ich wette, jetzt bleibt er, bis Gavin kommt und abschließt«, sagte Fee.

Summers schüttelte den Kopf. »Das glaube ich nicht. Wenn er den Hinweis schnell findet, wird er noch vor dem Abendessen daraus Kapital schlagen wollen.«

Sie setzten sich vor der Tür auf den Boden. Nach ein paar Minuten tauchte William im Flur auf. Er wies auf die Tür. »Ist Beatrice da drinnen?«

Fee schüttelte den Kopf. »Graham Steel.« Plötzlich roch es nach Fisch, aber der Geruch kam nicht aus der Küche. Fee kräuselte die Nase und sah im Flur auf und ab. Vielleicht wurde irgendwo Fisch angeliefert. William sah unbehaglich drein, dann ging er wieder, und mit ihm schwand auch der Fischgeruch.

Zehn Minuten später kam Graham mit fröhlichem Gesicht heraus. »Ihr seid dran.«

Fee und Summers gingen hinein, fanden das richtige Video und notierten den Text.

»Offenbar müssen wir gemeinsam ein Konto bei der Bank eröffnen, bei der Maurice Bigelow arbeitet. Die Karte, bitte«, sagte Fee.

Summers reichte ihr die Karte.

»Oh, sieh mal«, rief Fee aufgeregt. »Da gibt es ein Geschäft, das Lacrosse heißt.«

»Gibt es auch etwas mit dem Namen Maitland?«

Fees Brauen schoben sich zusammen. »Ja, da ist eine Maitland Clinic. Ganz in der Nähe der Banken. Wie bist du darauf gekommen?«

»Lies die siebte Zeile.«

Fee las laut vor. *»If you find Lacrosse, tick Done.«* Sie blickte auf. »Oh, da ist ein Akrostichon versteckt, nicht wahr? Ein Gedicht, in dem die Initialen jeder Zeile ein Wort ergeben.«

Er lächelte.

Fee las die Verse noch einmal laut vor.

***M**ake your deposit here, O man,*
***A**nd bring your partner, if you can.*
***I**t's quicker as a joint account,*
***T**his place won't query the amount,*
***L**ots or little, who's to know –*
***A**part from Maurice Bigelow?*
***N**ow, if you find Lacrosse, tick Done;*
***D**on't shop around, you're near this one.*

»Okay«, sagte Fee. »Aber eine Klinik? Man zahlt Geld auf ein Bankkonto ein, aber doch nicht in eine Klinik.«

»Hm«, machte Summers. »Ich muss darüber nachdenken. Komm, wir gehen zum Abendessen.«

Beatrice hatte William nicht gefunden, deshalb hatte sie sich entschlossen, die Banken allein zu erkunden. Aber in keiner der drei Banken arbeitete ein Maurice

Bigelow. Sie ging auf einen Drink in den Marquis of Queensberry und betrachtete noch einmal das Gedicht. Als sie aus L*acrosse* und *tic*k den Hinweis auf ein Akrostichon herauslas, erkannte sie ihren Fehler.

Sie versenkte den Rest ihres Gin Tonic und ging zur Maitland Clinic. Sie befand sich im ersten Stock über einer Computerfirma und machte auf den ersten Blick keinen gesunden Eindruck. Neben einer Milchscheibentür klebte ein Zettel mit dem Namen der Einrichtung. Um welche Klinik es sich handelte, verriet der Zettel nicht. Beatrice klingelte.

Ein kleiner Mann mit einem rötlichen Schnurrbart öffnete.

»Maurice Bigelow?«

»Ja, der bin ich.«

»Ich beteilige mich an der Schatzsuche.«

»Ah.« Er hatte ein Gesicht mit einer erstaunlichen Anzahl von Falten, obwohl er alles andere als hässlich war. »Sie sind allein«, stellte er fest.

»Ich habe meinen Partner kurzfristig aus den Augen verloren.«

»Ich fürchte, Sie werden ihn brauchen. Kommen Sie einen Augenblick herein, denn werden Sie sehen warum.«

Beatrice folgte ihm durch die Tür. An der Wand klebten ein paar Babyfotos. Sollte das eine Kinderklinik sein? Die Etage sah eher verwahrlost aus, an einigen Stellen hatte sich die Tapete gelöst, und der Teppich war in der Mitte blank gelaufen. Bigelow führte sie in einen Raum, nicht größer als eine Aufzugkabine, und Beatrices Augen weiteten sich. An den Wänden hingen Bilder von nackten Frauen, und auf dem Boden lagen Stapel von Erotikmagazinen. An zwei Wänden standen kleine Fläschchen ohne

Beschriftung auf Regalen. In einer Ecke gab es ein kleines Waschbecken und Papiertücher.

»Eine Spermienbank«, sagte Maurice Bigelow.

»Ich dachte, die Samenspender müssten in einem bestimmten Alter sein«, sagte Beatrice. »Und müssen sie nicht auch vorher einen Gesundheitstest über sich ergehen lassen?«

»Wir sind eine private Klinik«, sagte Bigelow. »Wir legen unsere Priorität auf einen hohen Intelligenzquotienten.«

Beatrice war noch nicht überzeugt, obwohl die Teilnehmer der Schatzsuche der wichtigsten Bedingung entsprachen. Es war natürlich auch möglich, dass die Etage sonst leer stand und nur für diese Woche angemietet war. Ob echt oder nicht, spielte für Beatrice keine Rolle, rief sie sich in Erinnerung. Sie wollte nur den nächsten Hinweis erhalten.

»Wir tauschen also eine Samenspende gegen einen Hinweis, nicht wahr?«, fragte sie.

»Ja, richtig.«

»Ein bisschen unfair für jemanden, der impotent ist. An der Schatzsuche beteiligen sich einige ältere Männer. Mein Partner gehört auch dazu. Er musste sich ausruhen, weil er sich wegen seines Herzens schonen muss.«

»Ich dachte, Sie hätten ihn aus den Augen verloren?«

»Das auch.«

»Kompliziert«, murmelte Bigelow.

»Eigentlich nicht«, gab Beatrice zurück, betrachtete ihn von oben bis unten und richtete den Blick auf seine Körpermitte.

»Ich bin verheiratet«, sagte er. »Meiner Frau würde das nicht gefallen.«

»Die Frau braucht es nie zu erfahren. Ich bin wirklich gut mit meinen Händen.«

Er schluckte.

»Haben Sie ein bisschen Öl da?« Sie schaute sich um. Tatsächlich fand sie auf einem Regal eine Flasche mit Massageöl. Sie langte danach, schraubte die Flasche auf und schnüffelte daran. »Rosenblätter«, murmelte sie. »Sehr angenehm.« Sie ließ ein paar Tropfen auf ihre Handfläche träufeln und rieb die Hände zusammen.

Sein Blick war jetzt auf ihre Händen fixiert, und sie rieb auf verführerische Weise jeden Finger einzeln mit dem Öl ein.

In seinem Gesicht bildeten sich noch mehr Falten, als er sagte: »Was werden Sie denn Ihrem Partner sagen?«

»Nichts. Ich werde dem alten Mann sagen, ich hätte das Rätsel gelöst und gebe ihm den nächsten Hinweis.« Beatrice sah auf seinen Schritt und sah, dass sich dort etwas regte. Sie nahm eine der Flaschen und schrieb *William Dacre* auf das Etikett.

»Also gut«, sagte Maurice Bigelow plötzlich und zog den Reißverschluss seiner Hose auf. Sein Penis stand aufrecht da und ragte aus dem rötlichen Busch seiner Schamhaare, die Eichel glatt und glänzend wie ein Bronzehelm. Er hatte ein beträchtliches Ausmaß, und Beatrice merkte nicht, dass ihr Mund weit aufstand.

Bigelow lächelte. »Meiner Frau gefällt er auch«, sagte er, »und sie ist eine Expertin.«

Beatrice fragte sich, was er damit andeuten wollte. War seine Frau Ärztin? »Sie kann sich glücklich schätzen«, sagte sie und nahm ihn in die Hand. Die Fingerspitzen berührten so gerade den Daumen. Sie fuhr mit der Hand auf und ab und sah, wie sich die Vorhaut spannte und streckte.

Sie träufelte noch etwas Öl auf den Schaft, bis er wie gebadet aussah. Sie stellte die Ölflasche aufs Regal und widmete sich wieder ihrer Arbeit.

Er schüttelte sich leicht. Er sah nicht sie an, sondern die Poster an der Wand. Die Frau darauf war blond und vollbusig, und sie kam Beatrice vage bekannt vor. Sie war ein bisschen verärgert – war sie nicht sexy genug? Mit der freien Hand setzte sie die Brille ab, und als das nichts änderte, knöpfte sie ihre Bluse auf. Das erfüllte den Zweck.

Er starrte jetzt intensiv auf ihre Brüste, sie waren nicht groß, aber hübsch geformt. Sie rieb ihn ein wenig schneller, und seine Augen wurden noch größer. Die Härte des Schafts erregten Beatrice ebenso wie die Tatsache, dass sie Gewalt über den Mann hatte. Sie manipulierte ihn zu etwas, was er nicht hatte tun wollen.

Plötzlich fiel ihr die Flasche ein, auf die sie Williams Namen geschrieben hatte. Sie nahm sie vom Regal – genau im richtigen Augenblick, denn Bigelow schoss seine milchige Flüssigkeit hinein. Beatrice drückte noch einige Male, dann reichte sie Bigelow ein Papiertuch und drehte den Verschluss auf die Flasche.

»Danke«, sagte sie.

Er rieb sich verwundert über die Augen, als könnte er nicht glauben, schwach geworden zu sein. Dann nahm er die Flasche und brachte sie ins Nebenzimmer. Beatrice folgte ihm. Er gab ihr den nächsten Hinweis, und sie schrieb ihn in ihr Notizbuch.

»Kein Wort zu irgendeinem«, sagte er.

»Wie könnte ich?«

Er nickte. »Meine Frau darf es nicht erfahren.«

»Keine Bange. Sie wird es nicht erfahren.«

An diesem Abend fehlte kaum jemand, als Fee und Summers das Spielzimmer betraten. Nur noch zwei Tage bis zum Ende der Schatzsuche, und Saul Slick wollte wissen, ob jemand dem Schatz schon nahe war.

»Das kann ich nicht sagen«, gab Gavin Smythe Auskunft. »Aber ich weiß, dass Alfred Hicks großen Wert darauf gelegt hat, dass der Schatz tatsächlich erst am letzten Tag gefunden wird. Er konnte sich natürlich nicht hundertprozentig sicher sein, aber sein Anwalt, den ich jeden Abend informiere, ist der Meinung, dass wir genau im Plan liegen. Morgen Abend gibt es übrigens keine zeitliche Begrenzung – wegen der letzten Nacht und so.«

William saß in einer Ecke in der Nähe von Scarab. Nach einer Weile setzte sich Scarab zu Saul Slick, und Angus setzte sich zu William. Angus sagte etwas, und Fee hörte William zischen: »Verdammt, ich war schon unter der Dusche.«

Als sie an ihm vorbeiging, um ihre Kaffeetasse noch einmal zu füllen, nahm sie einen schwachen, aber doch unzweifelhaften Fischgeruch wahr. Beatrice setzte sich neben ihn und grinste wie die Katze, die an der Milch genascht hat. Sie starrte Angus düster an, bis der sich erhob und sich woanders niederließ. Dann redete sie leise und eindringlich mit William. Er tätschelte einige Male ihren Kopf, dann standen beide auf und gingen hinaus.

»Sieht so aus, als hätte Beatrice gerade eine Lösung gefunden«, sagte Fee zu Summers.

Am anderen Morgen um halb zehn klingelte Summers an der Tür zur Maitland Clinic. Die Tür wurde von einem schmächtigen Mann mit rötlichem Schnurrbart geöffnet. Das Gesicht erinnerte Fee an Elefantenhaut – überall Falten. Außerdem hatte er ein blauschwarzes Auge.

»Schatzsuche«, sagte Summers. »Sind Sie Maurice Bigelow?«

»Ja, stimmt«, sagte der Mann. »Kommen Sie herein.«

Fee blickte erstaunt auf die Babyfotos – damit hatte sie nicht gerechnet. Summers schien nicht überrascht, er machte eher einen niedergeschlagenen Eindruck.

»Hierher«, saugte Bigelow und führte sie in eine kleine Kabine.

Die Bilder an den Wänden waren zuerst ein Schock für Fee, dann sah sie auf die kleinen Flaschen auf den Regalen und die Männermagazine auf dem Boden, und alles ergab Sinn. Himmel, es ist eine Samenbank, dachte sie. Der Text passte. *Make your deposit here, O man, and bring your partner, if you can. It's quicker as a joint account, this place won't query the amount …*

(Bring hier deine Spende hin, o Mann, bring die Partnerin, wenn sie kann. Zu zweit wird es schneller gehen, spielt keine Rolle, wie viel Gramm wir sehn.)

»Solo oder Doppel?«, fragte Bigelow, und als niemand eine Antwort gab, fügte er hinzu: »Ich lasse euch allein, dann könnt ihr es bereden. Ich bin heute nicht gut drauf. Fürchterliche Kopfschmerzen.«

»Das überrascht mich nicht«, sagte Fee. »Wie sind Sie an das blaue Auge gekommen?«

»Meine Frau hat sich über was aufgeregt«, antwortete er. »Manchmal kann sie wirklich hellsehen.« Kopfschüttelnd ging er hinaus.

Verzagt blickte Summers zu den Postern, und während er ein Magazin durchblätterte, wuchs seine Verzweiflung noch. Fee interessierte sich besonders für eines der Poster. »Sie sieht Rose mehr als ähnlich«, sagte sie. »Ich meine, wie Rose vor zwanzig Jahren gewesen sein könnte.«

Summers sah hin und nickte. »Kann schon sein.« Er erinnerte Fee an einen kleinen Jungen im Wartezimmer des Zahnarztes.

»Soll ich draußen warten?«, fragte sie.

»Ja, bitte.«

Fee drückte die Türklinke, aber die Tür war abgeschlossen. Sie kicherte, obwohl sie es nicht wollte.

»Ich wüsste mal gern, wie du dich fühlen würdest, wenn es umgekehrt wäre«, sagte Summers pikiert. »Du befriedigst dich selbst, und ich schaue zu. Da vergeht dir das Kichern.« Er warf das Magazin gegen die Wand. Es war das erste Mal, dass Fee einen Gefühlsausbruch bei ihm sah.

»Ich könnte die Augen schließen«, sagte sie.

»Aber nicht deine Ohren.«

»Oh, bist du laut dabei?«

»Mir ist das äußerst peinlich, Fee, und flippige Bemerkungen sind keine Hilfe für mich.«

»Stell dich nicht so an. Er ist eine ganz normale Betätigung. Affen tun es vor aller Augen.« Dann dachte sie: Ich bin alles andere als feinfühlig. Vielleicht kriegt er keinen hoch. Sie biss sich auf die Lippe.

Als ob er ihre Gedanken gelesen hätte, sagte er: »Das ist nicht das Problem.«

»Was denn?«

Er verzog das Gesicht.

Wir kommen nicht weiter, dachte sie, und verlieren wichtige Zeit. Es gibt zwei Möglichkeiten. Entweder befriedige ich ihn, oder ich leiste ihm Gesellschaft.

Er hob eine Augenbraue und wartete. Als sie nichts sagte, fragte er: »Wofür hast du dich entschieden?«

»Was wäre dir denn lieber?«

»Das überlasse ich dir.«

»Oh, verdammt«, stöhnte sie. »Einer muss sich entscheiden.«

Er holte eine Münze aus der Tasche. »Kopf, dann macht es jeder für sich, Zahl, dann machst du's bei mir.«

Kopf.

Wir haben uns schon einige Male nackt gesehen, dachte Fee, warum soll das also so schwierig sein? Aber sie wusste warum. Sie würden sich beide gehen lassen müssen. Bisher hatten sie sich stets betont beherrscht gezeigt.

Sie begann sich auszuziehen. Zuerst wollte sie nur Hose und Slip ausziehen, aber das sah noch verruchter aus, deshalb zog sie auch Bluse und Büstenhalter aus. Auch Summers legte alle Kleider ab, wofür Fee ihm dankbar war, denn er hätte sich auch damit begnügen können, nur den Hosenschlitz zu öffnen. Aber nein, sie teilten ihre Verlegenheit.

»Wer zuletzt kommt, hat verloren«, sagte Summers.

Plötzlich wich die Verlegenheit. Er legte eine Hand um seinen Schaft und bewegte die Vorhaut auf und ab. Es sah ein wenig mechanisch aus, aber irgendwo musste man ja anfangen. Fee legte sich auf den harten Boden, nachdem sie aus ihren Kleidern ein Kissen geformt hatte. Sie öffnete die Schenkel und begann zu reiben. Summers stand bei ihren Füßen, bei der Enge der Kabine blieb nicht viel Platz.

Warum rede ich in meinen Gedanken von Summers, warum kann ich ihn nicht Eric nennen? Konzentriere dich, schalt sie sich. Du willst nicht lange hier auf dem Boden liegen. Sie massierte sich und legte sich eine Fantasie zurecht. Der Fremde aus der

U-Bahn. Passte irgendwie nicht. Sie öffnete die Augen und sah, dass Summers sie betrachtete. Da war eine Sanftheit in seinem Blick, die sie bisher noch nicht gesehen hatte. Seine Augen lächelten, und er schien weiter zu sein als sie.

Als er bemerkte, dass sie ihn beim Ansehen erwischt hatte, wurde sein Lächeln breiter. Ein Ist-jetzt-doch-alles-egal-Lächeln. Sie erwiderte es. Ihre Finger erzeugten plötzlich Wirkung. Ihr Atem beschleunigte sich. Seine Augen registrierten ihre Erregung, sein Schwanz bebte leicht. Das Gefühl in Fees Schoß breitete sich aus, ein köstliches Prickeln, das immer stärker ausstrahlte. Sie rieb ein wenig schneller.

Sein Lächeln war verschwunden, sein Blick war jetzt auf ihr Gesicht fixiert. Das Prickeln erfasste ihren ganzen Körper, jeder Teil von ihr sehnte sich nach dem Finale.

»Die Flasche«, keuchte sie heiser. »Du darfst du Flasche nicht vergessen.«

»Verdammt«, grunzte er, trat einen Schritt zur Seite und griff nach einer Flasche.

Ohne es zu bemerken, versuchte Fee, ihre Bewegungen mit seinen zu synchronisieren. Sie sah in seinen Augen, dass er das bemerkte und erregend fand. Sie stellte fest, dass sie von der Aktion schärfer wurde, als sie gedacht hatte. Der fehlende Hautkontakt war sexy, so seltsam sich das auch anhörte. Es war, als machten sie Liebe in den Köpfen. Sie sahen nicht auf die Genitalien des anderen, sie sahen sich in die Augen.

Fee hatte eine Höhe der Erregung erreicht, dass sie jeden Moment kommen konnte. Er sah sie fragend an, und sie nickte. Sie sah, wie sich sein Körper versteifte, er nahm einen tiefen Atemzug, sie auch. Der Höhepunkt baute sich in ihr auf, ja, jetzt gab es kein Zurück mehr … Summers warf den Kopf in den Nacken, dann begann er zu ejakulieren, und auch ihr kam es. Er stieß einen lauten Schrei aus, in dem die ganze Erleichterung lag, und der ihr sagte, dass er viel ungehemmter war, als sie gedacht hatte.

Seltsam, die Verlegenheit kehrte sofort zurück. Sie zogen sich rasch an und klopften gegen die Tür. Maurice Bigelow nahm die Flasche entgegen und gab Summers den nächsten Hinweis. Er schrieb ihn ab, sie verabschiedeten sich und gingen zum Auto.

»Diese Hinweise werden immer bizarrer«, sagte Summers. »Der letzte hat mir überhaupt nicht gefallen.«

Das hast du aber gut verbergen können, dachte Fee.

Rachel und Peverall hielten sich länger als alle anderen im Schlammbad auf. Als sie die Treppe hinuntergingen, saß Rose vor ihrem Computer. Sie schloss die Seite, an der sie arbeitete, und stand auf.

Peverall lächelte. »Erfasst du alle Ergebnisse der Schatzsuche, Rose?«

»Ich bin sehr gewissenhaft, Peverall.«

»Das bezweifle ich nicht«, antwortete er und warf einen Blick auf den Bildschirm. *Lizenz für Rose Bigelow,* stand da.

Sie verabschiedeten sich und gingen hinaus.

»Glaubst du, das ist ihr richtiger Name?«, fragte Peverall, als er und Rachel zurück zu seinem Mercedes gingen.

»Wahrscheinlich«, meinte Rachel. »Jedenfalls nennt man sich nicht freiwillig so. Ob es auch einen Mr. Bigelow gibt?«

Als sie um die Ecke bogen, sahen sie William und Beatrice in einem Auto sitzen. Sie redeten ziemlich aufgeregt miteinander, und weil ein Fenster hinuntergedreht war, konnte Rachel sie gut hören. Die beiden blickten nicht auf, so sehr waren sie in ihr Gespräch verstrickt. Rachel versteckte sich hinter einen Baum und gab Peverall zu verstehen, das auch zu tun.

»Was hast du gegen Rose?«, fragte Beatrice.

»Sie ist ein sadistisches Luder, und ich traue ihr nicht über den Weg. Was hält sie davon ab, sich selbst an der Schatzsuche zu beteiligen?«

»Wahrscheinlich könnte sie die Hinweise nicht knacken.«

William seufzte. »Kannst du das nicht allein machen?«

»Als ich wegen des Termins angerufen habe, hat sie gesagt, sie will uns beide sehen. Nun komm schon, William. Wir liegen vorn, da bin ich mir ganz sicher.«

Fee und Summers saßen wie schon so oft in dieser Woche im Auto und studierten den Hinweis, den sie eben erhalten hatten. »Diesmal ist es einfach«, sagte Fee. *»Location: Peace may be found in prose (4). Request: Better than sex.«*

»Ich bin beeindruckt«, sagte Summers. »Weiter.«

»Hast du schon die Lösung?«

»Nur von dem Kreuzworträtselbegriff.«

Fee rieb sich die Hände. »Also gut. *Peace* – wir wissen jetzt alle, dass das eine Rose ist. Und Rose steckt in *prose*. Also zurück zu Rose, und wir fragen nach der einen Sache, die besser ist als Sex.«

»Ich wüsste nicht, dass etwas besser sein kann als Sex«, sagte Summers.

»Schokolade!«, quietschte Fee.

»Dann rufst du sie an. Offenbar ist das eine Sache für Frauen.«

»Im Augenblick drängt es sich bei mir«, sagte Rose am Telefon. »Was willst du denn?«

»Schokolade«, sagte Fee.

»Sagen wir um halb zwei?« Im Hintergrund war ein Geräusch zu hören, als müsste sich jemand übergeben. »Oh, Hölle!«, rief Rose, dann war die Leitung tot.

Angus und Scarab saßen auf dem Sofa im Keller und warteten darauf, dass sich das Zeitschloss öffnete. Scarab trug ein dünnes Top und einen sehr kurzen Rock, der ihre Schenkel hochrutschte, wenn seine Hand ihr Bein berührte.

»Es ist kühl hier unten«, sagte er und legte einen Arm um sie. »Was machst du eigentlich beruflich, Scarab?«

»Ich kastriere«, sagte Scarab und schob seinen Arm weg, als wäre er ein dürrer Ast.

Angus versteifte sich, und dann vibrierte etwas an seinem Bein. »Du hast ein Handy«, sagte er erstaunt. »Warum, zum Teufel, hast du mir das nicht früher gesagt?«

»Das ist für den Notfall, weil ich Bereitschaftsdienst habe. Ich habe nicht die ganze Woche Urlaub machen können … Hallo?« Sie hörte aufmerksam zu, dann sagte sie: »Nein, du kannst ihm nicht die Hoden rasieren, du zupfst die Haare einzeln.«

Angus rutschte von ihr weg.

»Ja, genau. Einschnitt in den Sack, Hoden raus, Sack zunähen. Nein, du brauchst mich nicht dafür.« Sie lauschte, dann: »Na, bitte, es geht doch. Bye.«

Angus starrte sie ungläubig an.

»Ich bin Tierärztin, Angus«, sagte sie. »Gavin hat das Handy genehmigt, weil er weiß, dass ich nur in Notfällen angerufen werde. Nur bei exotischen Dinge muss ich raus.«

»Exotisch?«

»Eine afrikanische Kröte oder eine tasmanische Tarantel.«

Bevor Angus etwas sagen konnte, öffnete sich die Tür. Beide sprangen auf die Füße und hetzten die Treppe hoch.

Scarab war vor Angus da und stieß in der Tür mit Saul Slick zusammen. Plötzlich entstand ein Gewirr von Körpern, Saul trat zur Seite, und Scarab drängte sich an ihm vorbei. Saul verlor das Gleichgewicht, streckte die Hand aus, um sich irgendwo festzuhalten und fand die Tür, die sofort zuschwang, während er noch versuchte, sich auf den Beinen zu halten. Deutlich hörte man ein metallisches Klicken.

»Du Schwachkopf!«, brüllte Angus.

Saul sprang fast aus seiner Haut.

»Der Hinweis mit der Pyramide war ein roter Hering«, sagte Angus. »Du hast uns gerade zu weiteren zwei Stunden in diesem Verlies verurteilt.«

»Ich hasse diese Schatzsuche«, sagte Saul Slick aus vollem Herzen.

»Und warum packst du dann nicht deine Sachen und fährst nach Hause?«, fragte Angus wütend.

»Weil ich Ideen für meine neue Sitcom sammele. Bisher habe ich schon fünf neue Charaktere – Leute, die kein Mensch erfinden kann. Und außerdem zwei neue Handlungsstränge.«

Fee und Summers gingen zum dritten Mal in dieser Woche zu Rose.

»Ihr zwei Lieblinge!«, rief sie. »Kommt herein.« Sie ging vor, und diesmal wurden sie unten in ein überladenes Wohnzimmer gebeten. Samtvorhänge und ein Spiegel in einem reich verzierten vergoldeten Rahmen. Sie bedeutete Summers, Platz zu nehmen.

»Fee und ich müssen uns ein bisschen vorbereiten, Eric. Greif zu einer Zeitschrift, um dir die Zeit zu vertreiben. Ich rufe dich, wenn wir fertig sind.«

Summers warf Rose einen argwöhnischen Blick zu. »Ich hatte einen anstrengenden Morgen.«

Rose lachte. »Keine Sorge, Eric. Dein bestes Stück wird nicht noch einmal beansprucht.« Sie scheuchte Fee die Treppe hoch in das Zimmer neben dem Schlammbad. In der Mitte stand ein Bett mit Messingpfosten. Man sah nur die nackte Matratze. Glänzende rosa Metallketten befanden sich an den vier Pfosten, und am Ende der Ketten waren Handschellen angebracht. Eine Frisierkommode war mit Tuben und Tiegeln und Fläschchen bedeckt, und dann lagen da noch ein paar Dinge herum, die wie Datumsstempel und Stempelkissen aussahen.

»Diesmal musst du dich allein ausziehen«, sagte Rose. »Du bist doch nicht prüde?«

»Ich wäre auf dieser Schatzsuche nicht so weit gekommen, wenn ich prüde wäre«, sagte Fee und begann sich auszuziehen. »Was muss ich tun?«

»Ich fürchte, ich muss dich fesseln und knebeln.«

»He, nun warte mal …«

»Keine Sorge, meine Liebe, es geschieht nichts Böses. Wenn du fertig bist, wird Summers kommen und den Hinweis finden. Er ist ein kluger Kopf, der Gute, aber man braucht wirklich kein Genie zu sein, um diesmal auf den Hinweis zu stoßen. Aber zuerst muss ich dir einen Knebel in den Mund stopfen.«

Der Knebel war aus schwarzem Latex gefertigt, glatt wie Haut, und er war längst nicht so unangenehm, wie Fee befürchtet hatte. Im Gegenteil, es fühlte sich sinnlich an, das Ding im Mund zu spüren.

»So, jetzt legst du dich auf den Rücken, bitte.«

Rose fesselte erst Fees Handgelenke, dann die Fußgelenke. Sie zog an den Ketten. Bequem genug, aber zu stramm, um sie zu lösen. »Also«, fuhr Rose fort. »Ich habe hier ein paar Stempel, die ich dir über die Brüste rolle. Nach ein paar Tagen lassen sie sich abwaschen.«

Sie rollte den Stempel über die Unterseite von Fees Brüsten, dicht an den Warzen. Selbst wenn Fee den Hals verrenkte, konnte sie nicht lesen, was da stand.

»Jetzt komme ich zu Erics Nachtisch«, sagte Rose, öffnete ein Glas mit Schokoladenfarbe, und begab sich an die Arbeit. Sie malte ihr mit der Körperfarbe einen Bikini. Sie trug die Schokolade dünn auf. »Es gibt kein Waschbecken in diesem Zimmer, kein Handtuch, kein Papiertuch. Nicht einmal ein Betttuch. Es gibt keine andere Möglichkeit, die Schokolade zu entfernen, als sie abzuschlecken. So, fertig. Ich hole Eric.«

Nicht schlecht, dachte Fee. Der letzte Hinweis erforderte den Orgasmus des Mannes, und diesmal soll die Partnerin zu ihrem Vergnügen kommen. Hoffentlich mag Summers Schokolade.

Er betrat zögernd das Zimmer. Rose schloss die Tür hinter ihm ab.

»Sie ist so gewissenhaft«, sagte er ironisch, stand einen Moment da und musterte Fee vom Kopf bis zu den Zehen. »Ich verstehe«, sagte er schließlich. »So ähnlich habe ich es mir vorgestellt. Aber wo steckt der

Hinweis?« Sein Blick tastete wieder ihren Körper ab. »Du kannst zwinkern?«

Sie zwinkerte.

»Einmal für ja, zweimal für nein. Befindet sich der Hinweis unterhalb der Gürtellinie?«

Zweimal zwinkern.

»Brüste?«

Einmal.

»Okay«, sagte er, zog sich aus und legte die Kleider ordentlich auf den Boden.

Entweder will er sich nicht mit Schokolade bekleckern, dachte Fee, oder er hat sich aus Solidarität ausgezogen.

»Links oder rechts?«

Beide. Fee zwinkerte dreimal.

»Also beide.« Er legte sich neben sie aufs Bett und streckte die Zunge aus. »Mm«, machte er, »nicht schlecht.«

Er begann die Schokolade abzulecken. Der Rhythmus seiner Zunge hatte eine hypnotische Wirkung auf Fee, sie schloss die Augen und entspannte sich. Je näher er zum Nippel leckte, desto mehr spürte sie ein Erwachen ihrer Erregung. Das Kribbeln verstärkte sich, und bald spürte sie es auch im Schoß. Er leckte jetzt mit langen Strichen der Zunge über die Unterseite einer Brust, und Fees Klitoris reagierte begeistert. Jetzt leckte er auch da, wo keine Schokolade mehr war, wenn er spürte, wie sie sich vor Lust wand.

Er macht das wunderbar, dachte Fee, er weiß, was ich will, noch bevor ich es selbst weiß. Als wollte er das bestätigen, stieß die Zungenspitze gegen ihren Nippel. Ihr ganzer Körper geriet in Zuckungen, und ihre Handgelenke zurrten schmerzvoll an den Ketten.

»Entschuldige«, sagte er, hörte auf zu lecken und

betrachtete die Brust. »Da steht was. *Neugierig? Bei Tania, 9.30.* Hm, viel ist das nicht. Steht auf der anderen Brust auch noch was?«

Einmal zwinkern.

»Okay, auf geht's.« Er begann mit der rechten Brust und behandelte sie genau so intensiv wie die linke. Jetzt wusste Fee, was sie zu erwarten hatte, was sie noch mehr erregte. Sein Atem koste ihre klamme Haut, und die Zunge wirbelte wieder auf der Unterseite. Der Nippel vibrierte schon in Vorfreude. Als er ihn schließlich sanft in den Mund nahm, ging sie fast wieder die Wände hoch.

Er saugte den Nippel in den Mund und strich mit der Zunge darüber. Zuerst sehr zart, dann fester. Fee versuchte, die Schenkel zusammenzupressen, aber die Ketten ließen das nicht zu. Sie hörte sich durch den Knebel stöhnen.

Dann schob Summers – Gentleman, der er war – sein Knie zwischen ihre Schenkel. Sie rieb sich an ihm, und das war es, was sie zum Orgasmus brachte. Es war ein seltsamer Höhepunkt, eine lyrische Reise durch ihren Körper, aber danach fühlte sie sich wunderbar. Sie wusste, dass sie lächelte; sie fühlte sich schwerelos und glücklich und entspannt.

»Ich habe auch den zweiten Teil des Hinweises«, sagte er. »Ich rufe Rose, dann kannst du den Rest unter der Dusche abwaschen.«

Dreizehntes Kapitel

»Immer noch eine Stunde«, sagte Scarab. Sie saß zitternd auf dem Sofa im Keller.

»Hier«, sagte Saul Slick galant, »nimm mein Jackett.«

»Wie freundlich.« Scarab zog es an und schlang es fest um ihren Oberkörper. Angus hatte ihr sein Jackett nicht angeboten.

Ein Klicken, dann öffnete sich wieder die Tür. Angus sprang auf und hetzte die Treppe hoch. Sein verzweifeltes »Nein!« fiel zusammen mit dem zweiten Klicken, das die Tür wieder verschloss.

»Habe ich was Dummes getan?«, fragte Arnold und zupfte nervös an den Enden seines Schnurrbarts.

»Du gehirnkranker alter Narr!«, brüllte Angus. »Du hast uns für zweit weitere Stunden hier eingekerkert.«

»Ein Narr mag ich wohl sein, aber gehirnkrank bin ich ganz gewiss nicht«, gab Arnold gelassen zurück.

Niemand sagte etwas. Das Schweigen wurde immer drückender. Der Geruch von Moder lastete in der Luft, und jetzt konnten sie auch das leise Klicken des Zeitschlosses hören.

Arnold verzog nach einer Weile sein Gesicht. »Mein Gehirn spielt noch mit«, sagte er, »aber meine Blase nicht.«

»Nebenan steht ein Abfalleimer«, sagte Scarab. »Den haben wir dafür benutzt.«

»Geht es dir wieder besser?«, fragte Beatrice.

William nickte. »Allmählich.« Er hatte die ganze Schokolade abgeleckt, bevor er auf die Hinweise gestoßen war.

Beatrice war verärgert gewesen – er hätte sie nur zu fragen brauchen, wo der Hinweis versteckt war, dann hätte sie es ihm mit den Augen sagen können. Aber daran hatte er offenbar gar nicht gedacht, er hatte sich sofort auf das Schokoladenhöschen gestürzt, weil er annahm, dort hätte Rose den Hinweis versteckt. Beatrice hatte es sehr genossen, aber als er sich danach übergeben hatte, hatte sie sich genauso schlecht gefühlt wie er.

William las wieder den Hinweis. »*Neugierig? Bei Tania, 9.30.*« Er sah auf. »Kurz und bündig, was?«

»Nun, viel mehr Platz war an dieser Stelle auch nicht«, gab Beatrice zurück. Sie schnipste mit den Fingern. »Karte.«

William reichte ihr die Landkarte, und er nahm sich den zweiten Teil des Hinweises vor. »*Wenn ihr es schafft, erhaltet ihr den letzten Fingerzeig.*« Er sah zu Beatrice. »Ist das echt oder ein roter Hering?«

»Echt«, entschied sie. »Heute ist Samstag, morgen fahren wir alle nach Hause. *Neugierig* deutet auf ein Anagramm hin.« Sie fuhr mit dem Finger über die Karte. »Ich hab's. Da gibt es einen Laden, der sich *Anita* nennt. Aber hier steht nicht, was das ist. Vielleicht ein Restaurant?«

»Dann fahren wir hin.«

Beatrice stimmte zu. »Aber 9.30 muss auch eine Bedeutung haben. Heute Abend brauchen wir nicht zum Abendessen im Haus zu sein. Wenn uns Anita zum letzten Hinweis führt, findet dort vielleicht eine Feier statt. Für die Leute, die das Ziel erreicht haben.«

»Leute? Ich denke, wir liegen vorn.«

»Ja, das glaube ich auch. Jedenfalls waren wir die ersten mit der Schokolade. Aber es kann sein, dass andere uns auf den Fersen sind.«

Sie fuhren in die Stadt, um sich Anita anzusehen. Das Haus lag in einer kleinen Gasse, die für den Durchgangsverkehr gesperrt war. William parkte in der Nähe. Beatrices hohe Absätze klackten laut auf dem Kopfsteinpflaster der Gasse. Die Häuser wurden teils privat genutzt, teils waren Büro in ihnen untergebracht, und dazwischen gab es kuriose Geschäfte wie einen koreanischen Supermarkt oder einen Laden, der sich auf die Einfuhr von Gummiprodukten spezialisiert hatte. Schließlich fanden sie auch Anita, obwohl in dem Namen ein paar Buchstaben fehlten, so stand nur noch *nit* auf dem Schild. Vor den Fenstern waren die Rollläden geschlossen. William drückte auf die Klingel an einer Seitentür, aber darauf reagierte niemand.

»An der Hausseite läuft ein Weg vorbei«, sagte Beatrice. »Ich will mir mal die Mülltonnen ansehen, daraus können wir vielleicht schließen, was für ein Geschäft es ist.«

»Nachfolgerin des Hercule Poirot, was?«, sagte William grinsend.

»Ja«, antwortete Beatrice. »Vielleicht kannst du mir erklären, wie Alfred Hicks' Katalog in deine Hände geraten ist.«

William wurde weiß.

»Es gibt nur eine Erklärung«, fuhr Beatrice fort. »Du bist für den Raub bei Hicks verantwortlich. Ich habe einige Erkundungen eingezogen, und in der Zeitung habe ich gelesen, dass die Versicherung die Sicherheitsfirma verklagt.«

»Nun warte mal …«

»Kein Grund zur Beunruhigung«, unterbrach sie ihn. »Ich klage dich nicht an. Dafür vergnüge ich mich viel zu sehr mit dir. Ich entdecke eine ruchlose Seite meiner Persönlichkeit, eine Seite, von deren Existenz ich bisher nichts ahnte.«

Sie erreichten das Ende des Seitenwegs und standen vor einer Reihe von Müllcontainern, die für Gewerbebetriebe gedacht waren. Auf jeder stand der Name Benutzers.

»Es ist nicht so, wie du denkst«, sagte William. »Hicks hat mich bezahlt, um den Raub zu inszenieren, damit er die Summe von der Versicherung erhielt. Die meisten Stücke hatte er schon vorher verkauft – das hatte er mit Angus geregelt, der in diesem Gewerbe arbeitet. Aber diese beiden Statuetten waren nur schwer an den Mann zu bringen. Als ich von dieser Schatzsuche hörte, wusste ich genau, was der Preis war. Ein seltsamer Kauz, dieser Hicks, mit einem verdrehten Sinn für Humor.«

»Ich habe ihn einmal kennen gelernt«, sagte Beatrice. »Er hat die meiste Zeit versucht, unter meinen Rock zu schauen. Teilst du dir den Schatz mit Angus?« Als William nicht sofort antwortete, sagte Beatrice: »Du willst ihn hinters Licht führen, nicht wahr? Du hast schon einen Käufer für die Statuetten, sonst bräuchtest du nämlich Angus' Hilfe. Und welche Rolle spiele ich in deinem Spiel? Wahrscheinlich gar keine, was?«

»Im Gegenteil«, sagte William. »Wir haben keine Ahnung, wie schwer der letzte Teil sein wird, und ich brauche dich dafür. Und du brauchst mich.« Er packte ihre Haare, zog sie an sich und küsste sie mit leichter Brutalität auf den Mund.

Beatrice empfand einen vertraut gewordenen Anflug von Lust. Trotzdem gelang es ihr, ihn von sich zu schieben. »Halbe-halbe?«

»Sechzig-vierzig. Das ist immer noch ein dicker Batzen.«

»Einverstanden.« Sie glaubte ihm kein Wort.

»Da ist der Container für Anita«, sagte William und blickte über Beatrices Schulter.

Sie wühlten in Anitas Müll. Viele leere Flaschen, zerrissene Kartons, Zellophan. Zerbrochene Glühlampen, Plastiktüten, aufgerissene Umschläge. Einen Umschlag steckte Beatrice in ihre Tasche. Er stammte von einem Anbieter von Zubehör für Fesselspiele. Kordeln, Klebstreifen, Augenbinden.

»Ah«, rief William und zog ein Bündel fotokopierter Werbezettel heraus. Er glättete einen Zettel und las.

Samstagabend bei Anita – die Nacht, in der jeder kommt. Lapdance, Strip, Sex auf der Bühne. Lassen Sie sich überraschen von Anna und ihrer Anakonda, lassen Sie sich von Hank und seiner Harley Davidson in Angst und Schrecken jagen. Neun Uhr dreißig, nur für Mitglieder.

»Wenn ihr es schafft, erhaltet ihr den letzten Fingerzeig«, zitierte Beatrice.

»Es passt alles zusammen«, fand William. »Heute Abend gibt es keine befristete Zeit.«

»Der Laden öffnete erst am Abend«, sagte Beatrice. »Warum fahren wir nicht zurück? Vielleicht können wir dem einen oder anderen noch ein paar Knüppel zwischen die Beine werfen.«

William sah sie fast bewundernd an.

Rachel und Peverall erlebten einen großartigen Tag. Peverall löste den Hinweis mit den Mantis fast im Handumdrehen, er schien eine Menge über Entomologie zu wissen. Ohne es zu wissen, gelang es ihnen, den roten Hering im Keller zu meiden, und fuhren gleich zur Maitland Clinic. Peverall lieferte seine Spende in Rekordzeit ab, wobei Rachel ihm ein wenig behilflich war, und den neuen Hinweis löste er noch an Ort und Stelle. Rachel war beeindruckt, dass er wusste, wie hoch der Stellenwert von Schokolade im Leben einer Frau war.

Noch aus der Klinik rief er Rose an. Er gewann einen Freund fürs Leben, als er Maurice Bigelow ein Naturmittel gegen sein blaues Auge verriet.

»Darling«, sagte Rose, »ich kann dich um vier einschieben. Ich versuche, meine Lieblinge immer dazwischen zu schieben, wenn es geht.«

»Danke, Rose. Es erhellt mein Leben, wenn ich dich sehe.«

»Deine Rachel weiß gar nicht, was sie an dir hat«, sagte Rose. »Gib sie mir mal.«

Rachel nahm den Hörer.

»Wenn du diesen Mann nicht heiratest, wirst du es ein Leben lang bereuen.«

Die Leitung war tot. Rachel sah Peverall an. Hatte er gehört, was Rose gesagt hatte? In seinem Gesicht war nichts zu lesen.

»Ich glaube wirklich«, sagte Grace zu Graham Steel, während sie in Roses Wohnzimmer saßen, »dass es entschieden zu weit geht, mich in meinem Alter mit Schokolade bestreichen zu lassen.«

»Es fehlen uns höchstens noch zwei Hinweise«,

sagte Graham. »Wir haben es bald geschafft. Und die Sache in der Maitland Clinic habe ich allein erledigt.«

»Tut mir Leid«, sagte Grace, »aber hier ziehe ich die Grenze. Wahrscheinlich ist es sowieso nur Johannisbrot, denn echte Schokolade wäre viel zu teuer. Es muss einen Ausweg geben. Hicks war immer fair.«

Rose steckte den Kopf durch die Tür. »Fertig?«

»Ich fürchte nein«, antwortete Grace. »Ich bin dreiundsiebzig, und irgendwo gibt es Grenzen.«

»Nun, du hast dir wenigstens die Mühe gemacht, herzukommen und es mir persönlich zu sagen«, meinte Rose. »Deshalb gibt es keine Strafe. Komm, Graham, du kannst Inga haben.«

Inga stellte sich als aufblasbare Blondine heraus. Graham benötigte eine halbe Stunde, ehe er die Hinweise blank geleckt hatte. Als er zu Grace ins Wohnzimmer trat, hatte er den Hinweis auf Ingas lachsfarbenen Brüsten schon gelöst. Auf dem Nachhauseweg hielt er vor der Gasse an, die zu Anita führte. Er ließ Grace im Auto sitzen.

Er klingelte. Keine Antwort. Kein Briefschlitz, durch den er einen Blick ins Innere hätte werfen können. Er ging den Seitenweg entlang und sah vor den Müllcontainern einen lila Zettel auf dem Boden liegen. Er hob ihn auf, las den Text und ging zum Auto.

»Was ist das für ein Laden?«, fragte Grace.

»Eine Strip-Bar.«

»Ich hätte es mir denken können. Heute Abend brauchst du auch nicht mit mir zu rechnen.«

»Schon gut«, sagte Graham. »Ich habe Verständnis dafür.«

»*Nit?*«, fragte Fee stirnrunzelnd.

»Das erste und letzte A fehlen«, sagte Summers. Er klingelte an der Seitentür. Nach einiger Zeit hörten sie schlurfende Schritte. Zwei Riegel wurden zurückgezogen, dann wurde ein Schlüssel im Schloss gedreht. Die Tür öffnete sich, und ein großer, hagerer Mann mit schlohweißen Haaren stand da und sah Fee und Summers überrascht an.

»Ich dachte, ihr seid der Tierarzt.«

»Wieso denn?«, fragte Summers. »Was habt ihr denn da drinnen?«

»Die Schlange hat Schwierigkeiten mit dem Häuten«, sagte er. »Ich habe ihr gesagt, sie soll eine Python auswählen. Eine Anakonda lebt halb im Wasser. Eine Badewanne ist kein Ersatz für den Amazonas, auch wenn sie ein Jacuzzi hat.«

Fee versuchte, ein ernstes Gesicht zu behalten, aber daran scheiterte sie und versteckte ihren Lachanfall durch heftiges Husten.

»Anna und ihre Anakonda haben eine große Anziehung«, sagte der Mann verärgert. »Da gibt es nichts zu lachen. Stripper gibt es wie Sand am Meer, aber eine Schlange mit einer professionellen Darbietung ist schwer zu finden.«

»Was wird denn hier heute Abend sonst noch geboten?«, fragte Summers.

»Sind Sie ein Reporter?«

»Nein«, gab Summers zu, »wir jagen einen Schatz.«

»Ach so, ja«, erwiderte der Mann. »Dann kommen Sie heute Abend um halb zehn. Sagen Sie ihnen, Little Trevor hätte gesagt, man soll euch reinlassen.«

Little Trevor?, dachte Fee. Der ist bestimmt einsachtzig.

»Mitgliedschaften werden genau überprüft und

unterliegen strengen Regeln«, fuhr er fort. »Wir haben ein paar kräftige Türsteher, die sich für die Einhaltung der Regeln stark machen.«

»Und ist auch vorgesehen, dass das Publikum an der Show teilnimmt?«, wollte Summers wissen.

»Also, das ist scharf. Ihr bekommt freien Eintritt in den besten Sexclub diesseits von Amsterdam und wollt wissen, was es für das Geld gibt, das ihr nicht bezahlt habt?«

»Ich will nur wissen, auf was ich mich einstellen muss«, wehrte sich Summers.

»Nun, es wird eine Überraschung werden«, sagte der Mann, trat auf die schmale Straße und schaute nach rechts und nach links. »Wo bleibt nur der verdammte Tierarzt?«

Beatrice erzählte William, was sie an der versteckten Kellertür im Flur gehört hatte.

William fand die Vorstellung eines Zeitschlosses höchst amüsant. »Ob jetzt auch jemand im Keller hockt?«

»Wieso? Willst du sie befreien?«

»Natürlich nicht. Aber wir könnten noch ein paar Leute mehr auf die Tür aufmerksam machen.«

Sie gingen in die Bibliothek, wo Elsie und Joan saßen. Die beiden Frauen blickten auf. »Habt ihr Arnold irgendwo gesehen?«, fragte Elsie. »Er ist seit über einer Stunde verschwunden.«

»Saul auch«, sagte Joan.

»Ich glaube, ich weiß genau, wo ihr sie finden könnt«, sagte William. Er beschrieb die Tür zur Kellertreppe. Sie bedankten sich und liefen hinaus.

William und Beatrice grinsten sich an.

»Ich werde euch ein paar Tränen nachweinen«, sagte Rose, als sie Peverall und Rose zur Tür brachte. »Hat dir die Schokolade geschmeckt?«

»Samtene cremige Masse mit einem Hauch von Armagnac«, sagte Peverall. »Aus Belgien?«

»Du bist ein Mann von Welt, Peverall. Wäre ich zwanzig Jahre jünger, würde ich dich nehmen.«

Peverall grinste. Als er die Haustür öffnete, schaute Rose auf Rachels Ringfinger.

»Ich denke darüber nach«, sagte Rachel leise.

Sie stiegen in den Mercedes und breiteten die Karte aus, studierten wieder den Hinweis. »Da ist Anita«, sagte Peverall. »Komm, das sehen wir uns mal an.«

Sie parkten und gingen über die Pflastersteine der schmalen Gasse. Peverall drückte auf die Klingel. Die Tür wurde ziemlich schnell geöffnet, und ein hagerer Mann mit weißen Haaren sah sie entgeistert an.

»Verdammt, wie oft denn noch?«

Peverall hob die Brauen. »Wie, bitte?«

»Ich dachte, es wäre der Tierarzt.«

»Wer hat denn ein Problem?«

»Es ist Sammy. Sie ist noch ein Baby.«

»Ein Baby von was?«

»Anakonda. Sie hat Probleme, sich zu häuten.«

»Das sehen wir uns mal an«, sagte Peverall, und bevor Rachel begriff, was geschah, war er schon die Treppe hinaufgegangen. Er zog sie mit und blieb vor einem großen Wasserbecken stehen. Peverall redete mit Anna über Thermorezeptoren und Jacobsons Organen. Sie hatte große Brüste und die Tätowierung einer Schlange auf dem Unterarm. Dann, fast wie ein Wunder, löste sich das Problem; Sammy rutschte durchs Wasser, wand sich hin und her und ließ ihre Hülle zurück, die einmal ihr Mantel gewesen war.

Plötzlich stand Scarab da.

»Mit dir habe ich nicht gerechnet«, sagte Peverall.

»Ich auch nicht mit dir. Was tust du hier? Bist du hinter einem Hinweis her?«

»Du nicht?«

»Nein«, antwortete Scarab, »ich bin die Tierärztin.« Sie ging zu Sammy und untersuchte sie. Das gefiel Sammy nicht, sie wand sich beinahe Knoten in ihren langen Leib. »Du bist so ein Feigling«, sagte Scarab zu Sammy. »Vor sechs Monaten habe ich dir eine Spritze gegeben, und du hast sie mir immer noch nicht verziehen.«

»Halb zehn«, sagte Little Trevor zu Peverall, »dann müsst ihr zurückkommen. Ihr seid das zweite Paar der Schatzsucher.«

»Das zweite? Wer war denn das erste?«, wollte Peverall wissen.

»Hübsche Frau, schwarze Haare, blasse Haut. Und ein hellhäutiger, fast unscheinbarer Mann. Richtig, er wollte wissen, worauf er sich heute Abend einlässt.«

»Eric«, sagte Rachel. »Was haben Sie ihm gesagt?«

»Nichts.« Little Trevor warf einen Blick auf die Wanduhr. Die Achse der Zeiger stellten den Kopf und Körper einer Frau dar, die Zeiger waren die Beine. Im Augenblick sah sie fast normal aus, denn die Uhr zeigte zwanzig vor sechs, aber gegen Mitternacht würde sie sich ziemlich verrenken müssen.

»Wenn ich an eurer Stelle wäre«, sagte er, »würde ich mich ins Bett legen, um Schlaf vorzuholen. Ihr werdet es brauchen ...« Er brach ab. »Ich darf nichts sagen.«

»Ist auch nicht nötig«, warf Scarab ein. »Wir sehen uns um halb zehn.«

So ein Glück müsste man haben, dachte Rachel. Sie

erhält den vorletzten Hinweis durch Zufall. Das heißt, heute Abend wird auch Angus hier sein. Oh, Gott.

Um sechs Uhr öffnete Gavin Smythe die Kellertür. Angus war zuerst auf der Treppe.

»Ihr braucht euch nicht zu beeilen, ich werde die Tür nicht wieder abschließen«, sagte Gavin. »In einer halben Stunde gibt es Abendessen.« Er stand an der Seite und sah, wie die Eingesperrten nacheinander herauskamen, Saul Slick und Joan, Jennifer, Martin, Heather, Patrick, Rodney, Arnold und Elsie. Elsie verschwand hastig in Richtung Toilette.

»Heute Abend bleiben alle Zimmer offen«, verkündete Gavin. »Die ganze Nacht lang.«

Arnold begab sich wieder auf Zimmer sieben und sah sich den Film über die Mantis an. Als er hinausging, warteten Angus, Rodney und Jennifer vor der Tür.

Beim Essen ging es lebendig zu. Alle waren da. Eric und Fee saßen neben Rachel und Peverall und hatten viel zu lachen, als sie einige Erlebnisse wiedergaben, die ihnen in dieser Woche widerfahren waren.

»Ich soll einen Bericht für ein Rätselmagazin schreiben«, sagte Summers. »Aber ich glaube, ich sollte darauf verzichten. Wie soll ich die einzelnen Aufgaben umschreiben?«

»Ein Füllhorn der Fleischlichkeit«, sagte Peverall.

Rachel sah auf Summers' weißes Hemd. »Donnert ihr zwei euch heute Abend auf? Ich finde, das sollte man tun, um in die richtige Stimmung zu kommen.«

Fee sah Peverall an, dann Rachel und zurück zu

Peverall. Alles, was er bisher getragen hatte, war trist senffarben gewesen.

»Wir waren einkaufen«, teilte Rachel mit. »Die neuen Sachen hat er bisher noch nicht getragen, aber heute Abend wird er sich in Schale werfen. Er wird großartig aussehen.«

»Du auch«, sagte Peverall.

Rachel strahlte. »Er hat mir ein ganz besonderes Kleid gekauft. Ich werde euch alle überraschen.«

Fee würde improvisieren müssen. Die meisten ihrer Kleider hatte sie in Second Hand Shops gekauft; sie hatte ein Auge für Designerklamotten. Schwierig war es nur, die passenden Accessoires zu finden. Sie hatte nie das Geld gehabt, sich einmal von Kopf bis Fuß einzukleiden. Aber heute Abend wollte sie sich auch aufdonnern, wie Rachel gesagt hatte. Sie sah Summers fragend an.

»Ich trage das, was ich immer trage – Designeranzug von Signore Anonym.«

»Ich könnte dir ein Hemd von mir geben«, sagte Fee. »Ich habe ein hübsches weites Hemd in Türkis.«

»Ich würde nie Türkis tragen.«

»Warum nicht?«

»Das ist eine Tertiärfarbe, und ich trage so was nicht.«

»Komm, wir gehen«, sagte Rachel zu Peverall.

Als sie allein waren, sagte Fee: »Ich habe auch andere Hemden.«

»Ja, gut.«

»Du wirfst dich in Schale?«

»Ja, aber Zinnoberrot ziehe ich nicht an.«

»Mal sehen, was sich machen lässt.«

Peverall und Rachel standen gemeinsam unter der Dusche und schäumten sich gegenseitig ein. Rachel wusste genau, wo und wie sie ihn anfassen musste – noch nie war ihr der Körper eines Mannes so schnell vertraut geworden. Und Peverall? Nun, für jemanden, der so wenig erfahren war, hatte er wahnsinnig viel in diesen wenigen Tagen gelernt. Sie schmolz dahin, wenn er sie mit diesem Ich-weiß-wie-ich-dich-zum-Orgasmus-bringen-kann-Blick ansah.

Er rieb mit dem Fuß über ihre Kniekehle, während er mit einer Hand ihre Spalte einschäumte und sich mit der anderen Hand an der Fliesenwand festhielt. Rachel schloss die Augen und ließ sich gehen. Seine glitschigen Finger kreisten und rieben, und sein Mund drückte kleine leichte Küsse in ihren Nacken.

Sie spürte seine Erektion mal am Schenkel, mal am Bauch. Hart, warm und dick. Er wusch behutsam ihre Brüste und saugte eine Warze in ihren Mund, und die ganze Zeit prasselte das Wasser auf sie.

Er ist potent, er ist einfallsreich, rücksichtsvoll. Warum zögere ich noch? Wenn ich ihm sagte, dass ich ihn liebe, würde er mir sofort einen Heiratsantrag machen. Mit Wein und Rosen und auf den Knien. Oder er würde mich auf den Eiffelturm bringen, um mir dort den Antrag zu machen. Ich kann mir nicht vorstellen, seiner jemals überdrüssig zu sein.

Er strich mit den Fingern über ihr Gesicht. »Woran denkst du?«

»Welche Farbe hatte dein Haar? Deine Wimpern sind blond, deine Brauen auch. Aber überall sonst bist du mehr rot als blond.« Sie glitt mit einer Hand über seinen Schaft und in den Busch rötlicher Haare.

»Meine Haarfarbe war wie deine«, sagte er. »Rot.« Am liebsten hätte er noch hinzugefügt, dass ihre

Kinder auch rote Haare haben würden, aber er lächelte nur und küsste sie. Er stellte sich vor sie, und dann spürte sie seine Erektion zwischen ihren Schenkeln.

»Ich bin viel größer als du«, sagte er. »Im Stehen haben wir Mühe.«

Es war genug Platz da, dass Rachel auf alle viere gehen konnte. Er drang von hinten in sie ein, und während das Wasser immer noch auf sie prasselte, spürte Rachel schon nach wenigen Schüben seiner harten Erektion, dass es ihr bald kommen würde. Ihre Muskeln zogen sich um seinen Schaft zusammen, und Peverall wurde vom Orgasmus fast so überrascht wie Rachel.

Sie zog purpurfarbene Strapse an und Seidenstrümpfe. Peverall saß in Boxershorts im Sessel und schaute ihr zu, wie sie den purpurnen Büstenhalter anzog und dann das dazu passende Höschen. Sie sah wie ein Model für exklusive Wäsche aus, die roten Haare fielen ihr auf die Schultern, die langen Beine glatt und unbehaart, die Lippen voll und rot.

Peverall schmachtete sie bewundernd an, und Rachel spürte, wie eine wohlige Wärme in ihr aufstieg. Ihr Kleid war silbern mit einem tiefen V-Ausschnitt. Wenn sie sich bewegte, glitzerte der Stoff. Er schmiegte sich eng an ihren Körper. Auf einer Seite klaffte ein Schlitz bis zum Strumpfrand. Sie brauchte keinen Schmuck, das Kleid selbst war Schmuckstück genug, schlicht im Schnitt, klassisch und sexy.

Fee wühlte sich durch den Inhalt des Kleiderschranks und fühlte sich niedergeschlagen. Nichts sprang sie an. Vielleicht das rote Samttop, das ihren Busen so angenehm umschmiegte. Sie probierte es an. Dann erinnerte sie sich an die enge schwarze Hose. Ja, mit hohen Absätzen wäre das eine Möglichkeit.

Es klopfte an ihre Tür. Summers holt sein Hemd ab, dachte sie und öffnete lächelnd. Graham Steel stand da.

»Wir haben uns längere Zeit nicht gesehen«, sagte er.

»Ja, stimmt.«

»Darf ich hereinkommen?«

Fee hob die Schultern. Wenn es sein muss, sollte das heißen.

Er sah ihre Vorbereitungen. »Gehst du noch aus?«

Sie hob wieder die Schultern.

»Ich weiß, wohin du gehst«, sagte er. »Anita, neun Uhr dreißig.« Er warf einen Blick auf seine Uhr. »Hör zu, Grace reist ab. Ihr Taxi trifft jede Minute hier ein. Ich habe das Gefühl, dass man den Hinweis, um den es heute Abend geht, nur zu zweit erlangen kann. Zwei Menschen, die wissen, dass sie es gut miteinander können. Wir hatten schon alles andere – Nacktheit, Masturbation, Oralsex. Es fehlt nur noch eine Aktivität – und willst du die mit Summers machen?«

Fee zuckte zusammen. Sie hatte noch gar nicht daran gedacht, was heute Abend bei Anita abgehen könnte. »Was schlägst du vor?«

»Dass du Summers in die Wüste schickst und mit mir ein Team bildest.«

Es klopfte wieder an die Tür, und diesmal war es Summers. »Mein Partner«, sagte Fee lächelnd zu Graham. »Ich muss dich jetzt bitten zu gehen, wir haben noch ein paar Dinge zu klären.«

Graham bedachte sie mit einem giftigen Blick und ging.

Fee gab Summers ein blaues Hemd. Es war ein bisschen mehr Farbe, als er gewöhnlich trug, aber sehr groß war der Unterschied nicht. »Ah, jetzt fällt es mir ein«, sagte sie. »Eine Weste. Ich habe eine mitgebracht.« Sie holte eine schwarze Samtweste mit einem Rückenteil aus Seide aus dem Schrank.

»Damit sehe ich wie ein Maulwurf aus«, sagte er verdrießlich, aber er zog sie an, und sie passte, wenn er sie nicht zuknöpfte.

»Eric«, sagte Fee, »hast du eine Ahnung, was wir heute Abend tun müssen, um den letzten Hinweis zu erarbeiten?« Er sah sie verdutzt an und wusste nicht warum. Dann fiel es ihr ein – sie hatte ihn Eric genannt.

»Keine Ahnung.«

»Graham wird auch da sein. Er ist so weit wie wir.«

»Ich nehme an, er hat gefragt, ob du seine Partnerin sein willst. Ich sah, wie Grace in ein Taxi stieg. Sie hatte ihren Koffer dabei.«

»Ja.«

»Und?«

»Kein Interesse.«

Er lächelte. »Es ist Zeit, dass wir gehen.«

Sie gingen hinunter. Fee bemerkte, dass sie sich alles einprägte. Wie ein zum Tode Verurteilter auf seinem letzten Gang. Sie war noch nie in einem so luxuriösen Haus gewesen und würde vielleicht auch nie wieder so exklusiv wohnen. Die Ölgemälde an den Wänden, der tiefe Teppich, die wertvollen Vasen in den Alkoven. »Seltsam, nicht wahr?«, sagte sie. »Morgen Abend wird mir das wie ein Traum vorkommen, dann bin ich wieder zu Hause.«

»Wo ist dein Zuhause?«

»Eine kleine Wohnung über dem Blumengeschäft in Reading. Schiefe Bücherregale und eine zinnoberrote

Tapete.« Sie grinste, als sie seinen erschrockenen Ausdruck sah. »War nur ein Scherz, das Zinnoberrot. Und du?«

»Ich habe ein Stadthaus, gebaut von Mr. Anonym, der auch meine Designeranzüge entwirft. Zu viele Regale, so dass man die Tapete gar nicht sehen kann.«

Sie fuhren in die Stadt und parkten, wo sie am Nachmittag auch schon das Auto abgestellt hatten. Der Geräuschpegel schwoll an, als sie sich dem Club näherten. Auch andere Läden und Kneipen hatten jetzt geöffnet. Es roch nach Curry. Zwei Türsteher mit versteinerten Gesichtern bewachten den Eingang von Anita's.

Summers räusperte sich. »Wir gehören zur Schatzsuche. Little Trevor sagt, wir könnten rein.«

»Du und fünf Millionen andere. Wo ist deine Mitgliedskarte?«

»Wir sind keine Mitglieder«, sagte Summers.

»Wollt ihr euch dann bitte verpissen?«

»Können wir mit Trevor sprechen?«

»Ja, richtig«, rief Peverall von hinten. Er und Rachel standen auch da.

»Und du hast auch keine Karte, was?«

»Nein, aber zweimal negativ …«

»Himmel, lass sie rein, Ronnie«, sagte Anna, die in der Tür stand. »Er ist der Mann, der Sammy gesund gemacht hat.«

»Ach so«, meinte Ronnie, und die vier spazierten an ihm vorbei.

Vierzehntes Kapitel

Bei Anita wurde es rasch voll. Sie setzten sich an einen Tisch in der Ecke, und Fee beschloss, einen Cocktail zu probieren. Sie hatten Namen, die sie noch nie gehört hatte – *Sex on the Beach, A long slow screw, Three in a Bed und Sixty Nine.* Rachel sah absolut wunderbar aus und glänzte auf jede mögliche Art. Selbst Peverall sah ungewöhnlich präsentabel aus – wie ein gewandter, gebildeter Gangster. Bis er lächelte.

Summers stieß Fee an und blickte zum Eingang. Graham Steel kam gerade herein, er sah sich um, nickte ihnen kurz zu und nahm dann an der Bar Platz. Eine Frau in einem schwarzen Mieder kümmerte sich sofort um ihn, während eine Fünf-Mann-Band auf die Bühne ging, die Instrumente stimmte und leisen Hintergrundschmalz verbreitete.

»Komm«, sagte Rachel, »tanzen wir.«

Peverall sah verängstigt drein, aber Rachel zog ihn an der Hand vom Sitz und legte dann ihre Arme um seinen Nacken. Sie schmiegten sich wiegend aneinander, als hätten sie seit Jahren nichts anderes getan.

Dann trafen William, Beatrice, Angus und Scarab ein.

»Ziemlich viele haben es bis hierhin geschafft«, sagte Summers.

Die Lichter wurden gedämpft, und ein Conférencier sagte den ersten Auftritt an. Die Band spielte eine typische Stripper-Musik, dann trat eine Frau in einem langen Abendkleid und einer Boa auf die Bühne. Was sie brachte und zeigte, war guter Standard, und als sie sich aus dem Kleid geschlängelt hatte, ließ sie die Boa über die Brüste und zwischen die Schenkel gleiten. Sie spielte ihre Erregung recht überzeugend und zupfte immer mehr von der Boa ab, so dass sie zum Schluss nackt war.

Der Conférencier erzählte ein paar Witze, dann kündigte er Hank an und erheischte Vorab-Applaus für ihn.

Der Applaus war immer dünner, bis er ganz verebbte, weil sich auf der Bühne nichts tat. Erst nach fünf Minuten gab es ein Aufröhren, und ein Rauchschwall hüllte die Bühne ein. Hank und seine Harley Davidson. Er nahm seinen Helm ab, dann schlenderte ein sehr schönes schwarzes Mädchen in hohen roten Stiefeln auf ihn zu. Sie hatte sich in ein rotes Lederkorsett gezwängt, das die Brüste nicht bedeckte. In einer Hand trug sie ein Seil. Hank zog seine Lederkluft aus, darunter trug er nur ein schwarzes Lederteil, das seine Genitalien bedeckte, und zwei Armbänder mit silbernen Dornen.

Das Mädchen band ihn auf das Motorrad, die Beine weit gespreizt. Er benahm sich wie ein gehorsamer Sklave und hielt den Kopf unterwürfig gesenkt. Das Mädchen fuhr mit einer Hand über das Lederteil, und es wurde sofort klar, dass er eine echte Erektion hatte.

Fasziniert schaute Fee zu. Das Mädchen rieb sich am Motorrad, während es ihn streichelte, dann öffnete es die beiden Kordeln, die das Lederstück hielten, und der Schaft schwang ins Freie. Das Mädchen spuckte in die Hände und rieb einige Male am Schaft entlang, dann steigerte sich die Musik, das Mädchen bückte sich, damit sich das Publikum von der Öffnung im Höschen überzeugen konnte, ehe es sich über Hank schwang.

Sie ritt ihn in dem Tempo, das die Musik vorgab. Eine lange, tiefe Penetration, dann ein sehr langsames Zurückziehen, bis seine Hüften vor Gier zu vibrieren begannen. Wieder ein kräftiges Zustoßen.

Fee spürte ein leichtes Ziehen in ihrem Schoß, als sie den erregend langsamen Rückzug der schwarzen Frau verfolgte. Hanks Gesicht war starr vor Anspannung, die stark ausgeprägten Halsmuskeln zuckten, und die Hände hatte er zu Fäusten geballt.

Es war eine gute Darbietung, offenbar häufig geprobt. Die junge Frau zeigte ihre weißen Zähne, wenn sie Hank leiden sah, aber es dauerte fast zehn Minuten, ehe sie zum richtigen Angriff überging. Die Musik verkündete Chaos, und die Frau schraubte sich noch gewaltiger den Schaft ein, rammte einige Male, und dann stieß Hank ein Röhren aus, das seiner Harley nicht unähnlich war. Die Frau zog sich weit zurück, und alle konnten sehen, wie Hank sich in gewaltigen Schüben entlud.

Die Bühnenlichter gingen aus, die Lampen im Zuschauerraum wurden wieder eingeschaltet, und die Band wurde durch Musik aus der Konserve ersetzt.

»Ende des ersten Teils«, sagte Summers. »Besser, als ich gedacht habe.«

In der Pause begegneten sich Angus' und Fees Blicke. Er winkte ihr zu. Scarab redete offenbar nicht mit ihm. Fee erwiderte den Gruß nicht. Sie nahm den letzten Schluck ihres Cocktails und bestellte einen frischen.

Der zweite Teil der Show begann mit Anna und ihrer Anakonda, die vom Publikum begeistert empfangen wurden, obwohl ihre Darbietung längst nicht so schamlos war wie die voraufgegangene. Sie bestand hauptsächlich daraus, dass Anna zu hypnotischer Flötenmusik an den Tischen vorbeiging, Sammy um ihren Leib gewunden. Wenn ein Gast bereit war, Sammy zu halten, konnte er aus nächster Nähe das sehen, was die Schlange bedeckt hatte. Anna entdeckte Peverall und begrüßte ihn wie einen lange vermissten Freund. Peverall streckte die Arme aus und nahm Sammy, aber nicht einmal schaute er auf Annas nackte Brüste.

Als Anna vor William und Beatrice stand, schüttelte William energisch den Kopf. Beatrice lachte und nahm die Schlange, während William auf seinem Stuhl nach hinten rückte. Die Schlange zischte in Williams Gesicht. Beatrice lächelte boshaft. Dann entdeckte Sammy die Tierärztin Scarab und wand sich blitzschnell zurück zu Anna, die danach mit einem Beifallssturm verabschiedet wurde, der ein wenig übertrieben wirkte.

Sechs spärlich bekleidete Frauen tanzten provozierend auf der Bühne, um die Stimmung wieder anzuheizen, dann mischten sie sich unter die Gäste.

»Und was kommt jetzt?«, fragte Fee.

»Lapdancing«, antwortete Summers. »Die Frauen suchen sich einen Mann aus, setzen sich auf seinen Schoß und lassen ihren Hintern kreisen.«

Fee leerte den dritten Cocktail. Sie wusste, sie war ein wenig betrunken, gerade genug, um völlig entspannt zu sein. Ihr gefiel es bei Anita; sie war noch nie in einem Nachtclub gewesen, und sie hatte sich oft gefragt, wie es dort zuging. Eine Frau mit blonden Haaren näherte sich ihnen und schaute Summers an.

Zuerst war er sprachlos, und dieser Zustand steigerte sich noch, als sie sich auf seinen Schoß setzte. Sie drückte ihre Brüste gegen sein Gesicht, dann legte er automatisch die Hände um ihren Rücken, damit sie nicht abrutschen konnte. Die Blondine ließ ihren Po tanzen, schwang ihn kreisend hin und her und sang das Lied mit, das gerade gespielt wurde.

Fee drehte sich um. Das Licht war gedämpft worden, und die Musik war zu laut, um Stöhnen oder Grunzen zu hören. Sie sah wieder auf Summers. Er hatte die Augen geschlossen. Nach einer Weile glaubte die Frau offenbar, dass er ein hoffnungsloser Fall war und zog weiter.

Er schlug die Augen auf. »Ich will mich für den Ernstfall schonen«, sagte er, und an der Art, wie er lachte, bemerkte Fee, dass er auch schon einiges getrunken hatte.

»Du fährst«, erinnerte sie ihn.

»Dann werde ich jetzt nichts mehr trinken«, beschloss er und sah sich um. »Seltsame Atmosphäre. Alle sind bester Stimmung, und die meisten Gäste scheinen Stammkunden zu sein.«

Fee suchte die Toilette auf. Eine Frau stand am Waschbecken, dann trocknete sie sich die Hände. »Hallo, Fee.«

Die Stimme kam ihr vertraut vor, nicht aber die üppig gerundete Frau in dem geschmackvollen Kleid. Fee blinzelte gegen das Licht, und die Frau lachte. Es gab nur eine Frau mit diesem Lachen. »Hallo, Rose! Was tust du denn hier?«

Im harschen weißen Neonlicht sah Rose völlig verändert aus; sie war geschmackvoller geschminkt und eleganter gekleidet.

Rose bemerkte Fees Unsicherheit, und ein Lächeln breitete sich auf ihrem Gesicht aus. »Du lässt dich nicht so schnell hinters Licht führen, was?« Plötzlich hatte sich auch ihre Sprache verändert, sie klang wie auf der Schauspielschule.

»Rose«, sagte Fee, »wer bist du wirklich?«

Das Geräusch des Trockners ebbte ab, und Rose zog die Lippen nach. »In den letzten fünf Jahren seines Lebens war ich Alfred Hicks' Geliebte«, sagte sie. »Außer Maurice hat das niemand gewusst. Maurice war sein Chauffeur. Ich habe ihn kürzlich geheiratet, weil ich mich so einsam fühlte, nachdem Alfred gestorben war. Ich mag den alten Trottel.«

»Du bist eine Schauspielerin, nicht wahr? Du bist jedenfalls keine Hure.«

»Um ehrlich zu sein, ich war eine Pornodarstellerin. Aber man muss ja von irgendwas leben. Ich war auf der Schauspielschule, aber mit meinen Titten konnte ich die Ophelia nicht spielen.«

»Aber was war mit deinen anderen Kunden? Gehörte das alles zur Scharade?«

»Hast du andere Kunden gesehen?«

»Nein.«

Rose lächelte. »Man kann ganz leicht eine Welt des Scheins aufbauen, wenn ein Mensch bestimmte Vorstellungen hat.«

Fee lachte. »Jetzt ergibt vieles einen Sinn. Zum Beispiel, dass du so großen Wert darauf gelegt hast, dass die Regeln eingehalten wurden.«

»Alfred hat die Hinweise zusammengestellt, ich habe sie überprüft. Ich bin ganz gut im Kreuzworträtseln, wenn auch längst nicht auf dem Niveau wie Peverall oder Eric. Es war Alfreds letzter Wunsch, dass die Schatzsuche durchgeführt wurde, und ich werde mein Versprechen erfüllen. Es gibt einen juristisch einwandfreien Vertrag, und alle Ergebnisse werden von einem Notar überprüft. Ich bin unter anderem hier, um dafür zu sorgen, dass alles fair abläuft. Weißt du, mir kommt es nicht auf mein Honorar an, das Alfred mir zugesichert hat – er hat mich in seinem Testament gut bedacht. Er hat den größten Teil seiner Sammlung verkauft, und den Erlös hat er mir zukommen lassen.«

»Rose, warum erzählst du mir das alles?«

»Ich mag dich. Und ich weiß, du wirst Graham, Angus oder William nichts davon erzählen. Sie sind die Typen, die vielleicht Ärger bereiten können. Mich zum Beispiel zwingen, sie zum Schatz zu führen.«

»Wie zwingen? Womit?«

»Ich habe keine Ahnung. Natürlich habe ich Maurice, der auf mich aufpasst. Er mag zwar nur ein schmales Handtuch sein, aber er kann gut mit einem Messer umgehen.«

Rose glättete ihre Haare und setzte einen weinfarbenen Turban aus Seide auf. Deshalb habe ich sie nicht erkannt, dachte Fee. Ohne ihre geschmacklosen Kleider und das flittchenhafte Make-up ist sie eine ganz andere Frau.

»Bis später«, sagte Rose und ging hinaus.

Fee setzte sich wieder zu den anderen und zeigte den anderen so unauffällig wie möglich, wo Rose und Maurice saßen. Selbst Maurice sah nicht mehr wie ein kleiner Ganove aus. Fee berichtete kurz von ihrem Gespräch mit Rose.

»Diese Enthüllungen überraschen mich nicht«, sagte Summers. »Rose spielte ihre Rolle zwar gut, aber ich habe ihr die Hure nie abgenommen. Sie weiß also, wo der Schatz verborgen liegt.«

Der Conférencier trat wieder auf die Bühne, erzählte wieder ein paar Witze und warf einen Blick auf die Wanduhr.

»Und nun«, sagte er, »ist der Moment gekommen, auf den ihr alle gewartet habt. Der Maskenball. Wir werden zwölf Gäste auswählen, sie hinter die Bühne führen und kostümieren. Dann geht der Zauber los, und wenn die Musik abbricht …«

Ausgelassenes Klatschen und Pfeifen von den Zuschauern, die solche Abende offenbar schon einige Male erlebt hatten.

Der Conférencier lächelte. »Wenn die Musik abbricht, muss das Paar am Ende der Reihe uns unterhalten. Und wie immer gibt es einen Preis für die beste Show.«

»Was ist der Preis?«, rief jemand.

»Ah, das bleibt ein Geheimnis.«

»Wer ist die Jury?«

Ein Spotlight ging an, schwenkte über das Publikum und blieb auf Rose stehen. Rose erhob und verbeugte sich. Angus krümmte sich, Grahams Lippen wurden schmal, William sah aus, als hätte ihn der Schlag getroffen, und Scarab lachte.

»Wenn du jetzt die zwölf Gäste aussuchen würdest, Rose«, sagte der Conférencier. Im Publikum wurde es still.

Rose ging an den Tischen vorbei und klopfte den ausgewählten Leuten auf die Schulter. William und Beatrice zuerst, Angus und Scarab aber nicht. Graham Steel, dann die Frau im schwarzen Mieder. Noch eine Frau, die nicht minder schön war. Dann Rachel. Peverall sah enttäuscht aus, aber dann klopfte Rose auch ihm auf die Schulter. Es folgte Summers, dann eine Frau, die vielleicht zu den Lapdancing Girls gehört hatte, und ein Mann, der ihnen bekannt vorkam – es war Hank, der Mann mit der Harley.

Das ergibt Sinn, dachte Fee, es müssen ein paar

Profis dabei sein, um sicherzustellen, dass nachher auch wirklich die Post abgeht.

Dann spürte sie Roses Hand auf ihrer Schulter. Sie hatte damit gerechnet. Der Preis für die beste Show musste der letzte Hinweis sein. Sie stand auf und folgte den anderen hinter die Bühne.

Die Frauen gingen in einen Umkleideraum, die Männer in den anderen. Viele verschiedene Kostüme in verschiedenen Größen hingen an Kleiderhaken. Von Rotkäppchen bis zum hässlichen Entlein. Fee probierte eine Nonnentracht an und dann einen Catsuit, aber beide erwiesen sich als viel zu heiß. Sie entschied sich dann für ein schulterfreies Kleid mit Reifrock, dazu eine weiße Perücke und eine schwarze Schmetterlingsmaske. Sie malte ihr Gesicht weiß an, dann trug sie etwas Rouge auf, und schließlich malte sie die Lippen rot. Noch einen kleinen Schönheitsfleck auf die Wange – fertig war die Frau aus dem achtzehnten Jahrhundert.

Die Frau im schwarzen Mieder war vor allen anderen fertig, sie schien zu wissen, was sie wollte, und sie kannte sich mit allem aus. Sie hatte sich in eine Barbarella verwandelt. Auch die andere Professionelle war bald fertig, sie hatte sich als Krankenschwester kostümiert und ihr Gesicht hinter einer Theatermaske versteckt. Fee schlüpfte in ihre Schuhe.

Sie war bereit für das große Finale.

Beatrice hatte sich für einen hautengen schwarzen Latexanzug entschieden, der im Rücken geschnürt wurde, dazu eine schwarze Maske, die den ganzen Kopf bedeckte. Sie suchte schwarze Stiefel mit hohen spitzen Absätzen aus und eine rote Peitsche aus weichem Leder, die sie unter ihren mit Metalldornen gespickten Gürtel steckte. Sie sah einschüchternd aus, vor allem, weil sie eine militärische Pose eingenommen hatte.

Die junge Frau mit dem schönen Gesicht sah absolut bezaubernd aus in ihrem Feenkleid in glänzendem Magenta. Sie konnte nicht aufhören zu kichern. Rachel hatte ein Schleierkostüm ausgewählt. Sie wurden zurück auf die Bühne geführt und erhielten donnernden Applaus.

Dann kamen die Männer. Der bärtige Mönch, der Scharfrichter und der Gorilla waren alle gleich groß – William, Peverall und Hank also. Der Drache und der Werwolf waren etwas kleiner – der Mann mit den dunklen Haaren und Summers. Pierrot war noch etwas kleiner, das musste Graham Steel sein.

Der Conférencier erklärte die Schritte des Tanzes. Es waren keine komplizierten Schrittfolgen, aber bei jeder Folge sollte man seinen Platz wechseln, so dass niemand wusste, wer am Ende wo sein würde, wenn die Musik abbrach.

Sobald der Tanz begann, war Fee sicher, Summers identifiziert zu haben – er musste der Mann mit den zwei linken Füßen sein, der ihr erster Partner war. Er trug das Drachenkostüm. Sie sah zu dem Pärchen neben ihnen. Der Werwolf tanzte recht gut, wenn auch nicht gerade voller Anmut.

Pierrot tanzte mit sparsamen Bewegungen, aber er war ein guter Tänzer. Er verbeugte sich sogar, als er sich der nächsten Partnerin zuwandte.

Die Musik brach ab. Barbarella stand ganz vorn auf der Bühne, also am Ende der Reihe, und neben ihr stand der Gorilla. Rachel und Fee sahen sich an, Rachel schüttelte kaum merklich den Kopf. Sie wusste, wer Peverall war, interpretierte Fee das Kopfschütteln, und der Gorilla ist es nicht. Also musste Hank im

Gorillakostüm stecken. Das würde Sinn machen – die Profis begannen mit der Unterhaltung.

Das Spotlight holte eine Matratze vorn auf der Bühne aus dem Dämmerlicht. Der Gorilla zog Barbarella über die Bühne und warf sie auf die Matratze. Das Kostüm hatte offenbar einen Reißverschluss an der entscheidenden Stelle, und im nächsten Augenblick präsentierte er dem staunenden Publikum seine zweite Erektion des Abends, glänzend pink zwischen dem dunklen Braun des Kostüms.

Barbarella wand sich ängstlich auf der Matratze, bis der Gorilla ihr mit ungeschickten Fingern das Weltraumkostüm ausgezogen hatte. Er nahm ihre Brüste in seine ledernen Hände und saugte an den Warzen. Dunkles Fell und blasse Haut bildeten einen erotischen Kontrast, fand Fee.

Der Gorilla grunzte einige Male und erforschte ihren Körper mit der Zunge. Barbarella stellte die Wandlung von Angst in Begeisterung überzeugend dar, sie packte ihn, um ihn an sich zu drücken, und er kniete sich zwischen ihre Schenkel und drang in sie ein. Sie unterhielten das Publikum eine geraume Zeit lang, und als es ihm kam, bäumte Barbarella sich unter ihm auf und erlebte ebenfalls ihren Höhepunkt. Erschöpft nahmen sie den Applaus entgegen, dann ließ man sie von der Bühne gehen.

Der Tanz begann von neuem. Fee hoffte, dass Rose alles so arrangiert hatte, dass die Schatzsucher auch mit ihren richtigen Partnern erwischt wurden, aber nicht einmal Rose konnte sicher sein.

Die Musik setzte aus, und diesmal war es Rachel, die sich ganz vorn befand, neben ihr der bärtige Mönch. Oh, Gott, wenn das nun William war!, dachte Fee. Aber Rachel sah sehr zufrieden aus, sie blinzelte

Fee sogar zu. Ihr Partner legte sie auf die Matratze, als wäre Rachel aus zerbrechlichem Porzellan, und wenn das noch nicht genügte, um Peverall zu identifizieren, dann wurde es Gewissheit, als seine Kapuze ein wenig verrutschte und darunter der kahle Schädel zum Vorschein kam.

Er machte Liebe mit ihr, als hätte er telepathische Fähigkeiten und wüsste im Voraus, was sie erwartete. Aber es war eine Show für zwei, nicht für das Publikum. Auf dem Weg hinter die Bühne blieb Rachel kurz bei Fee stehen und flüsterte: »Es ist ungeheuer aufregend. Aber ich glaube, Peverall hätte es nicht geschafft, wenn er sich nicht hinter seinem Bart hätte verstecken können.«

Fee wurde nervös. Jetzt waren sie nur noch zu acht. Die Musik begann wieder, und sie tanzten weiter. Als sie die Finger des Drachen in die Hand nahm, drückte er leicht. Das ist Eric, dachte sie, und ihr Herz pochte wie verrückt, als sie ganz vorn in der Reihe tanzten. Jetzt muss die Musik aufhören, dachte sie, aber das geschah nicht.

Erst Sekunden später, als sie zwischen dem Drachen und dem Werwolf stand, der sie jetzt übernehmen sollte, brach die Musik ab. Fee blickte von einem zum anderen und spürte, wie Panik in ihr aufstieg. Sie blickte zum Conférencier, aber der sah in eine andere Richtung. Sie konnte nicht länger reglos auf der Stelle verharren. Der Drache trat auf sie zu, das türkisfarbene fremdartige Gesicht dicht vor ihr. Sie war drauf und dran, die Hand nach dem Drachen auszustrecken, als ihr ein Satz von Summers einfiel. *Ich kann unmöglich Türkis tragen, das ist eine Tertiärfarbe.*

Sie zog die Hand zurück, als wäre sie gebissen worden. Sie hörte, wie ein tiefer Atemzug ausgestoßen wurde – das konnte Verärgerung oder Erleichterung sein. Sie wandte sich dem Werwolf zu und nahm dessen Hand. Sein Griff war weder zu fest noch zu weich, und sie wusste, dass sie die richtige Wahl getroffen hatte.

Er zog sie aus und ließ ihr nur Perücke und Maske. Dann zog sie ihn aus, bis er nur noch das Werwolfgesicht und den Hut trug. Sie wusste, dass er einen behaarten Körper hatte, was zu seiner Rolle als Werwolf gut passte. Und er hatte eine Erektion, was ihr gut passte. Neben der Matratze lagen Kondome. Sie riss eins aus der Hülle und streifte es ihm über. Es war das erste Mal, dass sie ihn absichtlich so intim berührte, und der Schaft begann sofort zu zucken.

»Wir müssen die Schau unseres Lebens abliefern«, raunte er.

Sie war so aufgeregt, dass sie kein Wort herausbrachte.

»Was hältst du davon, wenn wir eine Vergewaltigung vortäuschen?«, fragte er leise. »Du setzt dich auf eine Seite der Matratze, ziehst die Perücke aus und bürstest deine Haare. Ich lauere im Hintergrund und stoße dann vor. Drüben an der Wand hängt ein Spiegel, darin kannst du sehen, was ich tue.«

Fee setzte sich auf den Matratzenrand und nahm die Perücke ab. Sie fühlte sich erschöpft, und es fiel ihr schwer, den Arm zu heben, um mit gespreizten Fingern durch ihre Haare zu kämmen. Sie fragte sich, ob der Alkohol dafür verantwortlich war, aber sie wusste, dass das kaum möglich war. Vielleicht lag es an dieser seltsamen Atmosphäre, an der ungeheuren Anspannung vor dem letzten Hinweis. Und auch daran, dass sie Sex mit Summers haben würde. Sie gestand es sich nicht gern ein – aber es war eine ihrer

Lieblingsfantasien. Sex mit einem Unbekannten. Mit einem mythologischen Wesen, einem Werwolf.

Er verschwand im Schatten außerhalb des Spotlights, dann sah sie ihn auf und ab gehen, geduckt, lauernd, sie im Auge behaltend. Sie hörte ihn knurren, und es klang verdammt bedrohlich und echt.

Sie sah hinter sich und schlug in einer theatralischen Geste eine Hand vor den Mund. Summers sprang sie von hinten an und drückte sie zurück auf die Matratze. Sie spürte seinen Körper auf ihrem. Durch die Maske konnte sie seinen Gesichtsausdruck nicht sehen.

Plötzlich erinnerte sie sich daran, dass sie gegen ihren Willen genommen wurde, also begann sie sich zu sträuben und stieß kleine spitze Schreie aus. Dann ließ sie den Körper erschlaffen. Ihr war, als befände sie sich in einem Schwarzweißfilm, sie hörte kaum einen Laut. Er fuhr mit den Händen über ihren Körper, die Finger waren grobe Klauen. Am liebsten hätte sie sich an ihn geschmiegt, aber das passte nicht zu der Rolle, die sie spielen sollte.

Sie hörte einen Mann in der ersten Reihe sagen: »He, die machen das gut, Mann.«

Summers lehnte sich über sie und flüsterte: »Was kann ein Werwolf ohne Zunge tun?«

»Zieh deine Maske hoch«, sagte Fee.

Er schob sie hoch, und sie wurde Zeugin, wie sich ein Werwolf in einen Mann verwandelte. Er zog seinen Hut aus und warf ihn ins Publikum. Dann begann er zu lecken. Lange, langsame Striche seiner Zunge, vom Hals abwärts. Er ließ sich Zeit. Eine Brust, dann die nächste. Zum Nabel und von dort in erregenden Kreisen zum Unterbauch. Plötzlich unterbrach er den Rhythmus und begann ihre Kniekehlen zu lecken. Er trug noch den dicht behaarten Kopf des Werwolfs mit den spitzen Ohren. Die Augenmaske hatte er belassen, deshalb konnte Fee seine Brauen nicht sehen.

Ihr fiel ein, dass sie sich ein wenig sträuben sollte. Er drückte sie mit beiden Armen auf die Matratze zurück. Nach einer Weile drehte er sie um, den Oberkörper zum Publikum, dann schwang er ihre Beine um und drückte sie so tief nach unten, dass die Waden neben ihrem Kopf lagen und die Füße über die Matratze ragten. Sie musste den Po aufbäumen und präsentierte sich auf diese Weise dem Publikum.

Sie können in mich hineinsehen, dachte sie und fand den Gedanken erregend. Sie hatte nicht gewusst, dass sie diese exhibitionistische Neigung hatte. Rachel hat Recht, dachte sie, die Masken erlaubten dir alles. Seine Zunge drang in sie ein, aber er mied es, ihre Klitoris zu berühren. Sie prickelte am ganzen Körper, und sie wusste, dass es ihr kommen würde, wenn er nur mal kurz über die Klitoris strich. Sie stützte den Rücken mit den Armen und drückte ihren Schoß noch höher, zwängte sein Gesicht noch mehr in sich hinein.

Er änderte sofort seine Strategie und wischte mit der Zunge über die Klitoris. Er neckte sie, stieß mit der Spitze dagegen, nahm sie zwischen die Lippen und saugte sanft. Ihr Körper geriet in heftige Zuckungen, sie vibrierte und ruckte auf der Matratze herum.

Er ließ ihre Beine los. Sie schwangen langsam zurück, während Fee sich schwer atmend vom Orgasmus erholte.

Summers kniete noch zwischen ihren Beinen, er beugte sich über sie und raunte: »Sollen wir weitermachen?«

»Willst du?«

Er nickte.

»Dann will ich auch.«

Er zog die Maske ganz aus, und Fee war froh, dass sie endlich sein vertrautes Gesicht sah; sie fühlte sich sofort sicherer. Dann nahm er ihre Maske ab. Sie hatte vergessen, dass sie bisher ihre Identität noch nicht verraten hatte.

Mit einem Finger fuhr er leicht über ihre Lippen, als wollte er sie um Erlaubnis bitten, sie zu küssen. Sie berührte seinen Finger mit der Zunge, dann drückte er seinen Mund auf ihre Lippen. Sie reagierte sofort, ihre Zungen trafen sich und erforschten sich gegenseitig. Seine Hände strichen über ihren klammen, heißen Körper.

Als er in sie eindrang, geschah es langsam, als wollte er sie abmessen, und sie hatte das verrückte Gefühl, als käme sie nach Hause. Es fühlte sich absolut vertraut an, als er sich so tief in sie hineindrückte, wie es nur ging. Sie schlang die Arme um seinen Rücken. Es schien, als hätten sie beide die ganze Woche lang auf diesen Moment hingearbeitet, als wäre der Schatz nie ihr Antrieb gewesen. Er zog sich ebenso langsam zurück, um dann wieder in sie einzudringen. Es waren exquisite Gefühle, die er in ihr hervorrief. Seine Blicke blieben auf ihr Gesicht gerichtet.

Nach einer Weile hob er sich auf die Arme, um seinen Stößen mehr Wucht zu geben. Er blieb sehr beherrscht. Sie wollte, dass er die Kontrolle verlor wie vor ein paar Tagen in der Klinik. Rein raus, rein raus. Wie ein Ruderer. Sie glitt mit den Händen auf seine Backen und drückte ihn bei jedem Stoß tiefer in sich hinein. Sie wollte, dass es ihnen gemeinsam kam.

Er stieß viel härter zu, und sie spürte, wie sich in ihr alle Muskeln und Nerven zusammenzogen. Seine Reaktion war sofort da, es wurde klar, dass er sich nicht mehr lange beherrschen konnte. Sein Gesicht verzerrte sich, sein Kopf ruckte zurück, und dann erlebten sie gleichzeitig den Höhepunkt. Er dauerte endlos lange.

Wie von weitem drangen Hintergrundgeräusche an sie heran. Wie das Nahen eines Sturms. Ganz allmählich konnte sie das Geräusch deuten – es war der Applaus. Eric küsste sie flüchtig auf die Stirn, richtete sich auf, dann wandte er sich dem Publikum zu und verbeugte sich. Der Beifall schwoll noch einmal an. Er ging zurück zur Matratze, half Fee auf die Füße, führte sie nach vorn auf die Bühne, und dann verbeugten sie sich gemeinsam. Das Klatschen hielt an, einige Männer pfiffen anerkennend, dann begann ein heftiges Fußgetrampel. Er grinste, hob seine und ihre Kleider auf und führte Fee von der Bühne weg.

Sie gingen in ihre Umkleideräume und zogen sich wieder an. Fee wusch ihre Schminke aus dem Gesicht, dann kehrten sie zu ihren Plätzen zurück.

»Ganz schön heiß«, lobte Rachel.

Der Tanz auf der Bühne ging weiter; es gab nur noch vier Teilnehmer; in Fees und Summers' Abwesenheit hatte Graham Steel mit der Frau im Feenkostüm die Zuschauer unterhalten. Danach erwischte es den Drachen und die Krankenschwester, und schließlich blieben nur noch William und Beatrice.

Beatrice ging zur Band und flüsterte mit dem Gitarristen, der grinsend nickte. Ein paar Sekunden später waren die ersten gequälten Takte von *Venus in Furs* von Velvet Underground zu hören.

Beatrice strich mit ihren langen scharlachroten Nägeln über ihre Stiefel, die bis zur Mitte ihrer Oberschenkel reichten.

»Shiny, shiny boots of leather«, sang die Stimme der Band. Sie brachte die Nummer gut, schlüpfrig und voller Andeutungen. Beatrice zog ihren Catsuit aus. Sie trug schwarze Lederwäsche darunter, das Höschen mit einer Öffnung im Schritt. Sie ließ die Peitsche knallen.

»Whiplash girlchild in the dark …«, fuhr die Stimme fort. Der Bass pochte schwer und durchdringend, dunkel und unheilvoll.

»Zieh dich aus«, befahl Beatrice.

William entledigte sich seines Scharfrichterkostüms.

»Auf die Knie.«

William kniete sich.

»Leck meine Stiefel.«

William leckte die Stiefel. Er befolgte alle Befehle mit gesenktem Kopf, ergeben wie ein Sklave.

»Strike, dear Mistress«, hieß es im Liedtext, und Beatrice schlug das erste Mal über Williams Rücken. Sein Kopf ruckte hoch. Sie hatte offenbar härter zugeschlagen, als er erwartet hatte.

»Bück dich«, sagte Beatrice.

William bückte sich, und Beatrice schlug wieder zu, zuerst auf die eine Backe, dann auf die andere. Sofort bildeten sich feurig rote Striemen, und Williams Stöhnen klang echt. Beatrice lächelte boshaft und schlug ein letztes Mal mit aller Kraft zu. Sein Körper zuckte, und er stieß einen lauten Schrei aus.

»Komm jetzt zu mir«, befahl Beatrice, die Stimme kalt und herrisch.

Es war ein kurzer, ungestümer Akt, bei dem Beatrice ihre Nägel in die Haut seines Rückens trieb. Sie erhielten tosenden Beifall.

»Eine Sechs für den technischen Wert«, sagte Eric,

»und fünf Komma fünf für den künstlerischen Eindruck. Ganz gut, aber nicht originell.«

Das Spotlight glitt über die Gäste und blieb wieder auf Rose stehen. »Wir haben einige gute Darbietungen gesehen«, sagte Rose. »Es war sehr schwer, sich auf einen Sieger festzulegen. So schwer, dass ich beschlossen habe, zwei Paare auf den ersten Platz zu setzen. William und Beatrice und Eric und Fee.«

Ihre Entscheidung fand die Zustimmung des Publikums.

»Jetzt zu den Preisen.« Rose hielt zwei Umschläge in der Hand. Sie gab einen an Beatrice, den anderen an Fee. Sie klopfte Fee auf die Schulter. »Viel Glück, Darling.«

Fee öffnete den Umschlag. Es war der letzte Hinweis.

»Braucht ihr Hilfe?«, fragte Peverall. »Wir wollen keine Beteiligung, wir wollen nur sicherstellen, dass William und Beatrice nicht gewinnen.«

Fee sah zu Eric, und der nickte. Sie legte den Hinweis auf den Tisch, und sie lasen gemeinsam.

The gaps in your knowledge can all be resolved –
If you leave out an A, your procedure is solved;
You'll find one of these in the room with a view,
The figures below won't disorient you.
Play your hands wisely, and don't miss a trick;
Leave the club, shed your diamonds – lose heart?
No, be quick –
Equip yourself wisely, it's no load of bull
That the answer will win and your cup will be full.

»Was bedeuten diese Zahlen unten auf dem Blatt?«, fragte Rachel.

»Längengrad und Breitengrad«, sagte Peverall. »Oh, jetzt verstehe ich. Nimm das A aus *gaps* – das ergibt GPS.«

»Und was heißt GPS?«, fragte Rachel.

»Global Positioning System«, antwortete Eric. »So ein Ding sieht wie ein Handy aus, kleine Tastatur und noch kleinerer Monitor. Ich habe vor Jahren mal eins getestet. Es ist mit mehreren Satelliten verbunden und gibt dir auf einen halben Meter genau deine Position an.«

»A room with a view«, sagte Peverall. »Zimmer mit Aussicht. Aber ich wette, damit ist Zimmer sieben gemeint, wo wir uns die Videos angeschaut haben.«

»Gehen wir«, sagte Fee.

»Nicht so schnell.« Eric starrte auf den zweiten Teil des Gedichts. Fee sah, dass William und Beatrice schon gegangen waren.

»Leave the club, shed the diamonds, lose heart …«, murmelte Eric. »Das sind alle Farben des Kartenspiels. Club steht für Kreuz, Diamond für Karo, Herz … also fehlt nur noch *spade*. Pik. Spade heißt aber auch Spaten. Ich glaube, wir müssen graben.«

Sie verabschiedeten sich von Rachel und Peverall, gingen zum Auto und fuhren zurück zum Landhaus. Alles lag im Dunkel, aber Zimmer sieben war offen. Sie fanden sofort, was sie suchten – in den Regalen lagen mehrere GPS, so dass sie nicht wussten, ob William schon ein Gerät genommen hatte, und in einer Ecke standen die Spaten neben einem Metalldetektor.

Eric blickte auf Fees Schuhe. »Du solltest dir andere Schuhe anziehen.«

Fee rannte auf ihr Zimmer, zog Laufschuhe an und kehrte zu Eric zurück, der mit dem GPS beschäftigt war. »Wir sind nicht weit entfernt«, murmelte er. »Vielleicht eine Meile südöstlich.« Er reichte ihr das Gerät. »Siehst du den kleinen Pfeil? Er zeigt uns die Richtung, die wir nehmen müssen. Hast du noch deine kleine Taschenlampe?«

Sie klopfte auf ihre Tasche.

Sie fuhren ab und überprüften immer wieder ihre Position. Als sie sich bis auf einige hundert Meter der Stelle näherten, parkte Eric am Straßenrand – hinter drei anderen Autos. Ein Lastwagen, ein Range Rover und ein BMW.

»Ist das Graham Steels Auto?«, fragte Fee.

»Kann sein, aber ich weiß es nicht.«

»Du hast dir nicht alle Kennzeichen der Mitbewerber eingeprägt?«

Er sah sie verärgert an. »Ich bin nicht unfehlbar, Fee. Also, unser Ziel ist irgendwo hinter diesem Feld.«

Bewaffnet mit Spaten, GPS und Metalldetektor kletterten sie über einen Zaun und gingen über eine Wiese, auf der eine Schafherde lagerte. Wieder über einen Zaun, wieder eine Wiese. In der Mitte stand eine große Eiche, deren Schatten schwarz auf dem Gras lag. Auf einer Seite der Eiche befand sich ein kleiner Teich. Eric schwang den Metalldetektor hin und her, während sie sich dem Baum näherten. Aber der Detektor begann erst zu piepen, als sie vor dem Stamm standen. Eric zog sein Jackett aus und begann zu graben.

Fee hielt den Strahl der Minitaschenlampe auf die Stelle, die er aushob. Es entstand bald ein großes Loch, und sie war nicht überrascht, als der Spaten auf etwas Metallisches stieß, aber sie spürte, wie ein Schauer über ihren Rücken lief.

Wir haben fast gewonnen, dachte sie. Wird sich

mein Leben dadurch verändern? Der Deckel der Metallkiste war jetzt zu sehen, ein graues Viereck. Eric legte eine Seite frei, und sie konnte einen Griff erkennen. Jetzt legte er die andere Seite frei.

»Komm, wir versuchen, sie gemeinsam zu heben«, sagte er.

Es kostete sie große Anstrengung, aber nach einigen vergeblichen Versuchen schafften sie es, die Kiste aus dem Versteck zu heben. Sie stellte sie aufs Gras, und Eric öffnete den Deckel. Zuerst stieß er auf mehrere Lagen Kunststoff, dann grub er mit den Fingern tiefer in die Kiste hinein, und nach ein paar Sekunden sagte er: »Ich hab' sie.«

Vorsichtig nahm er die Statuetten heraus. Im Schein von Mond und Taschenlampe glänzten sie golden. Die Figuren schienen fast lebendig zu sein. Überall Hände, die erotische Dinge ausführten. Die Augen waren aus Smaragden, die Brustwarzen der Frauen aus Rubinen.

»Sehr schön«, sagte William hinter ihnen. »Gib sie her.«

Fee ruckte herum. William hatte einen Revolver in der Hand.

Fee konnte nur hilflos starren, während Eric die Statuetten übergab. Sie konnte nicht glauben, dass der Revolver echt war. William und Beatrice mussten sich von der anderen Seite der Eiche genähert haben.

»Es war nett, euch alle kennen zu lernen«, sagte William. »Ich muss mich beeilen, weil ein Flugzeug auf mich wartet. Wenn ihr jetzt alle auf die Eiche klettern würdet, schön hoch, bitte, dann habe ich den Vorsprung, den ich brauche. Du zuerst.« Er richtete den Revolver auf Beatrice.

Selbst im Mondschein konnte Fee erkennen, dass Beatrice weiß wurde.

»Mach schon, Beatrice«, sagte William. »Du weißt, dass ich das Ding benutzen werde, wenn es erforderlich sein sollte. Ich würde dich natürlich nicht töten, ich würde dir nur eine Dosis Schmerzen verabreichen, die dich an mich erinnern soll.«

Beatrice schwang sich zum untersten Ast und kletterte langsam höher.

»Jetzt du«, sagte er zu Fee.

»Fee …« Der Ruf erscholl von der anderen Seite der Wiese. Alle drehten sich um. Eine gespenstisch weiße Gestalt … nein, silbern … es war Rachel, noch in ihrem langen Abendkleid. Sie stand auf der anderen Seite des Zauns, Peverall neben ihr.

Fee hörte einen dumpfen Schlag und ein Grunzen. Sie fuhr herum und sah gerade noch, wie der Revolver durch die Luft flog und in den Teich klatschte. Vor Staunen klaffte ihr Mund auf. Summers hatte es tatsächlich fertig gebracht, William die Waffe aus der Hand zu treten, während William sich nach Rachel umgedreht hatte. Summers selbst schien überrascht zu sein. Einen Moment lang sah es so aus, als wollte William mit einer der Statuetten zuschlagen, aber dann änderte er seine Absicht.

»Eric!« Diesmal war es Peveralls Stimme. »Ein Stier ist auf der Wiese! Hier unten hängt ein Warnschild!«

Fee erschauerte wieder, aber diesmal aus Angst. Sie alle sahen sich um, nur Beatrice blieb, wo sie war – auf dem Baum.

»Verdammt«, murmelte William.

Fee folgte seinem Blick und sah es auch.

Ein dicker schwarzer Klumpen, der trotz der Nähe kaum auszumachen war. Wenn sich der Koloss jetzt in Bewegung setzte, wäre sie nicht rechtzeitig auf dem Baum, dachte Fee. Sie schaute zu Eric, aber der neue *action man* hatte sich wieder hinter seine Denkermiene zurückgezogen.

William ging um den Teich herum. Der Stier hob den Kopf und trat aus dem Schatten. Ein gewaltiges Tier, dunkles Fell, abgesehen von ein paar hellen Stellen. Der Stier stand wieder reglos da, er beobachtete William.

Eric sah die gebogenen Hörner. »Verdammt, ein Kurzhorn«, sagte er, während er Fee unauffällig mit sich zog, auf Peverall und Rachel zu.

»Warum ist ein Kurzhorn eine besonders schlechte Nachricht?«

»Voller Jähzorn. Scarab ist im vergangenen Jahr von einem Exemplar dieser Gattung aufgespießt worden.«

William stand jetzt auf der anderen Seite des Teichs und versuchte, den Zaun zu erreichen, die beiden Statuetten an seine Brust gedrückt. Der Stier trat einen Schritt vor. Fee und Eric hatten noch nicht die Hälfte des Wegs zum Zaun zurückgelegt.

William stolperte über einen Grasbüschel, und das schien den Stier zu verärgern. Er senkte den Kopf, schnaubte wild und preschte los. William richtete sich auf, drehte sich um und rannte. Der Stier brauste quer durch den Teich, rutschte aber auf dem glitschigen Schlammboden aus, ein Umstand, der William rettete.

Eric packte Fees Hand, dann fingen sie an zu laufen. Rachel feuerte sie aufgeregt an. Der Stier stand wieder auf den Beinen und sah sich um. William hatte erkannt, dass sein einziger Fluchtweg über den Zaun führte und rannte darauf zu. Der Stier schnaufte wieder und hetzte in einem Halbkreis William hinterher. Es sah so aus, als würden Fee und Eric vor William über den Zaun klettern können.

Eric warf Fee fast über den Zaun, dann kraxelte er

hinüber. Der Stier hatte jetzt nur noch ein Ziel – William. Kurz vor dem Zaun geriet er wieder ins Straucheln. Er streckte einen Arm aus, um sich an irgendetwas festzuhalten, und das war zufällig Rachels Kleid. Fast jeder Stoff wäre gerissen, aber das silberne Kleid war tatsächlich mit Metallfäden verstärkt, und so verlor Rachel, die schon voller Aufregung nach vorn gebeugt stand, die Balance und wurde von William über den Zaun gezogen und fand sich neben ihm auf dem Gras wieder. William raffte sich hoch und warf sich über den Zaun, während der Stier verdutzt stehen blieb.

Dann aber entdeckte er Rachel. Er senkte den Kopf und nahm einen neuen Anlauf.

Peverall sprang über den Zaun auf die Wiese und zog sein Jackett aus. Es war mit roter Seide gefüttert. Der Stier wurde noch wütender.

»Ich habe mir den Knöchel gezerrt«, klagte Rachel.

»Komm«, lockte Peverall den Stier und lief ein Stück von Rachel weg, tiefer auf die Wiese. Der Stier folgte ihm, während es Eric und Fee gemeinsam gelang, Rachel wieder auf die sichere Seite zu hieven.

Plötzlich griff der Stier an. Peverall schwang sein Jackett mit der Gewandtheit eines Studenten, der fürs Trinity College mal die Fechtmeisterschaft gewonnen hatte. Der Stier hielt direkt auf Peverall zu, aber der sprang in letzter Sekunde zur Seite.

»Ich bin wieder in Sicherheit!«, rief Rachel.

Peverall trat den Rückzug an. Der Stier raste wieder auf ihn zu, nahm das Jackett auf die Hörner und wollte sich dann Peverall schnappen, aber der hob elegant die Hand, um das Jackett zu befreien, und gleichzeitig trippelte er aus der Laufrichtung des Kolosses. Er nahm die Pose eines Matadors an und rief: »Olé!«

»Idiot!«, brüllte Eric. »Komm her!«

Rachel stand wie erstarrt da, die Augen vor Schreck weit aufgerissen. Der Stier hatte seine Lust verloren und trottete davon, und Peverall kletterte in aller Ruhe über den Zaun. Rachel warf sich in seine Arme und brach in hysterische Tränen aus.

Fee sah sich um. »Wo ist William?«

Eric drehte sich auch nach allen Seiten um. »Er ist mit dem Schatz abgehauen. Aber wenn das unten an der Straße sein Auto war, dann können wir ihn einholen.«

»Und dann?«, fragte Fee.

»Weiß ich nicht. Kommt.«

Als sie die Straße erreichten, saß William auf seiner Kühlerhaube.

»Ich wollte euch nur wissen lassen, dass die beiden verdammten Dinger Fälschungen sind«, sagte er. Er hielt eine Statuette hoch und wies auf einen Kratzer auf dem Sockel. Ein mattes helles Metall schien durch. »Das ist Blei.« Er lachte. »Was für ein Reinfall, was?«

Fee konnte es nicht glauben.

Nach allem, was sie mitgemacht hatten.

Fälschungen.

»Und warum hast du auf uns gewartet, um uns das zu sagen?«, fragte Fee.

»Ich wollte mich nicht allein über eine verdammt vergeudete Woche ärgern«, antwortete er. Dann fragte er zögernd: »Ist Rachel okay?«

»Ja«, gab Fee zurück, »aber ich schätze, Beatrice hängt noch im Baum.«

Er lachte. »Da ist sie gut aufgehoben.«

»Du warst schrecklich zu ihr.«

»Das mag sie.« Er bemerkte den Widerwillen in Fees Gesicht und fügte hinzu: »Ach, deine Sorgen sind überflüssig. Du glaubst doch nicht, dass ein Gentleman wie Peverall zulässt, selbst die Schwarze Witwe auf dem Baum ausharren zu lassen. Wenn er sie selbst nicht retten kann, wird er die Feuerwehr rufen.«

Plötzlich ging ein Ruck durch seinen Körper, er trommelte mit den Fingern auf die Kühlerhaube und sah in die Ferne. Die klassische Pose eines Mannes, dem gerade eine geniale Idee gekommen war. Er lächelte, rutschte von der Kühlerhaube und ging einfach die Straße entlang.

Fee setzte sich in den Saab. Eric blieb noch einen Moment auf der Straße stehen und dachte nach. Dann stieg auch er ein. »Er geht zu Rose. Er glaubt, Rose hätte schon vor Beginn der Schatzsuche die Originale entwendet und durch die Fälschungen ersetzt. Ich glaube, er wird nicht sehr zimperlich mit ihr umspringen, wenn er wissen will, wo die echten Statuetten sind.« Er startete den Motor.

»Wir sollten die Polizei rufen.«

»Von wo? Wir müssten ein öffentliches Telefon finden. Nein, wir fahren hin. Es ist nicht weit.«

»Und wenn er noch eine Waffe hat?«

»Das ist eher unwahrscheinlich. Wir wissen ja nicht einmal, ob die eine wirklich echt war.«

Es dauerte länger, als sie gedacht hatten – ein paar hundert Meter weiter unten stand eine Kuh auf der Fahrbahn und traf keine Anstalten, die Straße freizugeben. Sie mussten aussteigen und die Kuh verscheuchen. Als sie vor Roses Haus anhielten, sahen sie die Haustür offen stehen.

»Ich glaube, es ist besser, wenn du im Auto bleibst, Fee.«

»Nein.«

»Bitte.«

Sie schüttelte den Kopf und ging zur Tür. Sie hörte Stimmen im Wohnzimmer. Die meisten Möbel standen nicht mehr da.

William saß in einem Sessel, und Maurice hielt ein Messer an seine Kehle. Rose lag auf dem Sofa. Sie bemerkte Fee und Eric in der Tür und setzte sich auf.

»Nichts überstürzen, Rosie«, sagte Maurice. Er drehte den Kopf zur Tür und sah die neuen Gäste ebenfalls. »Dieser Bastard hat gedroht, Rosie mit dem Messer zu bearbeiten, deshalb gebe ich ihm ein bisschen von seiner eigenen Medizin.« Auf Williams' Wange war eine dünne rote Linie zu sehen.

»Das ist ja richtig gemütlich hier«, sagte Graham Steel hinter ihnen.

»Volles Haus«, murmelte Rose. »Aber wie ihr seht, halten wir uns nur vorübergehend hier auf. Wir haben ein hübsches Haus in Surrey, und ich kann es kaum erwarten, dahin zurückzugehen. Die Schatzsuche hat viele Erinnerungen an das hochgebracht, womit ich früher mein Geld verdient habe, und um ehrlich zu sein, ich bin froh, dass die Jagd vorbei ist. Obwohl es auch schöne und lustige Momente gab.«

Fee wandte sich an Graham. »Wie bist du hergekommen?«

»Ich habe einen Peilsender an Williams Auto angebracht«, gab er zu. »Deshalb war ich euch allen eigentlich voraus. Ich habe auch die Szene unter der Eiche beobachtet. Ich habe den Bauern angerufen und ihm gesagt, dass Beatrice nicht von selbst vom Baum zurück auf die Erde findet. Er war nicht sehr fröhlich, denn Peverall hatte ihn schon aus dem Schlaf geholt.«

»Wie nett von ihm«, murmelte Fee.

»Nun, ganz egal, was ihr von meinen Methoden haltet, ich stehe auf der Seite des Gesetzes. Diese

Statuetten gehören der Versicherungsgesellschaft, Rose.«

»Ich habe sie verkauft«, sagte Rose. »An einen Klienten aus Übersee. Es gibt keine Spur, die zu ihm führt, und von ihm führt keine Spur zu mir.«

»Das habe ich mir fast gedacht«, sagte Graham seufzend.

»Dann war also die ganze Schatzjagd ein Betrug?«, fragte Fee.

»Nein«, erwiderte Rose. »Hicks war immer fair. Aber ich dachte, es wäre zu riskant, die Statuetten zu verstecken, deshalb habe ich sie in Bargeld verwandelt.« Sie wandte sich an Graham. »Wer sind die wahren Gewinner der Schatzsuche?«

»Eric und Fee.«

Maurice ließ die Hand mit dem Messer sinken und sagte: »Du kannst dich jetzt verpissen, William. Und wenn ich dich noch einmal sehe, werde ich deine Wange noch ein bisschen mehr dekorieren.«

William ließ sich nicht zweimal auffordern. Er ging hastig hinaus.

Rose stellte drei Schecks aus, einen an Eric Summers, einen an Fiona Ferris und einen dritten – über eine kleinere Summe – an Graham Steel. »Das ist etwa die Belohnung, die du für die Wiederbeschaffung der Statuen erhalten hättest«, sagte sie. »Lässt du die Angelegenheit jetzt ruhen?«

Graham lächelte. »Ja.«

Fee starrte auf die vielen Nullen. Ihr wurde ganz schwindlig.

»Jetzt habe ich mein Versprechen eingelöst«, sagte Rose. »Möge Alfred Hicks in Frieden ruhen.« Sie seufzte. »Es war eine lange Nacht, ich brauche dringend meinen Schlaf.«

Graham, Fee und Eric verabschiedeten sich von Rose und Maurice und gingen zu ihren Autos zurück. »Ich werde nach Hause fahren«, sagte Graham. »Ihr wart wunderbare Gegner, was ich nur ungern zugebe. Aber mit dem Ergebnis bin ich zufrieden.«

Eric und Fee fuhren zum Landhaus zurück. »Was wirst du mit deinem Anteil machen?«, fragte Eric.

»Ich weiß es noch nicht. Vielleicht gehe ich aufs College zurück. Aber zuerst will ich mal einen Urlaub genießen. Diese Woche hier war mein erster Urlaub seit Jahren, aber das war knochenharte Arbeit. Ich sehne mich nach faulen Tagen am Strand. Rarotonga vielleicht, es sah so idyllisch aus.«

Peverall und Rachel saßen in Fees Zimmer. Rachels Knöchel war bandagiert.

Eric erzählte kurz, was geschehen war. Peverall freute sich mit ihnen. Ihm bedeutete Geld nicht viel, und er wusste, dass Fee und Eric es dringender brauchten.

»Wir haben auch an Rarotonga gedacht, aber wir haben uns dann für das Taj Mahal entschieden«, teilte Peverall ihnen mit. »Wir wollen da unsere Flitterwochen verleben.«

Eric grinste breit. »Ich gratuliere euch.«

Fee umarmte Rachel, und Rachel traten die Tränen in die Augen. »Ich bin es nicht gewöhnt, so glücklich zu sein. Früher war immer ein Haken dabei.«

Peverall öffnete eine Flasche Champagner, und sie prosteten sich zu, während draußen der neue Tag begann. »Und jetzt ins Bett«, verkündete Peverall. »Vielleicht sehen wir uns alle beim Mittagessen.« Rachel versuchte aufzustehen, aber das ließ Peverall nicht zu. Er nahm sie auf seine Arme und trug sie hinaus.

Fee sah Eric an. Sie wollte ihm sagen: Bleib hier. Er sollte es vorschlagen, dachte sie. Aber dann hielt das Schweigen zu lange an, und er ging.

Gavin Smythe verkündete beim Mittagessen das Ende der Schatzsuche, und Eric und Fee verbeugten sich und wedelten mit ihren Schecks. Alle Teilnehmer hatten mit einem Geldbetrag gerechnet, aber die Höhe ließ einige nach Luft schnappen. Angus sah stocksauer aus und schaute immer wieder mal zur Tür – auf der Suche nach William, nahm Fee an.

Beatrice traf verspätet im Restaurant ein. Ihre Augen versprühten Blitze. An einem Arm hatte sie eine lange rote Schramme. Sie attackierte das Roastbeef, als hätte sie einen Kurzhornstier vor sich.

»Eine sehr eigenartige Woche«, sagte Saul Slick zu Eric. »Aber ich möchte dir gratulieren.«

»Hat es dir gefallen?«

Saul verzog das Gesicht. »Teils, teils. Aber es war keine vergeudete Zeit.« Er warf einen Blick auf Beatrice.

»Ein neues Gesicht für deine Sitcom?«, fragte Scarab.

Danach verschwanden alle, um ihre Koffer zu packen. Ungeduldig warf Fee ihre Kleider zusammen, setzte sich aufs Bett und schmollte. Summers hatte sie nicht einmal um ihre Adresse gebeten, und von einem Wiedersehen hatte er auch nicht gesprochen.

Sie duschte, schlüpfte in den Bademantel und packte ihre Kosmetiksachen ein. Talkumpuder – das war Angus. Eine Schachtel mit Kondomen – Graham. Der

Lippenstift, den sie gestern Abend benutzt hatte – Eric. Sie schaute auf die Uhr. Sie war mit Rachel gekommen und würde mit Rachel abreisen, aber sie wollte die Abschiedszeremonie zwischen ihr und Peverall nicht stören. Sie konnten noch zwei Stunden auf ihrem Zimmer bleiben.

Es klopfte an ihre Tür. Fee spürte, wie ein Adrenalinstoß durch ihren Körper jagte und ihr eine Gänsehaut verschaffte. Sie stand auf und ging zur Tür.

»Hallo«, sagte Eric. »Kann ich hereinkommen?« Er trug einen großen Seesack.

Sie setzte sich aufs Bett, immer noch im dünnen weißen Bademantel, und er setzte sich in den Sessel.

»Mir hat diese Woche gut gefallen«, sagte er, als sprächen sie über einen Ausflug mit ihrer Pfarrgemeinde.

»Mir auch.«

Sie redeten ein paar Minuten über Belanglosigkeiten, dann sagte Fee: »Ich muss mich anziehen, dann will ich nachsehen, ob Rachel in der Bibliothek auf mich wartet.«

»Vorher möchte ich noch was sagen.«

Fee wartete.

»Es wäre ein Leichtes für mich gewesen, diese Woche auszunutzen, um mit dir ... Ich meine, dass wir ...«

»Warum hast du es nicht getan?«

»Weil ich nicht wusste, ob das, was zwischen uns passiert ist, alles ein Spiel war.«

»Oh.«

Er küsste sie, und sie erwiderte den Kuss und schmiegte sich an ihn.

»Ich tauge nicht für längere Beziehungen«, sagte er. »Ich bin zu sehr auf mich selbst fixiert. Aber ich würde dich gern ab und zu zum Essen einladen oder dich auf einen Drink treffen.«

»Und einen gemeinsamen Urlaub?«

»Und einen gemeinsamen Urlaub.«

Das würde mir sehr gefallen, dachte Fee. Wir sind zu verschieden, um auf Dauer zusammen zu sein. Seine penible Art würde mich irgendwann in den Wahnsinn treiben. Aber er hat mir das Selbstbewusstsein gegeben, von jetzt an auf den richtigen Mann zuzugehen. Und bis ich den gefunden habe …

»Roar, O gnat«, sagte Eric plötzlich. »Neun Buchstaben.«

Fee dachte einen Moment nach. Dann sagte sie lachend: »Rarotonga.«

Rarotonga? Was bildest du dir nur ein, Fiona? Die Stimme ihrer Mutter hatte sich lange nicht mehr gemeldet, und jetzt war Fee so überrascht, dass sie zusammenzuckte.

»Nur du und ich«, sagte Eric lächelnd. »Deine Mutter lassen wir zu Hause. Aber du könntest ihr eine Ansichtskarte schicken.«

ENDE